Christoph Marzi
Mitternacht

PIPER

Zu diesem Buch

Es gibt einen Ort, an dem die Geister leben, eine Welt, die unsere berührt, eine Stadt, in der mit Geschichten und Albträumen Handel getrieben wird. Ein Missgeschick lässt Nicholas James, den alle nur den »gewöhnlichen Jungen« nennen, diese Welt betreten – und alles ändert sich: Peter Chesterton, ein reisender Geist, nimmt sich seiner an. Das Findelgeistmädchen Agatha stiehlt sein Herz. Und etwas, das im Dunkeln lauert, gewinnt an Macht. Die Wege, die Nicholas beschreitet, führen ihn dorthin, wo alle Hoffnungen geboren und alle Träume gestorben sind, an einen Ort, den die Geister voller Ehrfurcht »Mitternacht« nennen. Eine Geschichte von der Macht der Bücher und der Gefahr des Vergessens, in einer Welt der Geister.

Christoph Marzi wurde 1970 geboren und lebt mit seiner Familie im Saarland. Dort sammelt er in einem Haus mit verwunschenem Garten seine Ideen, die zu Romanen, Kurzgeschichten, Liedern oder Gedichten werden. Für sein Romandebüt »Lycidas« und die Anthologie »Nimmermehr« wurde Christoph Marzi mit dem Deutschen Phantastik Preis ausgezeichnet. Mit seiner Reihe um die »Uralten Metropolen« feierte er fantastische Erfolge. Sein lang erwarteter neuer Roman »Mitternacht« erscheint jetzt bei Piper.

Christoph Marzi

MITTERNACHT

Roman

PIPER

Entdecke die Welt der Piper Fantasy:

Piper Fantasy.de

Von Christoph Marzi liegen im Piper Verlag vor:
Somnia
Mitternacht

MIX
Papier aus verantwortungsvollen Quellen
FSC® C083411

Originalausgabe
ISBN 978-3-492-28090-7
Juni 2019

Umschlaggestaltung und Motiv: www.buerosued.de
Satz: Satz für Satz, Wangen im Allgäu
Gesetzt aus der Adobe Garamond
Druck und Bindung: CPI books GmbH, Leck
Printed in the EU

Für Dich, Tamara
(come what may)

»An idea, like a ghost, must be spoke to a little
before it will explain itself.«

Charles Dickens

1

Alle Bücher träumen von Geschichten. Diesen Satz dachte Nicholas James, als er erwachte. *Sie fürchten sich vor dem Vergessenwerden.*

Der Gedanke fühlte sich fremd an, wie etwas, das eigentlich nicht ihm gehörte, aber dennoch zu ihm gekommen war wie ein Fundstück, über das man zufällig stolpert, während man abwesend an etwas ganz anderes denkt. Er öffnete die Augen und blinzelte in die schattenhelle Kajüte, die ihm selbst jetzt, in der Nacht, vertraut war. (Kein Wunder, sie war auch nicht besonders groß.) Das Licht der Straßenlaterne vom Uferweg flutete sanft die Stille und streifte das Durcheinander in der schmalen und engen Behausung gemeinsam mit dem Mondlicht, das sich nicht von den Gardinen einfangen ließ. Durch das gekippte Fenster wehte kühle Luft herein, das leise Plätschern des Wassers im Kanal und die fernen Nachtgeräusche von Camden Town im Schlepptau. Benommen dachte Nicholas zuerst an das

Notizbuch, das drüben auf dem Esstisch lag und das er mit einem Roman, seinem zweiten, zu füllen gedachte. Das, was er gerade gedacht hatte, würde bestimmt einen guten Anfang für einen Roman abgeben. *Alle Bücher träumen von Geschichten.* Er überlegte, ob er aufstehen sollte, um den Satz zu notieren, doch lieber gähnte er und blieb liegen. Dann dachte er an den Traum, den er gerade vergessen hatte. Das tat er eigentlich fast immer: Er träumte – und dann vergaß er, wovon er geträumt hatte, aber er *spürte*, dass da bis vor wenigen Augenblicken noch ein Traum gewesen war und ihn beschäftigt hatte. Kurz fragte er sich, ob dieser Satz womöglich aus jenem frisch vergessenen Traum stammte. Egal! Er lächelte verschlafen und zufrieden, drehte sich auf dem schmalen Bett zur Seite und knüllte sich das Kopfkissen bequem.

In dem Moment bemerkte er die Silhouette des Mannes, der neben seinem Bett stand und ihn beobachtete. Das war der Augenblick, in dem sich sein Leben änderte und die Dinge ins Rollen kamen.

»Wer sind Sie?« Nicholas setzte sich ruckartig auf. Das Herz schlug ihm auf einmal bis zum Hals.

Der Mann, der nur ein Schatten und darüber hinaus noch sehr dünn war (ein dünner Schatten, könnte man sagen), erschrak ebenfalls. So jedenfalls schien es. Er fuhr zurück, ein wenig nur, machte aber keine Anstalten abzuhauen. »Niemand«, sagte er leise. Eine Stimme wie Honig, Whiskey, Sturm. Er klang überrumpelt. War das etwa ein Akzent? Schottisch? Nicholas James erkannte die Sprache seiner Heimat, auch wenn jemand die Sprachmelodie zu verbergen versuchte.

»Was tun Sie hier?«

Der dünne Schatten kam näher. Er hatte stechend blaue Augen in einem hageren Gesicht, zornig aussehende Brauen, dazu weißes Haar, widerborstig hoch stehend, und dennoch eine elegante Erscheinung, fast ein Gentleman aus dem Fernsehen.

»Das ist wirklich bemerkenswert«, murmelte der Besucher. »Hm, in der Tat.« Er sah sehr streng aus, irgendwie ungeduldig. Und neugierig hinter der Aura des Geheimnisvollen. »Er kann mich sehen?« Die Frage galt wohl ihm selbst. »Nein, das ist nicht möglich.«

Was sollte der Blödsinn?

»Doch, es ist möglich«, betonte Nicholas, noch immer verschlafen, wenngleich ein wenig wacher als vorhin. Der Mann schüttelte energisch den Kopf. »Das muss ein Irrtum sein.« Dann hielt er inne, zweifelnd: »Andererseits ist es offenbar doch möglich. Ein Rätsel.« Er betrachtete Nicholas, als sei der eine Kuriosität, und fuchtelte wie ein Magier mit den Händen vor seinem Gesicht herum.

»Lassen Sie das«, herrschte Nicholas ihn an. »Sie haben hier nichts zu suchen. Wer sind Sie?« Er fühlte sich bedrängt, irgendwie überfallen, dem ungebetenen Eindringling ausgeliefert. Wer war der Kerl und was wollte er von ihm? Hatte er ihn beobachtet? Wie lange stand er schon da neben dem Bett? Wo kam er her? Warum wirkte er so ganz und gar nicht wie ein Einbrecher? Und überhaupt, was sollte er bei ihm stehlen? Zu guter Letzt die wichtigste Frage: War der Kerl gefährlich?

»Noch einmal.« Nicholas versuchte, wütend und beherrscht zu klingen. »Wer sind Sie?«

Der dünne, elegante Schatten nahm Haltung an. »Sie haben sich geirrt«, sagte der Fremde mit fester Stimme.

Nicholas rieb sich die Augen. Das war doch verrückt. Worin sollte er sich geirrt haben?

»Ich bin gar nicht hier.«

Was sollte das denn nun wieder?

»Natürlich sind Sie hier«, sagte Nicholas und gab sich Mühe, hinreichend wütend zu klingen.

»Nein, bin ich nicht.«

»Ich kann Sie sehen.« Nicholas fand, dass dies ein sehr gewichtiges Argument war.

Der Fremde winkte ab. »Sie haben ja noch den Schlaf in den Augen.«

»Was hat das denn damit zu tun?«

»Glauben Sie mir, Sie haben sich geirrt. Ich bin gar nicht hier.«

Nicholas rieb sich noch mal die Augen.

»Nie gewesen ...«

»Was ...?«

Da war niemand mehr.

Wie konnte das sein?

Nicholas knipste das Licht an, dann sprang er aus dem Bett, stieß sich den Kopf an der niedrigen Decke und fluchte. Sein Atem ging schnell, er zitterte. Er schaute sich um: So schnell konnte niemand aus der Kajüte verschwinden, unmöglich.

Ich bin gar nicht hier.

Die Stimme hallte in der Stille wider wie ein Echo.

Nie gewesen ...

Nicholas begutachtete die Kajüte. Die Tür nach draußen

war verschlossen. Wie also war der Fremde hier heraus gekommen (und wie hinein)? Die Antwort: Gar nicht! Etwa, weil er gar nicht da gewesen war? Hatte er sich das alles doch nur eingebildet? Wenn ja, dann war dies der intensivste Traum gewesen, den er je gehabt hatte (und zudem auch noch einer, an den er sich *erinnerte*). Wäre Erika jetzt bei ihm, dann hätte ihr Geschrei ohne Zweifel die Nachbarn in den anderen Booten geweckt und irgendwer würde jetzt von draußen gegen das Fenster klopfen und sich erkundigen, ob alles in Ordnung sei auf der *Dorian Gray* (das war der Name von Nicholas' Hausboot). Aber Erika war nicht hier. Sie hasste das Hausboot (»Es ist zu eng für alles«, pflegte sie zu sagen, und: »Das ist kein Bett, sondern ein Sarg; viel zu eng für alles.«). Nicholas rieb sich erneut die Augen. Er könnte sie anrufen und ihr schildern, was er erlebt hatte, aber würde sie ihm glauben? Wohl kaum. Er seufzte noch einmal, diesmal laut in die Stille hinein – weil laut zu seufzen manchmal guttat.

Eine Freundin zu haben, die nicht immer da war, konnte von Vorteil sein. Jetzt aber wünschte er sich, sie wäre hier. Sie hätte den schattenhaften Besucher gesehen und laut geschrien, was nervig gewesen wäre und die Nachbarn alarmiert hätte, aber dafür hätte er die Gewissheit gehabt, dass da wirklich jemand gestanden hatte. Jetzt zweifelte er an sich selbst.

»Du hast dir den Mann nur eingebildet«, würde Erika ihm antworten und nicht ohne einen Hauch von Herablassung hinzufügen: »Das macht nur dein Schriftstellergehirn.« Genau deswegen rief Nicholas sie jetzt nicht an. Es wäre uncool. Sie würde spüren, dass er aufgeregt war, und dann würde sie ihm verkünden, wie unmännlich es ist, sich vor seinen eigenen Träumen zu fürchten und erst recht vor geisterhaft auftauchenden Gestalten. Es könnte eine dieser Reden über ihr Rollenverständnis von Männern und Frauen folgen, die ihn langweilten, seitdem er herausgefunden hatte, wie gerne sie sich selbst reden hörte. Nein, es war gut, dass sie nicht hier war

»Hallo?«

Blöde Frage. Wer sollte denn antworten?

»Whoopie?« Die Katze lag auf ihrem Kissen am Fenster und schlief. Sie hatte also niemanden gehört.

Nicholas rekelte sich und gähnte. Er schlurfte rüber ins Bad, das aus kaum mehr bestand als einer Toilette, einer sehr kleinen (und für ihn etwas zu kurzen) Badewanne und einem Waschbecken, die durch eine Tür vom Rest der Kajüte abgetrennt waren, und zwar am Bug des Hausboots. Dort starrte er in den Spiegel: rotblondes Haar, das wie vom Wind verweht aussah, verdreht und lockig (dabei war Nicholas eindeutig Schotte), hellbraune Augen, müde, aber dennoch wachsam (das Herz schlug ihm noch immer wie wild in der Brust), in den Mundwinkeln ein ungläubiges, skeptisches *Hm-tja*.

Mit ein wenig Photoshop könnte man aus dem Gesicht den »gewöhnlichen Jungen« zaubern. Er dachte daran, wie sehr Erika sein offizielles Autorenfoto mochte. Bisher gab es nur dieses eine – sehr intellektuell in weich gezeichnetem Schwarz-Weiß.

Nicholas pinkelte und ging dann ins Bett zurück. Sein Herz schlug jetzt nicht mehr ganz so schnell wie vorhin. Er schaute aus dem Fenster. Draußen auf dem Uferweg war alles ruhig. Vermutlich hatte er sich das alles wirklich nur eingebildet. Nur ein Traum

Alle Bücher träumen von Geschichten.

In einem Traum in einem Traum.

Sie fürchten sich vor dem Vergessenwerden.

In einem Traum.

Sie haben sich geirrt.

In einem Traum.

Ich bin gar nicht da.

In einem Traum.

Vergessenwerden.

In einem Traum.

Gar nicht.

Da.

Nicholas knipste das Licht aus und hing noch eine Weile einem wild durcheinandergeratenen Geflecht aus Gedanken nach.

Sie haben sich geirrt.

Irgendwo im Dunkel der Kajüte schnurrte wie von fern die Katze.

Ich bin gar nicht da.

Nicholas wusste genau, welches Gesicht sie dabei machte.

Vergessenwerden.

Schließlich schlief er ein.

Früh am nächsten Morgen. Bevor Camden Town erwachte, schnatterten bereits die Enten auf dem Kanal. Sie waren immer die Ersten, die den Tag begrüßten, paddelten unter dem Fenster vorbei und sahen so aus, als würden sie geheime Pläne für den Tag schmieden. Die Enten waren die heimlichen Herrscher vom Regent's Park, von Little Venice und überhaupt von all den Kanälen, die London durchzogen. Darüber hinaus herrschten sie auch über die meisten anderen Parks in der Stadt.

Das Hausboot, das Nicholas nun schon seit ein paar Monaten bewohnte, lag direkt am Uferweg hinter St. Martin's Crescent und hier fühlte er sich daheim. Ein Zuhause, das zwei Meter breit und zwölfeinhalb Meter lang war, ziemlich eng, aber groß genug für das Leben, das er führte (und definitiv zu klein für das Leben, das Erika sich vorstellte). Drinnen war der Raum gerade groß genug für einen Tisch, zwei Stühle, einen Ofen, eine mickrige Küchenzeile mit Gasherd, dazu ein kleines Bad und, hinten im Heck, das Bett. Ein paar Bücher standen auf den wenigen Regalen, recht dürftig für jemanden, der das Lesen mochte (und das Schreiben). Aber seitdem er hier auf dem Hausboot lebte, hatte Nicholas sich angewöhnt, seine Bücher in der Bibliothek auszuleihen. Was es auf dem Hausboot nicht gab, war Platz.

Als er vor drei Jahren nach London gekommen war, hatte er auf einem anderen Hausboot gewohnt, doch Kadir Jones, der das Boot gemietet hatte, besaß keine Lizenz für einen festen Anlegeplatz. So etwas war teuer. Dann musste man alle zwei Wochen den Anker lichten und ein Stück den Kanal rauf- oder runterfahren, um sich einen neuen Platz für die nächsten beiden Wochen zu suchen. Das hatte den Vorteil, dass man sich frei fühlte und ein Vagabund auf den Kanälen war. Andererseits hatte man keinen festen Wohnsitz, was aber eigentlich nur dann zu einem Problem wurde, wenn man ein Päckchen erwartete.

»Wir sind Kanalnomaden«, pflegte Kadir oft zu sagen. »Die Wasserwanderer von London.«

Zugegeben, das klang romantischer, als es war. Aber es war auch romantischer, als man dachte.

Nicholas war aus Edinburgh nach London gekommen, um Sprachwissenschaften zu studieren, nicht ahnend, wie schwierig es sich gestalten würde, ein Dach über dem Kopf zu finden. Nichts von dem, was verfügbar war, konnte er sich leisten. Nichts von dem, was er sich leisten konnte, war verfügbar. Durch eine glückliche Fügung hatte er Kadir Jones kennengelernt, der auf einem Boot in Little Venice lebte. Dort zog Nicholas ein, erst mal nur für den Übergang, bis er eine Bude gefunden hätte. Am Ende hatte der Übergang fast zwei Jahre gedauert, eine Zeit, in der er sich vornehmlich mit diversen Jobs herumgeschlagen hatte und nur selten in den Vorlesungen aufgetaucht war. Kadir war geduldig, sie teilten sich die Miete für das Hausboot, und mit der Enge kamen sie gut zurecht, zumal sie aufgrund ihrer Jobs sowieso selten gleichzeitig da waren.

Dann, eines Nachmittags, hatte Nicholas damit begonnen, einen Roman zu schreiben, und die Geschichte floss ihm leichter von der Hand, als er es sich vorgestellt hatte. Die anderen Studenten, die Schreibkurse belegten, brüsteten sich immer damit, eine extrem schwierige Arbeit erledigt zu haben, aber Nicholas machte das Schreiben Spaß, und es schien weniger anstrengend zu sein als die Stunden, die er als Briefträger, Verkäufer oder Kellner verbrachte. Einen Roman auf einem Hausboot zu schreiben war jedenfalls eine feine Sache gewesen. Es hatte etwas herrlich künstlerisch Abenteuerliches.

»Außerdem kommt es fantastisch bei den Frauen an«, pflegte Kadir Jones zu sagen. Womit er nicht ganz unrecht hatte.

»Ich bin ein richtiger Bohemien«, stellte Nicholas James stolz fest. Es war ein gutes Gefühl, Schriftsteller zu sein.

»Glaubst du, dass du einen Verlag findest?«, wollte Kadir wissen.

»Zuerst muss ich die Geschichte beenden.« Nicholas glaubte fest daran, immer einen Schritt nach dem anderen zu machen.

Eines Tages jedenfalls (der Roman war noch nicht fertig) legten sie genau hier, am Ufer hinter dem St. Martin's Crescent an und Nicholas verbrachte die Nachmittage damit, oben an Deck zu sitzen, auf einem recht wackligen Klappstuhl vor einem nicht minder wackligen Gartentisch, und die Geschichte, die ihm nicht mehr aus dem Kopf ging, in ein einfaches Notizbuch zu schreiben. Er wusste, dass es Computer gab, und er hatte nichts gegen Laptops, aber beim Schreiben bevorzugte er das Gefühl, mit einem richtigen Stift auf richtigem Papier zu schreiben. Es wirkte einfach wahrhaftiger. Es tat gut und fühlte sich *echt* an.

Auf dem Hausboot, neben dem sie angelegt hatten (der *Dorian Gray*), saß an denselben Nachmittagen ein großer, beleibter Mann mit Laptop. Er schaute hin und wieder zu Nicholas rüber, sagte aber erst nach einer Woche etwas, abgesehen von einem gelegentlichen höflichen, aber knappen nachbarschaftlichen Gruß zwischen Bootsbewohnern.

»Ich habe dich beobachtet, Nachbar.« Genau so begann er das Gespräch. Er wirkte ruhig, nahezu behäbig, und schlau. »Mir ist nicht entgangen«, fuhr er fort, »dass du jeden Tag in ein Notizbuch schreibst.« Er stand auf dem Uferweg vor dem Boot, als Nicholas sein Fahrrad an Bord tragen wollte. »Ich erkenne einen Schriftsteller, wenn ich ihn sehe.« Er lächelte. »Die Geschichten stehen den meisten, denen sie einfallen, ins Gesicht geschrieben. Habe ich recht?« Bevor Nicholas etwas erwidern konnte, stellte der Mann sich ihm vor: »Ich bin Jonathan Fry.« Bereits beim nächsten Satz stellte sich heraus, dass er Lektor bei *Pluckley House* war. »Ich bin neugierig und immer auf der Suche nach Neuem, könnte man sagen.« Er lachte.

Nicholas wusste nicht so recht, was genau er meinte. Er ahnte natürlich, dass er Romanmanuskripte meinte, wurde das Gefühl aber nicht los, es könnte auch noch etwas anderes sein. »Wenn du möchtest, kann ich es lesen. Dein Manuskript. Wenn es fertig ist. Ganz wie du willst. Ich kann dir aber nichts versprechen, Nachbar. Wenn es schlecht ist, werde ich es dir sagen. Wenn es gut ist …« Wieder grinste er. »Nun ja, wenn es gut ist, dann ist alles möglich.«

Nicholas vertröstete ihn an diesem Tag, und im Lauf der nächsten Woche schrieb er die Geschichte fertig. Sie hieß *Malvina* und war keine zweihundert Seiten lang (sauber abgetippt in Word).

»Es ist eine Geistergeschichte«, sagte er, als er sie Mr. Fry überreichte. Er war extra mit dem Fahrrad zum Hausboot gefahren, um eine Kopie des Manuskripts zu übergeben, denn Kadir Jones hatte mittlerweile ablegen müssen und war erneut drüben in Little Venice vor Anker gegangen.

»Wie passend«, meinte Mr. Fry, der Zeitung lesend auf dem Dach der *Dorian Gray* saß.

Nicholas sah ihn fragend an.

»Dein Name. Nicholas James. Wie M. R. James.« Fry betrachtete die erste Seite. »Du weißt schon: Montague Rhodes James.« Er lächelte süffisant. »Nicht zu verwechseln mit E. L. James.« Er zog ein Gesicht wie jemand, der gerade an verdorbenes Essen denken musste. »Außerdem, nenn mich Jonathan.«

»Ist gut«, sagte Nicholas.

Und dann?

Malvina, die Geschichte einer alten Frau aus Schottland, die glaubt, den Geist ihres verstorbenen Mannes zu sehen, wurde veröffentlicht. Sie gefiel den Kritikern und auch einigen Lesern. Sie machte Nicholas zwar nicht reich, aber das Geld, das sie einbrachte, war willkommen und mehr, als er an sechs Tagen die Woche als Briefträger verdiente. »Erfolgreich genug, um an deinem nächsten Buch interessiert zu sein«, drückte es Jonathan aus. Also freute sich Nicholas – nicht zuletzt, weil er sich jetzt wie ein *richtiger* Schriftsteller fühlte, und das schon im Alter von vierundzwanzig Jahren. Als Jonathan ihm ein Interview beim *Guardian* besorgte, entfuhr ihm der Satz, der ihn von da an begleiten sollte: »Ich bin nur ein gewöhnlicher Junge.« Mehr brauchte die Presse nicht. Von da an war er der *gewöhnliche Junge*.

Er beschloss, bald einen weiteren Roman zu schreiben, aber ihm fiel vorerst nichts ein. Nicht, dass ihm das Kopfzerbrechen bereitet hätte.

»Weißt du, was das Wichtigste für einen Schriftsteller ist?«, fragte ihn Jonathan bei einem Glas Wein an Deck.

»Inspiration?«

Der beleibte Lektor schüttelte den Kopf. »Das Wichtigste für einen Schriftsteller ist es, einen Beruf zu haben, der ihm ein Einkommen verschafft. Wenn du also nicht enden willst wie viele, die Tag für Tag Scheiße schreiben, nur weil sich die Scheiße verkauft, dann beende dein Studium und behalte den Job bei der Post.« Er hob sein Glas. »Wenn dir jemand einen kostenlosen Rat gibt, dann solltest du ihn beherzigen.«

»Ist gut«, sagte Nicholas. Er kündigte den Aushilfsjob bei der Post nicht, sondern reduzierte die Arbeit nur auf vier von sechs Wochentagen. Er besuchte Seminare an der UCL und teilte sich weiterhin die Miete mit Kadir Jones. Und er verliebte sich in Erika Hallberg, die beim Lehrstuhl für Moderne Literatur als studentische Hilfskraft arbeitete. Die beiden wurden schnell ein Paar.

Vor knapp einem halben Jahr, kurz vor Weihnachten, verkündete Jonathan Fry plötzlich, dass er auf Weltreise gehen wolle.

»Es ist an der Zeit, den Spuren Lord Byrons zu folgen. Nun ja, im Geiste.« Ein vielsagendes Lächeln folgte. »Ich werde einen Reiseführer schreiben für Menschen, die das Reisen hassen. Koffer packen, Koffer schleppen, Koffer suchen, wer mag das schon? In den meisten Ländern ist es heiß und es gibt Moskitos. Kurz und gut. Ich werde zwei Jahre fort sein, und ich brauche jemanden, der sich während dieser Zeit um die *Dorian Gray* kümmert. Den Kräutergarten, die rostigen Stellen und die Katze, du weißt schon, Whoopie.« Er zwinkerte Nicholas zu. Sie saßen im *Ye olde Cheshire Cheese* bei einem Ale zusammen. »Na, wie sieht's aus?«

Die Antwort lautete: »Wow!«

»Sehr prägnant, gefällt mir.« Jonathan lachte.

Einen Handschlag später war es beschlossene Sache.

So bezog Nicholas seinen ersten festen Wohnsitz in London. (Sah man vom leichten Schaukeln auf den Wellen ab.) Er wohnte auf der *Dorian Gray*, kümmerte sich um die Kräuter und die Katze (und die rostigen Stellen am Boot) und wartete auf den Sommer.

»Der Anlegeplatz gehört mir«, hatte Jonathan ihm schon vor einiger Zeit erklärt. »Der Vorteil, wenn man ein gutes Lektorengehalt verdient, hm?«

Jeden Morgen, so wie heute, wenn Nicholas hinaus an Deck ging, sich mit einer Tasse frisch aufgebrühtem Kaffee in den Liegestuhl fallen ließ, die Kräuter, die aus den vielen Holzkisten wucherten, roch, den Uferweg betrachtete – zu dieser Uhrzeit trieben sich meist nur ein paar Jogger dort herum und Anwohner des Crescent, die ihre Hunde ausführten –, dann war er dankbar, genau dieses Leben zu führen. Whoopie, die Katze, kam meist erst am späten Nachmittag vorbei.

Der Mai in London ist wie ein leicht verschlafener Sommer. Nicholas mochte den Mai.

Das Einzige, was ihm den Genuss des Kaffees und die taufrische Morgenstimmung an Bord ein wenig verdarb, war die Erinnerung an den seltsamen Mann mit den zornigen Augenbrauen, der neben seinem Bett gestanden hatte. Andererseits, warum sich grämen und grübeln? Es war ja nichts passiert, außer dass er sich erschrocken hatte. Vermutlich hatte er tatsächlich nur intensiv geträumt, nicht mehr.

Trotzdem wollten ihm die Worte des dünnen Mannes

nicht aus dem Sinn gehen: *Ich bin gar nicht hier*. Irgendwie hatte er das Gefühl, dass er ihn wiedersehen würde. Keine Ahnung, warum.

Nach dem Frühstück machte sich Nicholas auf den Weg ins *Robinson's Records*, wo er zusätzlich einmal die Woche vormittags arbeitete. Er sortierte alte Schallplatten und neue CDs und fragte sich jedes Mal, wie lange das noch gut gehen würde. »Scheiß Downloads«, pflegte Mo, der Inhaber, zu sagen. Nicholas sah das ähnlich, aber auch er hatte keine Lösung bei der Hand.

Den Nachmittag verbrachte er dann in einem Café (dem *Accidental Escapist*) in der Delancey Street, wo er draußen im Schatten eines Baums saß und einen Roman von Ray Bradbury las. Vor ihm auf dem Tisch stand eine Tasse Tee. Süßes Nichtstun – manchmal pflegte er diese Momente, die das Leben ausmachten. Den Geruch der Sonne genießen und im Schatten lesen, all die losen Gedanken freilassen, bis sie irgendwann im hellen wolkenlosen Himmel wie Seifenblasen zerplatzten.

Später fragte er sich oft, wie sich das alles weiterentwickelt hätte, wenn er nicht in genau diesem Augenblick von dem Buch aufgeschaut hätte. Wären Erika und er womöglich noch immer ein Paar? Er und die wunderbare Erika Hallberg, die so unverschämt gut aussah. Die er beim Lehrstuhl kennengelernt hatte, als er sich für ein Seminar hatte eintragen wollen. Erika Hallberg, die wie ein Abenteuer gewesen war. Die gleiche Erika Hallberg, die jetzt auf der anderen Straßenseite mit einem Typen auftauchte, den Nicholas noch nie zuvor gesehen hatte. Ein großer Kerl, blond, eitel, sportlich, nach gut betuchten Eltern aussehend, gut einen Kopf größer als Nicholas. Jemand, der die großen Spiegel in den Fitnessstudios mag, die er täglich aufsucht, mehr Selfies als Landschaftsaufnahmen bei Facebook postet und in den zweifelsohne seltenen Stunden, die er nicht vor dem Spiegel verbringt, eiweißhaltige Nahrung zu sich nimmt.

Blieb die Frage: Wer zur Hölle war der Kerl?

Erika und der Eiweißfresser gingen eng umschlungen (seine Hand zu nah an ihrem Hintern) an den Schaufenstern entlang. Was da ablief, war kein Geheimnis, über jeden Zweifel erhaben.

Nicholas seufzte. Er legte das Lesezeichen in das Buch, damit er die Stelle nachher auch sicher wiederfand. Dann nahm er sein Smartphone aus dem Rucksack und rief sie an.

Von seinem Platz im Verborgenen aus sah er, wie Erika ans Telefon ging. »Hey, was gibt's?« Sie küsste den Eiweißfresser kurz auf den Mund und gab ihm zu verstehen, dass er sich ruhig verhalten sollte.

»Ich wollte nur fragen, was du heute Abend vorhast.«

»Dann frag«, säuselte sie.

Das übliche Spiel. »Was hast du heute Abend vor?«

»Ich muss arbeiten«, sagte sie. »Am Lehrstuhl, du weißt schon.«

Nicholas nahm das zur Kenntnis.

»Wo bist du?«, wollte sie wissen. Sie deutete auf irgendetwas im Schaufenster vor sich. Der Eiweißfresser nickte lässig.

»In der City«, sagte er. »Ich muss beim Verlag vorbeischauen.« Schriftsteller sind meistens gute Lügner. »Dauert aber nicht lange.« In Momenten wie diesem fiel es sogar besonders leicht zu lügen.

»Ich bin am College.« Lehrstuhlarbeit, schon klar.

Der Eiweißfresser fasste ihr an den Hintern. Sie schaute zu ihm auf und lächelte ihn vermutlich an. (Nicholas konnte das Lächeln nicht sehen, hatte aber keine Schwierigkeiten, es sich vorzustellen.)

Er sagte: »Ich ruf dich später an.«

»Ist gut.«

»Okay.«

»Ich liebe, vermisse und begehre dich«, sagte Erika, lachte und legte auf. Drüben auf der anderen Straßenseite zog sie den Eiweißfresser zu sich und knutschte ihn ab. Sie sagte etwas zu ihm und dann verschwanden die beiden in dem Laden. Eine Weile später kamen sie wieder nach draußen; sie trug eine Einkaufstasche, er eine Sonnenbrille. Mit langsamen Schritten schlenderten sie die Delancey Street hinab.

Nicholas fragte sich, was er tun sollte. Seltsamerweise fühlte er sich nicht einmal schlecht und das erschreckte ihn ein wenig. Kadir Jones hatte seine Freundin meist nur Erika Error genannt. »Sie ist von Anfang an ein Fehler gewesen«, hatte er gesagt, als er sie das erste Mal leibhaftig erlebt hatte. »Frauen wie Erika sind immer ein Fehler. Es steht ihnen auf der Stirn geschrieben.«

»Hey, hey, hey, sie ist meine Freundin«, hatte Nicholas zu bedenken gegeben.

»Das«, hatte Kadir festgestellt, »ist dein Problem.«

So viel also dazu.

Jetzt saß Nicholas im *Accidental Escapist* und fühlte sich wie zufällig auf der Flucht. Kadir hatte recht behalten. Sie war Erika Error, immer schon gewesen. War er blind? Dämlich? Wollte er das wirklich wissen? Der Tag schien die Luft anzuhalten, das Leben ebenso. Und dann sah er drüben auf der anderen Straßenseite, im schattigen Eingang des Geschäfts, das Erika Error und ihr Eiweißfresser vor nur ein paar Augenblicken verlassen hatten, einen dünnen Mann auf den Bürgersteig treten. Er trug dunkle Sachen, ein Sakko, ein bis zum Hals zugeknöpftes Hemd. In der Hand hielt er einen schwarzen Regenschirm, den er wie einen Gehstock benutzte. Er hielt inne, starrte dorthin, wo Nicholas' frisch gebackene Exfreundin gerade entschwunden war, und dann schaute er über die Straße hinweg zu Nicholas. Er machte ein verwundertes Gesicht, deutete mit dem Zeigefinger in die Richtung von Erika Error und dem Eiweißfresser – so als wollte er sagen: *Das ist nicht wirklich deine Freundin gewesen, oder?* – und schaute wieder hinüber zu Nicholas. Er schüttelte höchst missbilligend den Kopf, machte etwas mit den zornigen Augenbrauen, setzte sich dann lässig eine schwarze Sonnenbrille auf, grinste irgendwie herausfordernd, tippte mit dem Regenschirm auf den Boden und war nicht mehr da.

»Teufel noch eins!«, entfuhr es Nicholas. Er sprang auf und lief instinktiv auf die Straße.

Ich bin gar nicht hier.

Er hielt inne. Zwei Autos fuhren an ihm vorbei.

Das war der Kerl von letzter Nacht gewesen, er war sich ganz sicher. Was in aller Welt hatte der hier zu suchen?

Eine Frau ging an ihm vorbei, als er auf den Gehweg

zurücktrat. Sie trug ein seltsames Kostüm, das nach Mittelalter aussah. Vermutlich jemand vom Straßentheater beim Camden Market, mutmaßte Nicholas. Er begegnete ihrem Blick, sie starrte ihn an, mit einem ähnlich überraschten Ausdruck in den Augen, wie der dünne Mann vorige Nacht es getan hatte. Nicholas lächelte ihr kurz zu, dann schaute er zur anderen Straßenseite.

Der Mann war fort, einfach so. Wie letzte Nacht hatte er sich einfach in Luft aufgelöst.

Nie gewesen …

Nicholas blieb ein paar Augenblicke wie angewurzelt stehen. Die Sonne stand hoch am Himmel. Es hätte alles so einfach sein können – sein Leben, die Arbeit, dieser Tag und die Liebe. Doch auf einmal war alles durcheinandergeraten und Nicholas beschlich das Gefühl, immer mehr die Kontrolle zu verlieren.

Schließlich ging er wieder zu seinem Tisch, blätterte abwesend in dem Roman und dachte an den seltsamen Besucher von letzter Nacht. Konnte es ein Zufall sein, dass er ausgerechnet jetzt an ausgerechnet diesem Ort auftauchte? War er hinter ihm her? Wenn ja, warum?

Nicholas wusste, dass er keine Antworten auf diese Fragen finden würde. Nicht hier, nicht jetzt. Vielleicht nie.

Er zahlte, packte das Taschenbuch in seinen Rucksack und ging zu seinem Fahrrad, das an einer Laterne zwei Häuser weiter angekettet war. Es war ein altmodisches Rad ohne Schnickschnack, schwarz, einfach, praktisch. Nicholas besaß es seit Jahren und es war eines der wenigen Dinge, die er aus Edinburgh mit nach London gebracht hatte. Plötzlich musste er an die See denken, die er allzeit von dem Fenster in seinem Zimmer hatte sehen können: Der Firth of Forth erstreckte sich vor dem Hügel, auf dem das Haus stand, bis zum Horizont in all seiner rauen Schönheit. Vielleicht hatte er deswegen ein Zuhause auf einem Boot gefunden. London war für ihn immer eine Stadt des Wassers gewesen, der Kanäle, Brunnen, Flüsse. Er war meistens mit dem Fahrrad unterwegs, nur bei starkem Regen quälte er sich in die Busse oder die U-Bahn hinunter.

Überrascht bemerkte er die Visitenkarte, die jemand an die Klingel des Fahrrads gesteckt hatte. Er nahm die Karte behutsam in die Hand:

Neugierig wegen letzter Nacht?

Das war alles, was dort stand. Er drehte die Karte um.

Chesterton & Chesterton
Schirme und mehr

Eine Anschrift stand dort ebenso: Seven Dials. Keine Straße mit Hausnummer, fast so, als müsse man diesen Laden für Regenschirme kennen.

Nicholas sah sich um. Von dem Mann war jedenfalls nichts zu sehen. Was also sollte er tun? Dort vorbeifahren und spontan und unverbindlich fragen, was in aller Welt der Kerl mitten in der Nacht in seinem Hausboot zu suchen hatte? Und, viel wichtiger, wie es ihm gelang, sich so schnell in Luft aufzulösen. Dass er etwas mit Regenschirmen zu tun hatte, passte irgendwie.

Nicholas öffnete das Fahrradschloss, legte es in den Korb,

der hinten auf dem Gepäckträger angebracht war, schulterte den Rucksack und stieg auf.

War die Visitenkarte nicht so etwas wie eine Einladung? Warum also nicht einfach nach Covent Garden fahren und schauen, was passieren würde? Das Leben war für Augenblicke wie diese gemacht. Schriftsteller wissen das. Den Wind im Gesicht, fuhr er also los, an Erika Error dachte er schon gar nicht mehr.

Seven Dials lag mitten in Covent Garden, ein gutes Stück südlich von Camden Town. Mit dem Fahrrad brauchte Nicholas eine knappe Stunde, um dorthin zu gelangen, was in erster Linie dem dichten Verkehr in der Stadt geschuldet war und der Tatsache, dass er nur Radwege und Nebenstraßen und Gassen und andere Schleichwege nutzen konnte. Neben den Flüssen und Kanälen war London für Nicholas James eine Fahrradstadt.

Seven Dials war ein Viertel nahe der Charing Cross Road, wo sich mehrere Straßen sternförmig an einem runden Platz trafen. Da keine genaue Adresse angegeben war, musste Nicholas die Straßen eine nach der anderen nach dem Schirmgeschäft absuchen. In der Earlham Street wurde er schließlich fündig. Das Geschäft befand sich in einem der alten Häuser mit den bunten Backsteinfassaden. Drei Stockwerke, hohe Fenster. Ein uraltes Schild hing über dem Eingang. Im Schaufenster befanden sich nur wenige Schirme, die aber allesamt sehr teuer und handgefertigt aussahen. Preisschilder gab es keine.

Nicholas stellte das Fahrrad ab und sah sich den Laden genauer an. Es war nicht nur ein Geschäft, das Regenschirme und Gehstöcke aller Art verkaufte, nein, es sah aus wie ein Geschäft, in dem Regenschirme und Gehstöcke aller Art nach den traditionellen Techniken in Handarbeit *hergestellt* wurden, Einzelstücke, deren Preise Nicholas nicht schätzen konnte.

Er spähte durchs Fenster ins Innere, konnte aber wenig erkennen: einen Tisch, auf dem eine riesige alte Registrierkasse stand, an den Wänden Regale, in denen elegante Schirme lagen, Ausstellungsstücke, wie es den Anschein hatte. Das alles wirkte wie ein Salon aus dem vorigen Jahrhundert, dunkel und verhuscht leise und mit jeder Menge Holzvertäfelung an den Wänden.

Nicholas trat zur Seite und stand vor der Tür. Er drückte die Klinke.

Geschlossen. Na toll!

Einen Augenblick zögerte er, dann klopfte er an die Tür. Konnte ja nicht schaden. Eine Klingel sah er jedenfalls keine. Er wartete, lauschte. Nichts. Er klopfte noch einmal.

Wieder nichts.

Erneut betrachtete er die Visitenkarte und beschloss, am nächsten Tag noch einmal hier vorbeizuschauen. Warten hatte keinen Sinn, schließlich wusste er ja nicht einmal, ob der Mann heute hier auftauchen würde. Was jemand, der Regenschirme und Gehstöcke auf traditionelle Art und Weise herstellte, nachts in seinem Hausboot zu suchen hatte, musste also weiter ein Rätsel bleiben.

So machte er sich auf den Heimweg. Genug der Überraschungen für heute.

Unterwegs rief ihn Erika mehrmals an. Er überlegte, ob er sie blockieren sollte, entschied sich aber dagegen, weil sie dann bei ihm zu Hause auftauchen und stundenlang diskutieren würde. Genau das galt es zu vermeiden. Außerdem, das musste er sich jetzt wohl eingestehen, wollte er sie eigentlich überhaupt nicht mehr sehen, und die Leichtigkeit, mit der ihm dies bewusst wurde, erschreckte ihn nicht einmal mehr. Am Soho Square hielt er schließlich an. Es klingelte erneut in seinem Rucksack.

»Hi, Nicky.«

Er hasste es, wenn sie ihn so nannte. Niemand nannte ihn so, nur sie. »Ich bin unterwegs.«

»Wo steckst du gerade?«

Auf der Wiese vor ihm saßen fröhliche Menschen, die den Sonnenschein genossen. Das alte Häuschen in der Mitte des Platzes wirkte wie aus der Zeit gefallen, als würden Shakespeare oder Pepys jeden Moment durch die Tür nach draußen kommen und sich mit einem Buch auf einem Handtuch niederlassen, um den Tag zu genießen. »Ich war heute in der Delancey Street.«

Sie sagte erst mal nichts. Erika und er hatten hier im letzten Herbst ein Konzert von Yamit Mamo und Neil Hannon besucht. Nicholas wusste genau, wo sie damals gestanden und was sie sonst noch so an dem Abend getan hatten.

»Du warst auch da«, sagte er.

Immer noch Schweigen. Dann etwas zögerlich und kleinlaut: »Ich habe dich gar nicht gesehen.« Erika konnte wirklich sehr unschuldig klingen, wenn sie es wollte. Und sie konnte Zeit schinden, wenn es sein musste.

Nicholas sagte: »Dafür habe ich dich gesehen.«

Schweigen.

Nicholas genoss den Anblick der Stadt. London im Mai. Die Wärme im Gesicht wirkte Wunder.

Er seufzte. »Erika, hör zu«, begann er.

Zu seiner Überraschung tat sie das auch.

»Wir könnten jetzt eine Weile reden und ignorieren, was ich gesehen habe«, sagte er. »Wir wären bestimmt nicht die Einzigen, die vorgeben, ein Paar zu sein, obwohl wir genau wissen, was Sache ist.« Er betrachtete die Pärchen auf dem Rasen und dachte ein wenig wehmütig *Hm-tja.* »Wir könnten diskutieren und lang und breit analysieren, wie es so weit hat kommen können und wer die Schuld trägt und wer nicht und so ein Zeug, du weißt schon, was ich meine. Du bist sehr gut darin.« Er betrachtete die Enten, die es auch hier gab. »Wir könnten«, und das war das, worauf es ankam, »aber auch einfach auflegen und das hier so schnell wie möglich beenden. Das ist der beste Weg, finde ich.« Wobei *beenden* nicht ganz richtig war, schließlich war es ja schon vorbei. »Du wirst mit dem Eiweißfresser, der dir an den Arsch gegriffen hat, glücklich und ich muss mir dich nicht mehr antun.« Hörte er sich jetzt etwa verletzt an? Nein, das sollte er nicht (manchmal tat ein wenig Herablassung einfach gut). »Es wäre also wirklich sehr schön, wenn du mich einfach in Ruhe lässt. Ich denke, das kriegst du hin.« Damit beendete er das Gespräch, blockierte Erika Errors Nummer überall und steckte das Telefon in den Rucksack zurück.

Dann atmete er tief durch.

Die Sonne schien, London war noch immer da. Die

Welt war nicht untergegangen, weil er gesehen hatte, was er gesehen hatte. Erika Error war urplötzlich Vergangenheit geworden, das war alles, und es war verlockend, dem neuen Leben, das irgendwo und irgendwie vor ihm lag, entgegenzuradeln. Manchmal waren die Dinge, die einem allzeit so schwierig oder unmöglich vorkamen, einfacher als gedacht. Er fühlte sich auf einmal so frei wie lange nicht mehr.

Nicholas stieg in die Pedale und fuhr hinauf nach Camden Town, mied die Touristen, die den Markt und die Gegend um die Schleuse bevölkerten, radelte die wenig besuchten Nebenstraßen entlang, bis er schließlich am St. Martin's Crescent ankam. Die Bäume, die zu beiden Seiten die Straße säumten, standen jetzt in sattem Grün und rauschten in der warmen Frühlingsbrise wie verschlafene Riesen. Er hörte ein Touristenboot den Kanal entlangtuckern, erkannte die Lautsprecherstimme, die das Kanalsystem der großen Stadt in mehreren Sprachen erklärte. Die meisten Touristenboote fuhren täglich die Strecke zwischen Camden Market und Little Venice bis in den frühen Abend hinein, im Hochsommer noch ein wenig länger – was nervig war, wenn man ungestört an Deck lag und seine Ruhe haben wollte.

Nicholas trug das Fahrrad die Treppenstufen zum Kanaluferweg hinunter und schob es den restlichen Weg bis zum Hausboot. Der Uferweg war zu dieser Zeit rege besucht. Spaziergänger mit ihren Hunden, emsige Jogger und Enten bevölkerten ihn. Auf den Booten konnte man überall deren Bewohner sehen. Bei schönem Wetter wie heute saßen sie an Deck und lasen in Büchern, unterhielten sich, lagen in Liegestühlen und sonnten sich, hängten ihre Wäsche auf die Leine, besserten ihr Boot aus. Es war eine richtige Nachbarschaft von der besten Sorte, eine nämlich, die regelmäßig wechselte. Die *Dorian Gray* war das einzige Boot in diesem Teil des Kanals, das einen festen Anlegeplatz hatte. Dafür hatte Jonathan Fry einiges springen lassen.

Auf den anderen Booten lebten derzeit ein ehemaliger Richter, ein Polier, eine Krankenschwester und ein pensioniertes Beamtenpaar.

Nicholas fühlte sich wie jemand, der gerade nach Hause kommt, sonnig, ruhig und auf eine angenehme Art und Weise erschöpft – was ein fast schon meditativer Nebeneffekt des Fahrradfahrens war.

Als er bei der *Dorian Gray* ankam, sah er, dass ihn jemand erwartete.

»Hallo, Nicholas James.« Der Mann saß in dem Liegestuhl an Deck und schaute auf, als Nicholas das Fahrrad am Bug abstellte. »Es ist dir also ernst damit, mich kennenzulernen.«

»Sie haben mir die Visitenkarte an die Klingel gesteckt.«

Der Mann setzte sich auf und fixierte ihn. »Ja, das war ich.« Seine buschigen Augenbrauen sahen wirklich bedrohlich aus. »Du bist in Seven Dials gewesen.«

Nicholas ging auf ihn zu. Er hatte nicht vor, sich einschüchtern zu lassen. »Wer sind Sie?«

»Peter Chesterton«, stellte sich der Mann vor.

»Und was tun Sie?«

»Ich fertige Regenschirme an.«

»Das ist alles?«

»Nein.«

Nicholas machte eine ungeduldige Geste.

»Ich fertige auch Gehstöcke an.«

»Das habe ich nicht gemeint.«

Chesterton lächelte. »Das weiß ich.«

»Sie fertigen also Regenschirme und Gehstöcke an«, wiederholte Nicholas höchst ungeduldig. »Ist das alles, was Sie mir zu sagen haben?«

Peter Chesterton lächelte wissend und sehr geheimnisvoll. »Nein, Nicholas James, das ist natürlich längst nicht alles.«

2

Wenn Nicholas an sein Elternhaus in Edinburgh dachte, dann waren es meistens die Risse, die sich in den Wänden zeigten, an die er erinnert wurde. Margaret Fergusson, seine mittlerweile verstorbene Großmutter (die in seinem Roman *Malvina Fraser* hieß), hatte ihn oft vor den langen gezackten Rissen gewarnt. »Das sind Setzungsrisse«, pflegten ihr alle zu sagen, insbesondere die Handwerker, die regelmäßig zur Begutachtung der Risse hinzugezogen wurden. »Ein Haus lebt nun mal und im Lauf der Zeit bilden sich Risse. Die sind nicht schlimm.« Margaret, die im gleichen Haus lebte, oben unter dem Dach, ließ sich dadurch nicht beirren. »Wenn man Risse sieht«, riet sie ihrem Enkel, »dann sollte man nachschauen, wo sie herkommen. Natürlich kann man sie einfach übermalen, aber dann sind sie ja immer noch da.« An dieser Stelle hatte sie sehr beunruhigt ausgesehen. »Im Leben ist es kaum anders, musst du wissen. Wenn du Risse erkennst, dann solltest du dich in Acht nehmen.«

Nicholas hatte nicht unbedingt das Gefühl, sich in Acht nehmen zu müssen, als er Peter Chesterton begegnete, aber er fühlte sich dennoch an die Risse in der Hauswand des Hauses in Edinburgh erinnert, vor denen sich seine Großmutter so gefürchtet hatte.

»Ich kann dir nicht sagen, was ich tue. Noch nicht. Wir müssen die Sache langsam angehen.« Der Fremde wirkte wie ein Professor, zumindest wie ein Gelehrter der alten Schule, irgendwie wissend und schlau.

Nicholas fragte sich, was er mit dieser Information anfangen sollte. »Sie sind gestern Nacht hier auf dem Boot gewesen.« Das war keine Frage, sondern eine Feststellung, vielleicht eine Anschuldigung.

»Natürlich war ich das. Du hast mich gesehen.«

»Aber …«

Chesterton hob den Zeigefinger. »Es ist kompliziert.« Da, wieder dieses Zucken der Augenbrauen! »Wie die meisten Geschichten, in die man erst hineinfinden muss, bedarf es Zeit.« Er lächelte geheimnisvoll. »Du verstehst das.«

»Nein.« Eigentlich verstand Nicholas gar nichts.

»Dachte ich mir.« Chesterton erhob sich aus dem Liegestuhl.

»Was wollen Sie von mir?«

»Ich möchte dir etwas zeigen.«

»Was?«

»Das kann ich dir nicht sagen. Ich kann es dir nur zeigen.«

»Okay.« Nicholas sah den Mann erwartungsvoll an.

»Nicht jetzt«, sagte Peter Chesterton.

»Warum nicht jetzt?«

»Es ist kompliziert.«

Nicholas nickte mürrisch.

»Morgen ist ein neuer Tag«, sagte Chesterton. »Wie wäre es also mit morgen?«

»Warum nicht heute?« Immerhin war er schon hier.

Entnervt gehobene Augenbrauen.

»Es ist kompliziert?«

Chesterton klatschte in die Hände. »Exakt das ist es.«

»Und morgen ist es nicht mehr kompliziert?«

»Doch, morgen ist es natürlich auch noch kompliziert. Aber ich habe bis dahin Zeit, darüber nachzudenken.«

»Worüber?«

Er erhob sich. »Über alles, Nicholas James.«

Der atmete tief durch. Hier standen sie nun, an Deck der *Dorian Gray*, es roch nach allen möglichen Kräutern und dem kühlen Wasser des Kanals.

»Deswegen sind Sie extra hergekommen? Um mir das zu sagen?«

»Ich dachte, es sei angemessen.«

Nicholas nickte. »Es war also kein Zufall, dass Sie gestern Nacht hier waren.«

»Es war ein Zufall, dass du mich gesehen hast«, antwortete Chesterton.

Das klang unheimlich.

»Morgen früh in meinem Laden?«

Nicholas, der sich noch immer zu überrumpelt fühlte, um etwas anderes als *Hm-tja* zu sagen, willigte ein. Er war viel zu neugierig, um es nicht zu tun.

»Schöne Kräuter«, sagte Chesterton. »Jeder sollte einen Kräutergarten haben.«

»Sehe ich auch so.«

»Magst du Kräuter?«

»Sonst wären sie nicht hier.«

Chesterton lächelte zufrieden. »Ein Schriftsteller, der Kräuter mag. Das ist gut. Ja, das ist ein Anfang.«

»Sie kennen mich?«

»Du kennst mich jetzt auch.« Chesterton bückte sich und schnupperte an den Kräutern, die in alten Holzkisten mit dunkler Erde prächtig gediehen: Koriander und Petersilie, Salbei, Rosmarin, Basilikum, Thymian und Oregano. »Ah, Zitronenminze.« Er sog den Duft förmlich ein und lächelte dabei genüsslich. »Zitronenminze ist wunderbar.«

Gut, er mochte Kräuter. »Was passiert jetzt?«, wollte Nicholas wissen.

»Ich werde gehen.« Er streckte sich und sah Nicholas direkt in die Augen, forschend und neugierig.

Nicholas konnte sich die Frage nicht verkneifen. »Lösen Sie sich wieder in Luft auf?«

»Ist das eine ernst gemeinte Frage?«

»Sie haben es in der Delancey Street getan.«

»Habe ich das?«

»Und vergangene Nacht.«

»Du glaubst also wirklich, dass so etwas möglich ist?« Er schüttelte den Kopf und schmunzelte. »Ich nehme natürlich den Bus. Die Haltestelle in der Gloucester Road.« Er wippte leicht und beschwingt auf den Absätzen hin und her. »Wir sehen uns morgen. Nicht vergessen.« Mit diesen Worten empfahl er sich und verließ das Hausboot; er schlenderte den Uferweg entlang, ohne sich noch mal umzudrehen.

Nicholas sah ihm hinterher, bis er den Uferweg verlassen hatte. Er musste wieder an die Risse in den Wänden in Edinburgh denken. Daran und an eine neue Geschichte, die ihm im Kopf herumspukte.

Abenddämmerung in Camden Town. Das Licht wurde gülden, Mücken surrten über dem Wasser, die Enten wurden ruhiger. Nicholas duschte, kümmerte sich um die Kräuter, hing an Deck herum. Jetzt, nachdem Erika Hallberg kein Teil seines Lebens mehr war, fühlte er sich frei. Die Luft kam ihm klar wie Quellwasser vor, das ferne Hupen der Autos wie Musik, das leise Rauschen der Bäume im Wind wie ein Versprechen.

Es war an der Zeit, Kadir Jones anzurufen.

»James!« Kadir war der einzige Mensch, der ihn so nannte.

Im Hintergrund lief laute Musik. »Was ist das?« Kadir hatte einen unfehlbaren Musikgeschmack.

»Michael Kiwanuka«, sagte er. *»Love and Hate.«*

Wie passend, gerade jetzt. »Was sagen die Nachbarn dazu?«

»Die mögen mich trotzdem.« Er lachte. Kadir besaß ein sonniges Gemüt, ihm fehlte jegliche Tristesse. Soul war der Soundtrack seines Lebens.

»Was machst du gerade?«

»Den Abend genießen.«

»Es gibt Neuigkeiten«, verkündete Nicholas.

»Sie hat dich verlassen«, sagte er prompt.

»Wie kommst du denn darauf?«

»Ich hab geraten.«

»Kein Scheiß?«

»Hey, ich kenne dich besser, als du denkst. Du hörst dich … irgendwie deprimiert an. Na ja, und gleichzeitig irgendwie so gar nicht deprimiert.« Er drehte die Musik ein wenig leiser. »Wann hat sie dich denn verlassen?«

War das so? Er fühlte sich gar nicht deprimiert. »*Ich* habe sie verlassen«, sagte er schnell. Manchmal musste man die Dinge eben sofort ins rechte Licht rücken, bevor ein falscher Eindruck entstand.

Ohne nähere Einzelheiten der Geschichte zu kennen, sagte Kadir: »Glückwunsch, James. Mann, das ist das Beste, was dir passieren konnte. Glaub mir.«

Kadir hatte Erika Hallberg eben nie gemocht. Und Erika hatte ihn nie gemocht. »Er macht mir Angst«, pflegte sie zu sagen. »Er sieht aus wie jemand, der an dunklen Ecken steht, Gras raucht und einen überfällt, wenn man nicht aufpasst.«

Nicholas gab entnervt zu bedenken, dass die Bemerkung ziemlich rassistisch sei und darüber hinaus vollkommen bescheuert. (Dabei war Kadir Jones sehr wohl jemand, der gerne an dunklen Ecken stand und Gras rauchte, zumindest manchmal.)

»Es hat nichts mit seiner Hautfarbe zu tun«, korrigierte sie sich. »Nein, es ist dieser Blick. Er hat diesen Blick, den sie alle haben.«

Meine Güte! *»Sie?«*

Erika hatte auf hilflos und unschuldig gemacht. »Du weißt schon, was ich meine. Ich fühle mich irgendwie bedroht, wenn er da ist. Ich kann ja auch nichts daran ändern.«

Nicholas fragte sich immer öfter, wie er jemals mit ihr hatte zusammen sein können.

»Sie sieht rattenscharf aus«, hatte Kadir es formuliert und, weil er Metaphern liebte, hinzugefügt: »Du weißt, dass ich niemals Ferrari fahren würde.«

»Du wirst niemals Ferrari fahren, weil du dir nie einen leisten kannst.«

»Selbst wenn ich mir einen leisten könnte, würde ich es nicht tun.« Er hatte Nicholas bedeutsam angeschaut. »Hey, wir sind uns doch einig, dass so ein Ferrari eine ziemlich scharfe Kiste ist, keine Frage, schnell und schnittig. Aber, James, ganz im Ernst, nur Idioten fahren einen Ferrari.«

Idioten wie der Eiweißfresser, dachte Nicholas jetzt.

»Weil der Ferrari ein Idiotenauto ist.«

»Ein Angeberauto.«

»Entwickelt von Angebern für Angeber.«

Nicholas hatte schon damals verstanden, was er meinte. Metaphern waren nur in den Geschichten ein Problem, manchmal, nicht aber im richtigen Leben. Aber eine Weile hatte er es genossen, Ferrari zu fahren, das musste er leider zugeben. Wenn er schrieb, dann versuchte er, so gut es ging, Klischees und unnötige Metaphern zu vermeiden, aber das gelang ihm im wirklichen Leben nicht immer, vielleicht weil das richtige Leben vor Metaphern und Klischees nur so strotzte.

»Wie fühlst du dich?«, wollte Kadir jetzt wissen.

Ohne näher darüber nachzudenken, sagte er: »Eigentlich ganz gut.« Er atmete tief durch. Nein, das war gelogen. Er fühlte sich fantastisch. »Ich bin frei.« Dann erzählte er kurz und knapp von Erika Error und der Delancey Street. »Aber deswegen rufe ich nicht an.«

»Nicht deswegen?«

»Nein, es ist etwas wirklich Wichtiges passiert.«

»Wichtiger als Erika Error abzuschießen?«

»Viel wichtiger.«

»Wow!«

»Geheimnisvoller.«

»Ich höre.«

Nicholas berichtete von Peter Chesterton und letzter Nacht, der Visitenkarte am Fahrrad, dem Laden in Seven Dials, dem Auftauchen vorhin auf dem Hausboot, dem Gespräch, das viel zu kurz und viel zu seltsam gewesen war.

»Das ist definitiv interessanter, als Erika Error abzuschießen.«

»Ja, ist es.«

»Und geheimnisvoller, als eure Beziehung es jemals war.«

Nicholas lächelte. Kadir hatte den Nagel auf den Kopf getroffen.

»Wirst du hingehen?«

»Was würdest du tun?«

»Ich würde wissen wollen, was der Kerl auf meinem Boot zu suchen hatte.« Kadir machte eine Pause. »Glaubst du, er ist gefährlich?«

»Nein.«

»Bist du dir sicher?«

»Ja.« Nicholas wunderte sich selbst am meisten darüber, weil er normalerweise eher misstrauisch gegenüber Fremden war, aber er hatte kein schlechtes Gefühl bei dieser Sache. Peter Chesterton war zwar ein ziemlich komischer

Kauz, daran gab es nichts zu rütteln, aber er schien ehrlich zu sein. Es war nur so ein Gefühl, aber Nicholas glaubte, seinem Gefühl dieses Mal trauen zu können. Sah man einmal von der Beziehung mit Erika Error ab, konnte er seinem Gefühl eigentlich meistens trauen.

»Du hast wirklich ein Talent dafür, in seltsame Situationen zu geraten«, stellte Kadir fest.

Nicholas fand, dass er eigentlich nie in seltsame Situationen geriet. Sein Leben war nahezu langweilig ereignislos.

»Im schlimmsten Fall kannst du eine Geschichte daraus basteln.«

»Eine, die du lesen wirst?«

»Eine, die ich mir ins Regal stellen werde.«

Nicholas wusste, was Kadir von Büchern hielt. Er besaß nur einen einzigen Roman, den er zwar nicht gelesen hatte, der aber zwischen den Mathematikbüchern, die er für sein Studienfach benötigte, stand: *Malvina* von Nicholas James. Das einzige andere Buch in seinem Besitz, das eventuell als Erzählung durchgehen konnte, war *Flatland* von Edwin A. Abbott, eine Art abgefahrener Science-Fiction-Roman, in dem ein altes Quadrat, das im Flächenland lebt, von seinen Reisen ins Raumland und Linienland erzählt, Klischees und Metaphern inbegriffen.

»Das ist wirklich schräg«, hatte Nicholas damals gesagt. »Kann man das lesen?«

»Ist ein gutes Buch.«

»Kein Scheiß?«

»Kein Scheiß.«

Kadir war eher jemand, der sich in Musik versenkte. Er besaß Regale voller Vinyls, die er im Kinderzimmer seines

Elternhauses in Bedford hortete – da auf dem Hausboot der Platz begrenzt war und er vermeiden wollte, eine Garage für den Kram anzumieten. Außerdem spielte er Bassgitarre in einer Band namens *The Misbehavers*, die regelmäßige Auftritte drüben im *Koko* und hin und wieder sogar im *Electric Ballroom* hatten. Nicholas mochte die Musik, die sie machten, eine wilde Mischung aus Hip Hop, Soul und 70er-Funk. Darüber hinaus teilte er sich mit Kadir den Job bei Mo im *Robinson's Records*.

»Ich habe den Anfang von *Malvina* gelesen«, hatte er damals zugegeben, »und ich muss sagen, dass die Sätze, die du schreibst, viel mit Musik zu tun haben. Nicht mit der Musik, die ich bevorzuge. Eher was Klassisches. Wie Filmmusik oder das alte Zeug von Gilbert und Sullivan, nur gruseliger.«

»Gruseliger als Gilbert und Sullivan?«

»Keine Frage.«

Nicholas hatte ihn kurz nach seiner Ankunft in London kennengelernt. Seit damals waren sie Freunde.

»Hey, Braveheart, mein Mitbewohner zieht aus und ich brauche jemanden, der das Boot aufräumt, kochen kann, den Dreck wegputzt und die Hälfte der Miete zahlt«, hatte Kadir ihm auf einer Party verkündet, nachdem er erfahren hatte, dass Nicholas gerade in London angekommen und auf Wohnungssuche war.

»Du wohnst auf einem Boot?«

»Immer unterwegs. London ist die Stadt der Kanäle, hast du das nicht gewusst?«

»Nein.« Hatte er wirklich nicht.

So jedenfalls fing es an.

Kadir Jones studierte wie er selbst. »Materialtechnik«, erklärte er. Darüber hinaus lebte er schon länger in London, was ihn, im Vergleich zu Nicholas jedenfalls, zu einem Kenner der Stadt machte. »Die Welt braucht gute Ingenieure«, pflegte Kadir zu sagen, »aber sie braucht auch gute Musiker.« Jede freie Minute hatte er mit Kopfhörer und Gitarre im Hausboot gesessen und seine Riffs geübt.

Als Nicholas auf die *Dorian Gray* gezogen war, hatten sie zum Abschied eine Tour durch sämtliche Pubs von Camden Town unternommen. Allein zu wohnen war anfangs seltsam gewesen für Nicholas, hatte er sich doch an das ständige Treffen, Reden und Miteinanderleben gewöhnt.

»Adieu, Erika Error, und *Hallo, Geheimnis*«, sagte Kadir jetzt. »Sieht aus, als würde es in deinem Leben so richtig rundlaufen.«

Nicholas pflichtete ihm bei. Dann redeten sie noch eine halbe Stunde über die wirklich wichtigen Dinge im Leben: aktuelle Kinofilme, das Wetter, die monatliche *Button Down Disco* drüben im *Koko*, an der Nicholas, jetzt, wo er Erika endlich los war, wieder so richtig teilnehmen könnte; und die letzten Spiele von Chelsea in der Fußball-Liga. Schließlich empfahl sich Kadir, weil er todmüde war. »James, halt mich auf dem Laufenden.«

So viel also dazu.

Nicholas begrüßte Whoopie, die faule Katze, die jetzt erst nach Hause kam und sich sofort, nachdem sie ihm einmal schnurrend um die Beine gestrichen war, nach drinnen auf ihr Kissen verzog. Dann fiel ihm erneut Peter Chesterton ein. Er rief bei der Post an, um seine Schicht mit einem Kollegen zu tauschen. Da viele Studenten in der Zustellung arbeiteten, war ein Tausch normalerweise kein Problem. Kaum zu glauben, dass er wegen dem Regenschirmmacher aus Seven Dials seinen Arbeitstag änderte, aber die Neugierde ließ ihn nicht los.

Der Schreck von letzter Nacht steckte ihm irgendwie noch immer in den Knochen.

So saß er in der Abenddämmerung an Deck und irgendwann schrieb er den Anfang von etwas in sein Notizbuch hinein, anfangs nur ein paar Zeilen, die sich vielleicht zu einem neuen Roman auswachsen konnten. *Alle Bücher träumen von Geschichten, denn sie fürchten sich vor dem Vergessenwerden.* Er dachte über das nach, was diesem Satz folgen könnte. Jonathan wäre bestimmt überglücklich, wenn er nach der Rückkehr von seiner Weltreise ein neues Manuskript vorfinden würde.

Sosehr Nicholas die letzten Monate in den Tag hinein gelebt hatte (zumindest was das Geschichtenerfinden und Erzählen anging; die wechselnden Jobs und das Abhängen an der UCL zählten nicht), umso unbändiger verspürte er nun den Drang, etwas zu Papier zu bringen. Dabei hatte er noch keine richtige Ahnung, wovon genau die Geschichte handeln würde. Dafür hatte er eine ziemlich genaue Vorstellung davon, dass es ein Roman sein würde, keine Kurzgeschichte und keine Novelle. Warum er sich so sicher war? Er wusste es nicht. Aber war das nicht egal? Er notierte eine mögliche Handlung, mögliche Charaktere, aber noch keinen Titel, nur hier und da ein paar Namen, Vor- und Nachnamen, die er später hin und her kombinieren könnte, bis ein greifbarer Charakter daraus entstehen würde. Meine Güte, seit gestern Nacht hatte er wieder dieses Gefühl, schreiben zu müssen, so unbändig wie damals, als er *Malvina* begonnen hatte, und er fragte sich insgeheim, ob nicht Peter Chestertons Auftauchen etwas damit zu tun haben könnte. Er schrieb also drei Seiten voll mit Anmerkungen, kurzen Sätzen, Entwürfen, Hinweisen. Dann schnappte er sich das Notizbuch, ging nach drinnen und legte sich ins Bett. Es war viel passiert an diesem Tag und er hatte nach wie vor das Gefühl, dass sein Leben gerade aus der Bahn geworfen wurde. Er wälzte sich unruhig hin und her in dem schmalen Bett, lauschte den seichten Wellen des Kanals, dem Schnurren der Katze und irgendwann schlief er ein.

Der nächste Morgen. Nicholas hatte geschlafen wie ein Stein und konnte sich nicht daran erinnern, etwas geträumt zu haben. Nach dem Frühstück fuhr er mit dem Fahrrad nach Seven Dials. Das Wetter war perfekt dafür, ein wunderbarer Morgen im Mai mit wenig Wolken und warmer Sonne und angenehm kühlem Wind, der vom Fluss her durch die Straßen wehte.

Der Regenschirmladen in der Earlham Street hatte geöffnet. Also trat er ein.

»Nicholas James«, begrüßte ihn der Inhaber. »Du bist also bereit?«

Wofür?, fragte sich Nicholas. »Wäre ich sonst hier?« Klang das cool genug?

Peter Chesterton musterte ihn ausgiebig und neugierig. Er war gerade dabei gewesen, einen Regenschirm zu prüfen, zumindest sah es für Nicholas so aus. »Lass uns keine Zeit verlieren.« Von dem verschnörkelten Kleiderständer gleich neben dem Eingang schnappte er sich ein gehrockartiges dunkles Jackett, altmodisch und dennoch modern, irgendwie lässig. »Es ist noch früh und es ist gut, wenn wir früh starten.« Er wirkte voller Tatendrang, seine Bewegungen waren schnell und fließend.

Nicholas hatte kaum Zeit, sich im Laden umzuschauen. Gerade noch hatte er die warme Holzvertäfelung, die Regale mit den wenigen Regenschirmen – allesamt elegante und vermutlich teure Ausstellungsstücke – bewundert, als Chesterton ihn schon zum Aufbruch drängte.

»Wie gefallen dir meine Schirme?« Er hielt ruckartig inne, als habe ihn ein plötzlicher Gedanke gebremst.

Die Regenschirme waren wirklich überaus kunstvoll angefertigt, feinstes Handwerk nach alter Tradition, die Griffe mit Verzierungen, Schriftsymbolen, klassisch unaufdringlich. In alten Fernsehserien schwangen die Gentlemen Schirme wie diese. Dazu trugen sie Melonen. Und sie hatten Charme.

»Wer sind Sie wirklich?« Nicholas fand, dass heute der Tag war, um direkt zur Sache zu kommen. Er wollte nicht über Regenschirme oder Gehstöcke reden. Und auch nicht übers Wetter.

»Peter Chesterton«, sagte Peter Chesterton ernsthaft.

»Sie wissen, wie ich das meine.«

»Ja, und meine Antwort war wohlbedacht und ehrlich obendrein.«

Nicholas schaute sich weiter um. »Ist das Ihr Geschäft?«

An der Wand hing ein gerahmtes Bild, das Chesterton zeigte. Den Klamotten nach zu urteilen, musste es sich um die 70er-Jahre handeln. Aber wie konnte das sein? Er hatte sich kaum verändert.

»Mein Vater, Peter Chesterton senior«, sagte Chesterton. »Ich sehe ihm ähnlich, nicht wahr?« Wieder dieser bohrende Blick.

Zum ersten Mal hatte Nicholas das Gefühl, belogen zu werden. »Sie sehen ihm zum Verwechseln ähnlich.«

Chesterton lächelte schmallippig. Dann deutete er auf das Schild, das draußen hing. »Chesterton & Chesterton«, stellte er klar.

Nicholas nickte gedankenverloren. Es war ruhig im Laden und anscheinend gab es keine Angestellten, jedenfalls war heute niemand hier.

»Du beobachtest alles sehr genau«, stellte Chesterton fest.

»Ja, sieht wohl so aus.«

Chesterton trug ein weißes Hemd, zugeknöpft bis zum Hals, dazu eine Weste, aus deren Tasche eine feingliedrige Silberkette baumelte. »Und du schreibst Geschichten.«

»Ich habe nur *einen* Roman geschrieben«, sagte Nicholas. »Das ist dann auch schon alles.« Kurzgeschichten waren nicht so sein Ding.

»Du bist bescheiden.«

»Einen Roman, der sich nicht besonders gut verkauft hat«, stellte er klar. Kein Grund, auf die Überholspur zu wechseln.

»Aber«, gab Chesterton zu bedenken, »einen Roman, der gut ist.«

»Sie sind gut informiert.«

»Das sehe ich auch so.«

Nicholas fragte sich, warum Chesterton so viel über ihn wusste. Aber das meiste war problemlos online in Erfahrung zu bringen. Blieb die Frage, warum sich der Regenschirmmacher so für ihn interessierte, dass er sich derart schlaumachte.

»Glaubst du, dass es ein Zufall war?«, fragte Chesterton geradeheraus.

»Ihr Besuch auf dem Hausboot?«

»Ja.«

»Nein, glaub ich nicht.«

Chesterton rieb sich die Hände. »Gut, gut, gut. Hättest du etwas anderes geantwortet, dann hätte ich dich entweder für einen schlechten Lügner oder einen ziemlichen Idioten gehalten. Du scheinst mir beides nicht zu sein.«

»Oder von beidem etwas«, meinte Nicholas. Die dicken Teppiche bedeckten glänzende Dielen. Es roch leicht nach Räucherstäbchen und nach Tabak, aber das konnte täuschen. Alles war penibel sauber, alles war an seinem Platz, wirkte wie arrangiert.

Chesterton lächelte. »Du hast Humor. Das ist gut, sehr gut. Den wirst du brauchen, wenn wir uns auf den Weg machen.« Er schlüpfte in sein gehrockartiges Jackett, strich das Revers glatt und nahm Haltung an.

»Wohin gehen wir?«

»Hinaus.« Chesterton deutete zur Tür. »Doch bevor wir gehen – etwas fehlt noch.« Dann trat er an eines der Regale und präsentierte Nicholas sein Sortiment. »Das sind nur ein paar Ausstellungsstücke, musst du wissen. Blickfänger, könnte man sagen.« Er faltete die Hände abwartend, feierlich. »Du darfst dir einen Regenschirm aussuchen.«

»Ich brauche keinen Regenschirm, danke«, sagte Nicholas. »Ich bin meistens mit dem Fahrrad unterwegs.«

»Jeder«, sagte Chesterton, »braucht einen Regenschirm. Das Leben ohne Schirm ist gefährlich.«

Nicholas versuchte zu erkennen, ob es sich um einen Scherz handelte. Tat es wohl nicht.

»Nun?«

»Empfehlen Sie mir einen?«

»Du musst dir einen aussuchen.«

Was war das hier? Olivanders Zauberstabladen für Regenschirme?

»Ich nehme diesen hier«, sagte Nicholas, ohne lange zu überlegen. Der Schirm, für den er sich entschied, war einfach und schlicht. Ein schwarzer Regenschirm mit halb rundem Griff. Das kühle Leder fühlte sich außerordentlich gut an in der Hand. Aus einer Laune heraus (irgendwie erschien es ihm passend) schwang er den Schirm hin und her und wunderte sich darüber, wie gut ausbalanciert er war. Dann stellte er ihn auf den Boden und lehnte sich leicht darauf.

»Du hast Talent«, meinte Chesterton.

»Talent für was?«

»Regenschirme.«

Peter Chesterton stand vor ihm und musterte ihn eingehend. Plötzlich kam Nicholas sich vor wie ein Patient, den der Doktor genau taxiert, um herauszufinden, was mit ihm nicht stimmt.

»Was werden wir jetzt tun? Sie haben versprochen, mir ein paar Dinge zu erklären.«

»Oh, das werde ich«, versprach Chesterton und sein Blick wurde weniger stechend und abschätzend. »Wir gehen ein wenig spazieren.«

»Spazieren?«

»Spazierengehen am Morgen vertreibt Kummer und Sorgen!« Chesterton ging voran, hielt Nicholas die Tür auf und als er draußen war, schloss er hinter sich ab. Der Schlüssel hing an der Kette, die an der Weste befestigt war. »Wir gehen hinunter zum Trafalgar Square«, schlug er vor. »Und wenn wir dort sind, dann gehen wir wieder zurück nach Seven Dials.« Er schien sich darauf zu freuen, so als sei dies der beste Zeitvertreib der Welt. »Unterwegs reden wir ein wenig. Über dies und das.« Die Augenbrauen wirkten jetzt geheimnisvoll und sehr lebendig. »Vermutlich, davon gehe ich aus, wirst du auf dem Rückweg weitaus mehr Fragen stellen als auf dem Weg dorthin.«

Nicholas verstand nicht im Geringsten, was er meinte. Er warf einen Blick auf sein Fahrrad, das er an einer Laterne angekettet hatte, dann folgte er Chesterton, der schnell und zielstrebig die Straße hinunterlief.

»London am Morgen ist wunderbar, findest du nicht auch?«

Nicholas blinzelte in die Sonne. »Ja.«

Die Stadt war gülden, überall. Selbst dem dichten Verkehr gelang es nicht, diese Stimmung zu trüben. Ein Morgen wie ein Lied von *Belle and Sebastian*, dachte Nicholas.

Sie verließen Seven Dials und schlugen den Weg Richtung Whitehall ein.

»Wie geht es mit dem neuen Roman voran?«, wollte Chesterton wissen. Für sein Alter war er erstaunlich wenig außer Atem, bedachte man das Tempo, mit dem er durch die Gegend lief. »Ich meine den Roman, den du gestern begonnen hast.«

Wie konnte er das wissen? »Ich habe Ihnen nicht gesagt, dass ich an einem neuen Roman arbeite.«

»Du bist Schriftsteller. Arbeiten Schriftsteller denn nicht immer an einem neuen Roman?«

»Nein, nicht immer.« Das klang fast beleidigt.

»Oh.« Die Art, wie er das sagte, ließ erkennen, dass er es nicht ernst meinte.

Der morgendliche Verkehr in der St. Martins Lane schwoll an, je näher sie der National Gallery kamen. Menschen hasteten auf den Gehwegen zur nächstgelegenen U-Bahn-Station.

Chesterton wich ihnen munter aus. *»Alle Bücher träumen von Geschichten«*, sagte er plötzlich. *»Sie fürchten sich vor dem Vergessenwerden.«*

Nicholas blieb stehen. Er spürte, wie er zu zittern begann. »Was haben Sie da gerade gesagt?«

»Das ist der erste Satz, der dir in den Sinn kam.« Ein bohrender Blick. »Und du weißt natürlich noch nicht, ob es ein Roman wird oder eine Kurzgeschichte, das weiß man am Anfang nie. Du hoffst natürlich, dass es ein Roman wird, weil jeder Schriftsteller, der einen Einfall hat, sich immerzu wünscht, einen Roman zu schreiben. Du *spürst* es.« Er blieb ebenfalls stehen. »Tja, mit der Kreativität ist das so eine Sache. Man weiß nie so richtig, wo genau sie herkommt.« Die Menschen strömten um sie herum wie Wasser, manche fluchten, einige schauten brüskiert. »Es gibt viel zu viele schlechte Romane, weißt du? Aber alle haben sie eine Berechtigung zu existieren. Sofern sie jemand liest.«

Was sollte das denn nun schon wieder? »Das ist nicht möglich.«

»Was denn?«

»Dieser Satz«, stammelte Nicholas. »Sie können ihn nicht kennen.«

»Vielleicht habe ich geraten.«

Was sollte das Spielchen? »Nein, das haben Sie nicht.«

»Dann liege ich also richtig? Ist das der erste Satz deines neuen Buchs?«

Nicholas blieb stehen. Wie konnte er den Satz kennen, der ihm erst gestern eingefallen war? Er hatte mit niemandem darüber gesprochen.

»Du fragst dich jetzt, wie ich dazu komme, diesen Satz zu zitieren.«

Nicholas schwieg.

»Weißt du, woher ich ihn kenne?«

»Nun sagen Sie es schon!«

»Es ist ein Geheimnis.« Chesterton lächelte.

Nicholas fuhr ihn an: »Was soll das? Ist das ein Spiel?«

Chesterton wurde ernst. »Nein, Nicholas James, es ist kein Spiel.« Sie gingen weiter die Straße entlang. »Ich habe die ganze Nacht darüber gegrübelt, ob ich das, was wir im Begriff sind zu tun, wirklich tun soll. Denn es ist gefährlich.« Er verdrehte die Augen. »Nun ja, ich weiß nicht, ob es gefährlich ist. *Gefährlich* ist ein großes Wort. Es ist zumindest seltsam. Ungewöhnlich. Ja, *ungewöhnlich* ist ein besseres Wort. Was sagt der Autor dazu? Manchmal ist es schwierig, die richtigen Worte zu finden.«

Bei Geschichten, das wusste Nicholas, kam es auf die Kleinigkeiten an. »Es ist nicht möglich, dass Sie diesen Satz kennen.«

»Aber ich tue es dennoch.«

»Ja.«

»Also ist es doch möglich.«

Kleinlaut musste Nicholas zugeben: »Wenn Sie meinen.«

Sie kamen an der National Gallery vorbei und erreichten Trafalgar Square. Zu dieser Uhrzeit wimmelte es hier bereits von Touristen. Die fetten Tauben hockten überall und ganz besonders auf den Häuptern der riesigen Steinlöwen, die den Brunnen bewachten, und weiter oben, auf der Säule und dem Hut von Admiral Nelson, saßen sie auch.

»Woran denkst du gerade?«, wollte Chesterton wissen.

»Es gibt keine Enten.«

»Was?«

»Es gibt keine Enten. Hier, meine ich.«

»Das stimmt.« Chesterton schien fasziniert zu sein von dieser Tatsache. »Keine Enten. Hm. Darüber denkt man kaum nach.« Er zwinkerte ihm zu. »Glaubst du, dass Enten sich über uns die Köpfe zerbrechen?«

Aber Nicholas hatte eigentlich keine Lust, über Enten zu reden. »Warum sind wir hier?«

»Sieh dich um«, forderte Chesterton ihn auf.

»Ich war schon öfter hier.« Nicholas wusste, dass er entnervt klang. »Nelson. Löwen. Brunnen. Touristen.«

»Keine Enten.«

Chesterton erntete einen offenkundig bösen Blick.

»Wir sind hier, weil der Trafalgar Square der geeignete Ort ist, um das zu tun, was wir im Begriff sind zu tun.«

»Drücken Sie sich immer so umständlich aus?«

»Bist du immer so vorlaut?«

Nicholas sah ihn vorwurfsvoll an. »Wer ist in wessen Hausboot eingebrochen?«

»Es war kein Einbruch.«

»Das sehe ich anders. Die Polizei wird das auch so sehen.«

»Einbrecher brechen ein, um Dinge zu stehlen. Ich war nicht da, um etwas zu stehlen.«

»Sondern?«

»Außerdem«, lenkte Chesterton ab, »wird die Polizei dir nicht glauben.«

»Sind Sie da sicher?«

Er nickte. »Ja, bin ich.« Damit war das Thema beendet.

Nicholas sah sich um. Autos hupten, drängelten auf ihren Wegen nach Soho, Covent Garden, St. James oder South Bank.

»Jetzt ist der Zeitpunkt gekommen, an dem du den neuen Schirm benutzen kannst.«

»Es regnet nicht.«

»Das habe ich auch nicht behauptet.«

»Sie sagten, ich solle den Schirm benutzen.«

Chesterton nickte.

Sie standen jetzt mitten auf dem Platz. Um sie herum hüpften fette Tauben, gierig nach Futter Ausschau haltend, vor ihnen der Brunnen, hinter ihnen Whitehall. Zu viele Touristen, die die Tauben fotografierten und ihnen erlaubten, sich in Scharen auf ihre Köpfe und Schultern zu setzen. Schwarze Taxis, die anhielten, um ihre Passagiere auszuspucken und kurz darauf wieder im Verkehr zu entschwinden.

»Du tippst mit dem Schirm auf den Boden«, sagte er. »In etwa so.« Dann machte er es mit einer pantomimischen Bewegung vor.

»Und dann?«

»Tu es einfach!«

Nicholas verzog das Gesicht. Dann tippte er mit der Schirmspitze dreimal auf den Boden.

»Siehst du?«

Nicholas stand mit offenem Mund da. »Was ist passiert?« Fast wäre ihm der Schirm aus der Hand gefallen. »Scheiße, verdammt, was ist das hier? Haben Sie das gemacht?« Blöde Frage. Natürlich hatte Peter Chesterton das nicht gemacht! Wie auch hätte er das tun sollen?

Die Stadt hatte sich verändert.

»Schau ganz genau hin«, forderte Chesterton ihn auf. »Du spürst, dass es echt ist.«

War es das? Konnte es das sein? Alles war plötzlich anders.

Die Tauben waren fort. Wie auch die Sonne. Adieu, wunderschöner Maimorgen in London. Dafür konnte man die Hand vor Augen kaum erkennen. Nebel lag wie ein Traum vom Herbst über allem, dicht wie in einer Waschküche, undurchdringlich wie in den alten Schwarz-Weiß-Filmen, in denen es Räuber auf die Kronjuwelen abgesehen hatten und Froschmänner und Henker in der Stadt ihr Unwesen trieben. Mit dem Nebel kam die Kälte, eine feuchtkühle Luft, die einen frösteln ließ.

»Schau genau hin«, wiederholte Chesterton.

Nicholas wusste nicht, was passiert war. Der Regenschirm in seiner Hand fühlte sich auf einmal wie etwas bedrohlich Fremdartiges an. Er konnte den Brunnen erkennen, aber das Denkmal verschwand fast gänzlich in der weißen Suppe, die sogar die Geräusche der Autos und Fuhrwerke dämpfte. Nicholas stutzte. Fuhrwerke? Er strengte sich an, genauer hinzuschauen, und fragte sich, ob seine Sinne ihm einen Streich spielten. Verdammt, da waren doch tatsächlich Fuhrwerke unterwegs. Kutschen. Mit Pferden. Wie im Kino. Es roch nach feuchter Luft, nach Nieselregen, der unsichtbar war, und nach Meer. Nicholas erkannte den Geruch von zu Hause. Die Häuser waren nur Silhouetten, in hellem Grau entrückt.

»Wo sind wir?«, entfuhr es ihm.

»Wir sind in London«, sagte Peter Chesterton. »Trafalgar Square.«

»Wo ist die Sonne hin?«

»Der Nebel ist normal am Tag.«

Jetzt fielen ihm die Menschen in den seltsamen Klamotten auf.

»Wer sind die Leute?«

Er hatte das komische Gefühl, sich in der Requisitengarderobe eines Theaters zu befinden. Hier schien die Mode der letzten paar hundert Jahre vertreten zu sein, und zwar überall. Dazu gab es ziemlich alte Autos, sogar die Fuhrwerke mit Pferden. Nein, seine Sinne hatten ihn nicht getäuscht. Die Menschen hatten es weniger eilig als vorhin. Keiner von ihnen beachtete den Regenschirmmacher und Nicholas ebenso wenig.

»Das Licht ist anders«, dachte er laut.

Alles wirkte gedämpft, die Geräusche wie auch die Sonne – sofern es eine Sonne jenseits all des Nebels gab. Die Stadt hatte einen hellen Schein, eine Wärme, die sich geschickt hinter dem Nebel verbarg.

»Wer sind diese Leute? Was ist passiert? Wo sind wir?«

»Viele Fragen auf einmal«, meinte Chesterton. Er lächelte geduldig. »Ich denke, es ist an der Zeit, dass wir uns auf den Rückweg machen.«

Nicholas schaute sich um und lauschte. Es war leise in der Stadt, viel leiser, als er es gewöhnt war.

»Manche Menschen«, sinnierte Chesterton, »glauben nur dann an etwas, wenn sie es sehen.«

Nicholas wusste nicht recht, ob er die Wahrheit hören wollte. »Deswegen bin ich hier?«

»Es dir zu erzählen, wäre nicht das Gleiche gewesen.«

»Was zu erzählen?« Das Durcheinander an Menschen, die alle aus verschiedenen Epochen zu kommen schienen, machte ihn ganz verrückt. Das ergab keinen Sinn. Nein, nichts von dem, was er gerade sah, war logisch.

Chesterton blieb stehen. »Alle, die du hier siehst, sind tot.«

Nicholas starrte ihn an. »Wie meinen Sie das? Tot?«

»Nun ja, tot ist ein wenig dramatisiert.« Der Regenschirmmacher ging weiter, ohne anzuhalten. »Du selbst hast doch eine Geistergeschichte geschrieben«, rief er Nicholas in Erinnerung, »also sei jetzt offen für das, was ich dir zeige.«

»Sie wollen mir allen Ernstes sagen, dass diese Leute Geister sind?«

»Ja.«

Nicholas starrte fassungslos den feinen Herrn an, der ihnen entgegenkam. Er trug eine schwarze Melone und einen Nadelstreifenanzug.

»Vor dem Ersten Weltkrieg hat man so was getragen«, flüsterte Chesterton. »Es ist unhöflich, zu starren.«

»Ich kann das nicht glauben. Geister?«

»Wenn jemand stirbt, dann kommt er hierher. Alle Menschen, die du hier siehst, sind Geister.«

»Wo ist die Stadt, in der wir waren?«

»Dies ist die Stadt. Du kannst in das andere London wechseln, wie es dir beliebt.« Er musterte ihn neugierig. »Ja, offenbar kannst du das. Aber dazu später mehr.« Er seufzte.

»Wir könnten also wieder wechseln und wären am Trafalgar Square, wo wir vorhin gewesen sind, und alles wäre wieder normal?«

»Was ist schon normal?«, fragte Chesterton rhetorisch.

»Sie wissen, wie ich das meine.«

»Nicholas James«, stellte er fest, »du kannst Geister sehen.«

»Sie meinen das wirklich ernst?«

»Ja.«

Erklärte das etwa sein Auftauchen vorletzte Nacht? »Deswegen kann ich auch *Sie* sehen?«

»Nein.«

»Warum nicht?«

»Ich bin kein Geist. Nun ja, nicht wirklich.«

»Aber Sie sind hier.«

»Ich war auch bei dir zu Hause und du hast mich gesehen.« Er wartete ab. »Nun?«

»*Was* sind Sie?«

Chesterton zuckte mit den Achseln. »Ich weiß es nicht.« Er sah jetzt ein wenig irre aus. »Die Frage danach, *wer* ich bin, ist einfacher zu beantworten.« Er sah nachdenklich aus. »Wir sollten Menschen immer nur danach fragen, wer sie sind. Nicht danach, was sie sind.«

Das ergab Sinn, trotzdem …

»Ich kann mich hier aufhalten, aber auch im normalen London.«

»Wie ich«, entfuhr es Nicholas.

Chesterton schnippte mit den Fingern. »Ja, genau wie du. Bist du deswegen ein Geist? Nein, das glaube ich nicht. Bist du ein Mensch? Mit Sicherheit. Bist du Nicholas James? Ohne Zweifel.«

»Warum kann ich sie sehen? Die Geister, meine ich.«

»Ich weiß es nicht.«

»Das verstehe ich nicht.«

Chesterton seufzte. »Ja, ich weiß. Ich verstehe es auch nicht. Das ist das Problem. Es ist ein Rätsel, etwas, das nicht sein kann. Aber es ist so. Finden wir uns damit ab und warten wir ab, was passiert.«

Nicholas war jetzt vollends durcheinander. »Sie haben keine Ahnung, warum ich all das sehen kann?«

»Exakt.«

»Aber …«

»Hör zu. Ich habe dich gestern auf dem Hausboot aufgesucht.« Er hob den Finger. »Ich betone, ich war kein Einbrecher.« Das erneut klarzustellen, schien ihm wichtig zu sein.

Nicholas nickte. »Warum waren Sie bei mir?«

»Das«, lenkte er ab, »ist eine andere Geschichte.«

»Erzählen Sie sie mir.«

»Später.«

Nicholas seufzte.

Chesterton erklärte: »Ich war auf dem Hausboot, um das zu tun, was ich immer tue, wenn ich bei den Leuten auftauche, heimlich in der Nacht. Der springende Punkt, wie man so schön sagt, ist allerdings, dass mich normalerweise niemand sieht. Okay? Kannst du mir folgen?«

Nicht wirklich. Nicholas nickte trotzdem. »Sie tauchen bei Leuten auf, aber niemand kann Sie sehen.« Das ließ er einfach mal auf sich beruhen. »Warum tauchen Sie bei Leuten auf?«

»Später.«

O Mann! Das nervte!

Unbeirrt fuhr Chesterton fort: »Ich bin also auf dem Hausboot und alles läuft wie immer, doch dann ...« Er machte eine geschickte Bewegung mit beiden Händen wie bei einem Zaubertrick. »Dann siehst du mich.«

Nicholas erinnerte sich an den Schreck.

Chesterton betonte: »Mir ist das noch nie zuvor passiert, weil es eigentlich nicht passieren kann. Hörst du? Es kann nicht passieren. Es geht einfach nicht. Verstehst du?«

Nicholas sagte: »Nein.«

Sie gingen jetzt schneller und überquerten Long Acre.

»Eigentlich verstehe ich es auch nicht.« Ein kurzes Lufthohlen. »Du siehst mich also und das ist nicht richtig. Also verschwinde ich erst mal.«

»Wie haben Sie das gemacht?«

»Das ist kompliziert.« Er hielt inne. »Hör zu, Nicholas James, wir müssen die Sache langsam angehen. Du hast viele Fragen, das verstehe ich, aber – und genau das ist das Problem – ich habe nicht immer die passenden Antworten parat.«

»Verstehe.«

»Aber ich werde dir alles erklären, was ich weiß.«

»Okay.«

»Wenn du mir zuhörst.«

Nicholas nickte.

Chesterton seufzte erneut. »Wo waren wir stehen geblieben?«

»Die Welt der Geister. Das hier!«

»Ja, genau. Die Welt der Geister. Eigentlich ist es ganz einfach. Narnia, Hogwarts, die Territorien, Arcadia, Sommerland – du kennst das Konzept der Parallelwelten aus der Literatur. Welten existieren parallel zu der Welt, die wir kennen. Es gibt die reale Welt und dann noch jene, die wie die andere Seite des Spiegels ist.« Er hielt inne. »Gute Metapher«, lobte er sich selbst. »Wie auch immer, die Menschen sind allzeit fasziniert von dieser Idee gewesen. Autoren denken sich gerne so was aus.« Ein Einspänner raste die Straße entlang. »Das hier ist ähnlich. Wir sind in einer anderen Welt, die neben jener existiert, die für die Menschen real ist. Wie in den Büchern, die du kennst. Nur ist diese hier keine Einbildung. Wenn jemand stirbt, dann lebt er hier weiter.«

»Ewiges Leben?«

Chesterton hob die Hand. »Nein, nicht zwangsläufig … ewig. Es ist …«

»Kompliziert?«

Er nickte. »Ja, kompliziert. Nun ja, nicht unbedingt.«

»Erklären Sie es mir.«

»Du weißt doch, was man so sagt.« Chesterton blieb stehen, kam Nicholas ganz nah und sah ihm dabei tief in die Augen. »Wenn sich irgendjemand noch an die Geschichte eines Verstorbenen erinnert, dann stirbt dieser nicht wirklich und lebt weiter.« Dann setzte er sich in Bewegung. »Uralte Weisheiten, blabla, aber wie so oft hat jede Legende so etwas wie einen wahren Kern.«

Nicholas kannte diese Weisheit. *Niemand stirbt wirklich, solange seine Geschichte weitergetragen wird.* Immerhin ein schöner Gedanke. Er dachte an seine Großmutter und daran, wie er sie in *Malvina* unsterblich zu machen versucht hatte, irgendwie mehr unbewusst als beabsichtigt.

»Was passiert mit denen, deren Geschichten in Vergessenheit geraten?« Jetzt hetzte er hinter dem Regenschirmmacher her.

Chesterton pfiff durch die Zähne. »Auch das ist …«

»Kompliziert.«

»Ja, sehr kompliziert.«

Nicholas versuchte, ein wenig Klarheit zu schaffen. »Ich kann also Geister sehen.«

»Exakt.«

»Warum kann ich Geister sehen?«

»Das weiß ich nicht.« Er hob den Zeigefinger. »Aber du kannst es. Das Warum ist nicht so wichtig.«

»Können die Geister unsere Welt sehen?«

»Nein. Das ist …«

»Kompliziert.«

Ein Nicken.

»Aber *Sie* können sich in unserer Welt bewegen.« Sonst hätte er ihn ja nicht sehen können.

»Ja.«

»Obwohl Sie ein Geist sind.«

»Nein.«

»Sie sind kein Geist?«

»Ich bin Peter Chesterton.« Fast schon klang er ein wenig beleidigt.

»*Was* sind Sie?«, fragte Nicholas erneut.

Peter Chesterton blieb stehen. Sie waren wieder in Seven Dials angekommen. Dies war die Earlham Street im dichten Nebel. Gaslaternen leuchteten schwach, es roch nach Rauch und Nieselregen. Kein Mensch war hier auf der Straße zu sehen. Chesterton deutete zur Fassade über dem Laden. Alles sah so aus, wie es sollte. Nur das Schild war ein anderes:

Peter Chesterton
Flüsterer

stand dort geschrieben.

»Das«, sagte Peter Chesterton, »bin ich in dieser Welt.« Alles andere, ahnte Nicholas bereits, war kompliziert.

3

Kurz bevor Margaret Fergusson, Nicholas' Großmutter mütterlicherseits, starb, hatte er bereits den Entschluss gefasst, nach London zu gehen. Er konnte seine Pläne noch mit ihr besprechen und sie riet ihm natürlich, allzeit auf der Hut zu sein. »London«, pflegte sie zu sagen, »ist nicht Edinburgh.« Sie hatte in ihrem Sessel am Fenster gesessen, die Beine auf einem Schemel hochgelegt, ihre Lieblingszeitung, den *Daily Star of Scotland*, auf dem Schoß liegend, einschließlich ihrer Brille, die sie immer absetzte, wenn sie mit Nicholas (und anderen) sprach. Es ließ sie wichtig aussehen (behauptete sie selbst jedenfalls). »Die Themse ist nicht die *Abhainn Dhubh*. Und die Engländer sind gewiss keine Schotten.« Damit war dann auch alles gesagt, Nicholas hatte verstanden. (Hin und wieder benutzte sie die gälischen Namen.) Sie hatte sich vor nichts gefürchtet, außer vor den Rissen in der Hauswand und der Gewissheit, dass ihr viel zu früh verstorbener Mann in der Nacht über das

Meer zu ihr kommen könne, um sie endlich zu holen. Großvater Angus war ein Fischer gewesen und vor Nicholas' Geburt in einem Sturm ertrunken. »Er hat immer gesagt, dass er mich nie allein lassen wird«, hatte sie sich oft erinnert. Nicholas, der all die alten Geschichten kannte, hatte dann später, in London auf dem Hausboot, ebenjene Geschichte über eine alte Frau namens Malvina Fraser geschrieben. Sie lebte in einem kleinen Ort an der Ostküste Schottlands (im Roman hatte der Ort keinen Namen, er war nur *das Dorf*) und bildete sich ein, den Geist ihres im letzten Herbst ertrunkenen Mannes in den Ruinen der alten Kathedrale zu sehen, außerhalb *des Dorfs*. Aus Trotz und Wut, weil niemand ihr Glauben schenkte, zog sie in eine Kate, die in der Nähe der Klippen mit dem Leuchtturm lag. Später holt ihr Mann sie dort ab, gemeinsam fahren sie aufs Meer hinaus. Am Ende haben sie beide die Einsamkeit besiegt und den Tod ebenso.

Nicholas starrte das Geschäft an, vor dem sie standen. Sie waren plötzlich wieder zurück in der Wirklichkeit. Alles war so, wie es sein sollte. Die andere Stadt war auf einmal mehr als nur ein Augenzwinkern weit entfernt.

»Das war alles echt?« Natürlich war es das. Trotzdem konnte er es nicht fassen. Sie standen in der Earlham Street, in der das Geschäft ein Laden für Regenschirme und Gehstöcke war. »Das, was ich gerade gesehen habe, war keine Einbildung.« Eine Feststellung, die wie eine Frage klang. »Ich meine, das ist doch irre.«

»Ich kann dich kneifen, wenn das hilft.« Peter Chesterton hatte ihm aufgetragen, zweimal mit dem Schirm auf den Boden zu tippen, so wie vorhin, als sie am Trafalgar

Square in die Stadt aus Nebel gewechselt waren. Gesagt, getan. Der Nebel verschwand im aufblitzenden Zwinkern eines winzig kurzen Augenblicks und machte der Sonne Platz und alles war wieder so, wie es sein sollte. London, blauer Himmel mit leichten Wolken. Vertrautes Licht, in dem man baden konnte, Farben, die einen warm bei der Hand nahmen und hauchten: Das Leben ist schön. Die Geräusche der großen Stadt, hier waren sie wieder. Als sei es niemals anders gewesen. »Du warst im Nebel, gerade eben noch, und alles, was du dort gesehen hast, ist ganz und gar *wirklich*.« Die Art, wie er das Wort betonte, jagte Nicholas einen Schauer über den Rücken. Eigentlich jagte ihm seine ganze Art regelmäßig Schauer über den Rücken – was er aber nicht einmal sich selbst eingestehen wollte.

»Haben Sie eine Ahnung, wie ich mich gerade fühle?« Nicholas wusste nicht, ob er wütend oder verwirrt sein sollte. Am liebsten hätte er sein Gegenüber angeschrien, so laut wie nur möglich, aber insgeheim wusste er, dass ihm nichts Schlimmes widerfahren war.

»Du fühlst dich wie ein Schrei, der im Tageslicht an sich selbst erstickt.«

Nicholas stutzte. »Sie können ja richtig poetisch sein.«

»Ich habe meine Momente«, gestand Chesterton lakonisch.

Nicholas atmete die Luft tief ein, den Duft nach schwindendem Frühling und sich ankündigendem Sommer. Er genoss die Sonnenstrahlen auf seiner Haut und blinzelte ins Licht. »Und was passiert jetzt?« Irgendetwas musste schließlich passieren.

»Wir müssen reden«, schlug Chesterton vor.

Allerdings, dachte Nicholas. Das mussten sie. Irgendwo in der Besenkammer seines Bewusstseins fragte er sich, wie er Kadir von dieser Sache erzählen könnte, ohne wie ein Spinner dazustehen. (»Was immer du genommen hast«, würde er sagen, »bring mir davon nächstes Mal was mit und teile wie ein echter Bruder.«) Wie passte das alles zusammen? Die Sonne, der Nebel, das Haus, die Stadt. Alles. Nicholas kannte Studenten, die mit allen möglichen Arten von Drogen experimentierten, weil sie sich Kreativität und Einzigartigkeit erhofften, aber das hier, dieser Trip in die Stadt aus Nebel, würde alles, was sie sich einwarfen, alt und stümperhaft aussehen lassen. Genau das würde Kadir ihm auch sagen, davon war er überzeugt.

»Was ist ein Flüsterer?«, fragte er schließlich. Denn das war das Wort gewesen, das auf dem Schild in der Nebelstadt gestanden hatte. Nur langsam registrierte er, dass hier wieder der ursprüngliche Schriftzug an der Hauswand prangte.

»Wie wäre es mit einem Tee?«, schlug Chesterton vor. »Man sollte kein wichtiges Gespräch führen, ohne dabei guten Tee zu genießen.« Er hatte seine Prinzipien, wie es schien. Und Nicholas, dem der Schreck noch immer in den Gliedern steckte, hatte nichts dagegen einzuwenden. Er ließ sich von Chesterton zwei Straßen weiter ins *Compagnie des Vins Surnaturels* führen. Das Café und Restaurant war klein und fein, elegant gemütlich und lag gleich um die Ecke im Neal's Yard. Die Polstermöbel waren in warmem Rot, leicht gemustert, es gab viel Holz, alte Bilder an den Wänden, leise Musik, so wie Jazz und *The XX* vermengt, die Gerüche waren fruchtig und herb, wie die Whiskeys und Scotches, die in altehrwürdig aussehenden Flaschen in den Regalen standen. Die Atmosphäre eines Pubs, nur moderner. Der Raum war wohltemperiert für die edlen Tabakwaren, teure Zigarren aus Übersee, in Holzkisten verpackt und abgetrennt mit einer Glaswand.

Sie nahmen am Fenster Platz: ein kleiner Tisch, zwei Stühle, auf dem Tisch eine Karte, alle möglichen Sorten von Tee, Tabak und Weinen. Behutsam stellte Nicholas seinen Regenschirm zwischen Stuhl und Wand.

Chesterton bestellte Tee, Earl Grey, zweimal. »Du solltest Earl Grey trinken«, riet er Nicholas.

Der nickte nur.

»Das, was du vorhin gesehen hast«, begann Chesterton und wurde ernst, »existiert wirklich.« Er schaute Nicholas tief in die Augen. (Das war wieder einer der *Eiskalter-Schauder*-Momente.) »*Wirklich* wirklich. Mir ist bewusst, dass dir jede Menge Zweifel daran kommen werden, dies alles gesehen zu haben. Das ist normal. Nimmst du hin und wieder Drogen?«

Nicholas verneinte.

»Das ist gut.«

»Es war alles echt.«

Chesterton nickte. »Du musst das akzeptieren. Was du gesehen hast, war echt. Du kannst es dir laut vorsagen, wenn das hilft. Ich werde ehrlich zu dir sein. Und du musst offen sein für das, was ich dir sage. Hin und wieder ist es ein wenig kompliziert, aber nicht immer.« Er lächelte aufmunternd. »Außerdem können wir das jederzeit wiederholen.«

Nicholas nickte. »Sie meinen, gleich hier und jetzt?«

»Wir wären in einer Stube in der Stadt aus Nebel. Alles, was es hier gibt, existiert auch dort.«

»Nur anders.«

»Ja, nur *verschieden.*«

Nicholas sah sich um. Außer ihnen waren noch nicht viele Gäste anwesend. In einer Stunde würde sich das vermutlich ändern. Dann würde es voll und laut werden wie überall in der Stadt zur Mittagszeit. Die Gäste würden in kurzer Zeit in Scharen in jede Art von Restaurant, Café, Imbissbude oder Pub strömen, weil das Leben in London nun mal genau so funktionierte. Nur die Raucher würden draußen neben den an Laternen angebundenen Hunden stehen, und das sogar im Regen.

»Wie fühlst du dich?«

Nicholas hob den Daumen, dazu setzte er ein Grinsen auf, das frech und waghalsig wirken wollte.

»Ich meine es ernst.«

»Okay. Ich bin durcheinander.«

Chesterton rieb sich die Hände. »Gut, das ist ein Anfang. Durcheinander zu sein ist eine gesunde Reaktion auf das, was ich dir gerade gezeigt habe.« Er lächelte schief wie ein charmanter Bösewicht in einem Film. »Und durcheinander zu sein ist auch, das sei dir gesagt, die normale Reaktion auf das, was ich dir im Begriff bin mitzuteilen.«

Nicholas seufzte. »Davon gehe ich aus.« Er schaute sich um. »Die Menschen, die wir gesehen haben, waren also Geister.« Die Menschen hier drinnen waren immerhin alle ziemlich lebendig.

Chesterton folgte seinem Blick und wartete einen Augenblick. »Die Stadt im Nebel«, sagte er dann leise, fast verschwörerisch, »wird ausschließlich von Geistern bewohnt.«

»Heißt sie so? *Stadt im Nebel*?«

Chesterton lächelte nachsichtig. »Nein, natürlich nicht. Ich nenne sie so. Für die Geister ist es London.«

»Gibt es noch andere Orte wie diese … Stadt im Nebel?«

Der Tee wurde auf einem silbernen Tablett serviert, in Tassen mit geschwungenen Griffen und einem Muster auf den Untertassen.

»Eine Fuchsjagd«, erkannte Chesterton. »Wie schön altmodisch.«

Nicholas dachte an den Film *The Belstone Fox*.

Er lächelte der Bedienung höflich zu (vermutlich eine Studentin) und kurz wurde ihm erneut bewusst, dass Erika Error fort war und er jedes Mädchen der Stadt höflich lächelnd anschauen durfte, ohne sich Ärger einzuhandeln – was zweifellos Erikas Spezialität gewesen war.

Als sie schließlich wieder unter sich waren (die Studentin hatte zurückgelächelt), sagte Chesterton: »Überall auf der Welt gibt es Orte wie diesen.« Er goss langsam das heiße Wasser auf, kostete den Moment aus, schnüffelte am Tee. »Aber dazu komme ich später. Lass mich zuerst ein paar Worte über die Geister selbst verlieren.«

Nicholas ließ ihn reden. Die Rolle des Zuhörers war die einzige, die er gerade spielen konnte, ohne unglaubwürdig zu erscheinen.

»Ein Geist«, begann Peter Chesterton, »kann nur existieren, wenn es jemanden gibt, der seine Geschichte kennt. Wenn seine Geschichte in Vergessenheit gerät, dann ist es mit ihm zu Ende.«

»Zu Ende?«

»Vorbei.«

Nicholas wurde unbehaglich zumute.

»Er hört auf zu existieren. Er löst sich auf.«

»Das heißt, Geister können sterben?«

»Wenn du es so nennen willst, ja.«

Etwas Ähnliches hatte er tatsächlich in *Malvina* geschrieben. »Was hat es mit den Geschichten auf sich?«

Chesterton betrachtete den Tee, dann sein Gegenüber, grübelte und schwieg, jedoch nur kurz. »Sag mir: Warum hast du *Malvina* geschrieben?«

Die einfachste Antwort? »Die Geschichte ist mir eingefallen.«

Ein bohrender Blick. »Sei ehrlich.«

»Okay, die Geschichte hat etwas mit meiner Großmutter zu tun.«

Chesterton klatschte freudig in die Hände. »Da, genau das ist es. Du hast über *sie* geschrieben.«

»Sie hat mir all diese Dinge erzählt von früher, wissen Sie? Wie sie gelebt hat, wie sie meinen Großvater geliebt hat. Wie sie um ihn getrauert hat. Wie sie sich gewünscht hat, er würde eines Tages zu ihr zurückkehren. Nicht als Geist wie in ihren schlimmen Träumen, sondern als der Mann, den sie geliebt hatte.« Die Risse in der Wand verschwieg er, weil sie hier nichts zu suchen hatten.

»Für eine bestimmte Zeit hast du sie unsterblich gemacht.«

»Sie ist unsterblich. Für mich.«

»Für dich und für all jene, die sich an sie erinnern. Aber diese Menschen werden irgendwann auch sterben. Oder aber sie werden das alles einfach nur vergessen, das ist das, was am häufigsten passiert. Die Erinnerung geht dann mit ihnen oder sie fällt dem Vergessen zum Opfer, beides nicht sehr schön für den Geist, den es betrifft. Weißt du, Nicholas James, das ist überhaupt das Allerschlimmste in unser aller Leben: Gerät eine Geschichte in Vergessenheit, dann stirbt viel mehr als nur diese Geschichte.«

Nicholas ahnte, was er meinte. Alle, die in einer Geschichte vorkamen, waren für den Leser lebendig. Geschichten erschufen ganze Welten und hauchten unzähligen Personen Leben ein.

»Wie heißt deine Großmutter?«

Er sagte es ihm.

»Margaret Fergusson«, stellte Chesterton klar, »lebt jetzt, in diesem Moment, im Nebel an der Küste Schottlands. In Edinburgh. Da, wo ihr Platz war. Da, wo ihr Platz noch immer ist. Sie wird sehr lange leben. Warum? Weil ihre Geschichte nicht vergessen wird. Warum? Weil Menschen sie jetzt kennen.«

Nicholas sah verdutzt aus.

»Du kennst sie, natürlich! Ich kenne sie ebenfalls.« Er filterte mit dem Sieb gekonnt den Tee aus der Tasse. »Und *fremde* Menschen kennen sie jetzt auch.«

Sogar recht viele fremde Menschen. Die Verkaufszahlen waren laut Jonathan *akzeptabel* und konnten sich sehen lassen für ein Erstlingswerk, noch dazu für ein so dünnes Buch.

Nicholas dachte an den Sessel, in dem sie immer gesessen hatte, wenn er bei ihr in der Dachwohnung gewesen war. Wie seltsam, gerade jetzt an den Sessel zu denken; er war grün gewesen, mit einer hohen Rückenlehne, klobig und alt, und genau so hatte er auch gerochen, nach Parfum und alten Mottenkugeln.

»Alle Leser, die dein Buch gelesen haben, kennen die Geschichte von Malvina. Die eigentlich die Geschichte von Margaret, deiner Großmutter, ist.«

»Ich habe sie nur verfremdet.« Er hatte sozusagen die Wahrheit in einer kunstvollen Lüge versteckt.

»Du hast ein *ehrliches* Buch geschrieben.«

»Ist das gut?«

»Es spielt keine Rolle, ob sich die Dinge genau so zugetragen haben, wie du sie in deinem Roman geschildert hast. Malvina ist nicht Margaret, aber Margaret ist Malvina, weil du sie so erschaffen hast.« Er nippte erneut am Tee. »Und jetzt frage ich dich ein weiteres Mal: Ist dir die Geschichte einfach so eingefallen?«

»Ja.«

Chesterton spielte mit dem Teelöffel herum. »Genau, manchmal passiert das.« Er nippte am Tee, lächelte, trank weiter. »Ein Autor erfindet eine Geschichte.« Er legte den Löffel auf den Unterteller, es machte leise *Pling.* »Wenn das geschieht, dann hat der Geist, dessen Geschichte niedergeschrieben wird, einfach nur Glück gehabt. Könnte man sagen. Aber viele Geister wollen ihr Schicksal nicht dem Zufall überlassen. Verstehst du? Man kann nicht wissen, dass irgendwann das Vergessen eintritt, und gleichzeitig tatenlos darauf hoffen, dass irgendjemand es in die Hand nimmt, einen zu retten und eine Geschichte zu schreiben. Oder ein Lied zu komponieren oder ein Bild zu malen.« Ein wissendes Lächeln. »Diese Geister hoffen nicht einfach nur darauf, nicht vergessen zu werden. Nein, sie tun etwas dagegen, *bevor* es passiert.«

»Und was?«

»Sie sorgen dafür, dass jemand ihre Geschichte weiterträgt.«

»Und wer tut so etwas?«

Chesterton deutete auf sich selbst. »Flüsterer«, sagte er. »Jene wie ich. Denn darum geht es. Um nichts anderes.«

»Das heißt, Sie verkaufen Geschichten?«

Er schüttelte den Kopf. »Nein, ich trage die Geschichten der Geister weiter.«

»Was bedeutet das?«

»Es ist das, was du in deinem Roman getan hast. Du hast die Geschichte deiner Großmutter, ihr wahres Leben, in etwas Erfundenes verwandelt. Aber was passiert mit einem Leben, wenn aus der Wirklichkeit Fiktion wird? Hm? Ist sie dann erfunden? Oder nur die Wirklichkeit, die in einem anderen Kleid steckt?«

»Die Seele der Geschichte bleibt wahrhaftig. Sie ist echt.« Für Nicholas war Malvina nie eine andere Person als seine Großmutter gewesen. Sie sah anders aus, ja, und sie trug einen anderen Namen, aber im Herzen, tief dort drinnen verborgen, wo alles echt ist, da war ihm immer klar gewesen, dass er das Leben seiner Großmutter irgendwie neu erfunden hatte. *Malvina* handelte von Margaret Fergusson, von ihren Sehnsüchten, ihrem Leben, ihren Ängsten und ihrem Schicksal. Er bettete die Frau, die seine Großmutter gewesen war, auf all die Buchstaben, die sie umgaben wie schimmernde Magie, und so machte er aus Erfundenem Wirklichkeit.

»Aber nicht jeder Verstorbene hat das Glück, dass jemand wie du die Geschichte schreibt, die sein Leben ausmacht. Viele müssen ihre Geschichte in die Welt zurückbringen lassen. Sie müssen dafür sorgen, dass jemandem *ihre* Geschichte wieder einfällt.«

»Und es gibt Geister, die diese Geschichten in unsere Welt bringen?« Der Tee war wohltuend heiß und herb.

»Ich bin nicht der einzige Flüsterer, wenn du das meinst. Es gibt viele, die diesen Beruf ausüben.«

»Wie machen sie das?« Wenngleich Nicholas zu ahnen begann, wie es vonstattenging, wollte er es doch genau wissen.

»Es gibt Geister, die sich ins Zwielicht wagen.«

Nicholas sah ihn fragend an. »Was ist das Zwielicht?«

»Das Zwielicht«, erklärte Chesterton, »ist eine Grenzzone zwischen der Nebelwelt der Geister und der Welt, in der wir gerade sind.« Er wirkte ein wenig ungeduldig, wie jemand, der gezwungen wird, eine Geschichte viel langsamer zu erzählen, als es eigentlich seine Natur war. »Wann immer du von einer Geistererscheinung gehört hast oder davon, dass jemand bei einer Seance mit einem seiner Ahnen gesprochen hat, dann war dies ein Geist im Zwielicht. Wenn man im Zwielicht ist, dann kann man Kontakt zur Welt der Lebenden aufnehmen. Verstehst du?«

»Klingt einleuchtend.« *Klingt völlig verrückt*, korrigierte er sich.

»Aber …«, Chesterton hob den Finger.

Gab es das nicht immer? Ein Aber?

»… die Geister mögen das Zwielicht nicht. Es macht ihnen Angst. Nur eine Handvoll Geister können sich dort aufhalten.«

»Und das sind die Flüsterer.«

»Langsam, langsam. Einige von ihnen sind Flüsterer.«

Chesterton hielt inne. »Nicht jeder Geist, der sich im Zwielicht herumtreibt, ist zwangsläufig ein Flüsterer.« Er seufzte. »Es ist kompliziert.«

»Klar.«

»Nein, ich meine es ernst«, schnaubte er. »Wir müssen Schritt für Schritt vorgehen, dürfen nichts überstürzen. Die Welt ist nicht einfach, das war sie nie. Sie zu erklären braucht Zeit.« Erneutes Seufzen und ungeduldig zuckende Augenbrauen. »Diese Zeit sollten wir uns nehmen.« Er legte die Hände gefaltet auf den Tisch. »Betrachten wir also zuerst die Flüsterer.«

Nicholas zuckte mit den Achseln. Okay. »Was genau tun sie?«

»Sie flüstern jemandem Geschichten ins Ohr.«

»Jemandem?«

»Menschen, die sie weitertragen können. Ja, ich weiß, was du jetzt denkst. Jeder Mensch trägt Geschichten weiter. Es liegt in der Natur der Menschen, sich Geschichten zu erzählen. Wir sind Wesen, die das, was sie erlebt haben, weitererzählen müssen. Wir tauschen uns aus. Worte sind eine Magie, die mächtiger ist als Königreiche. Je mehr Menschen eine einzelne Geschichte kennen, umso mächtiger wird diese Geschichte. Die Imagination ist wie Energie, von der man sich ernähren kann. Sie gibt einem Kraft und Lebensmut.« Er trommelte tonlos mit schnellen Fingern auf der Tischplatte herum. »Dein Roman *Malvina* gibt deiner Großmutter die Kraft, lange Zeit ihr Leben im Nebel zu genießen. Vielleicht weiß sie, warum, vielleicht nicht. Nun ja, vermutlich weiß sie es nicht. Womöglich ahnt sie, dass da etwas passiert sein muss, wodurch sie ihre Kraft erhält. Vielleicht denkt sie dabei sogar an dich, ihren Enkel, wer weiß das schon? Der Punkt ist aber …« Und hier tippte er mit dem Zeigefinger so fest auf die Tischplatte, dass der Teelöffel vom Unterteller rutschte. »Der Punkt ist, dass Künstler durch ihre wilde Imagination Geschichten erschaffen. Dabei meine ich nicht nur Schriftsteller, nein, auch Musiker erzählen Geschichten. Denk an Bob Dylan, Neil Hannon, Bruce Springsteen oder die Carpenters.« Er grinste jetzt ein wenig irre. »Oder Maler. Jedes Bild erzählt eine Geschichte. Edward Hopper war ziemlich gut darin, Dalí weniger. Selbst die stummen und dennoch lebendigen Statuen, die in der Stadt überall auf den Plätzen stehen, erzählen ihre Geschichten.«

Nicholas dachte an die Frau im Hochzeitskleid, die sich »die Zweimeterbraut« nannte und öfter auf dem Gehweg am Camden Lock zu sehen war.

»Ein Flüsterer«, bekannte Chesterton, »flüstert einem Künstler das ein, was er zu erschaffen versucht.«

Die erschreckende Wahrheit lag auf der Hand. »Sie meinen, dass nichts davon von den Künstlern selbst erfunden wurde?«

Chesterton schnaubte. »Natürlich nicht. Nun ja, manchmal schon. *Hotel California* beispielsweise ist so eine Ausnahme.« Die Augenbrauen wippten belustigt auf und ab. Die Augen indes blickten weiterhin ernst. »Du jedenfalls hast *Malvina* erfunden mit den Gedanken an deine Großmutter. Du hast es *unbewusst* getan.« Er hielt den Löffel hoch und machte damit eine Bewegung, wie wenn jemand mit einem Stift in der Luft herumschreibt. »Was aber, wenn es nicht unbewusst geschieht?« Seine Augen wurden groß und richtig unheimlich – ganz zu schweigen vom Ausdruck der Augenbrauen. »So ist das oft bei jungen Künstlern.«

Nicholas versuchte, die Tragweite dieser Feststellung zu erfassen.

»Sie tragen die Inspiration tief im Herzen, ohne es zu wissen.« Erneutes Nippen am Tee. »Aber oft muss diese Inspiration in die richtigen Bahnen gelenkt werden.«

Nicholas nickte.

»Alle Bücher träumen von Geschichten«, zitierte Peter Chesterton genussvoll. *»Und sie fürchten sich vor dem Vergessenwerden.«*

Natürlich, es war offensichtlich!

»Der Satz stammt von Ihnen. Deswegen haben Sie ihn gekannt. Sie haben ihn mir eingeflüstert!«

Chesterton strahlte vor Freude. »Es ist der Anfang einer Geschichte, aus der du ein Buch machen sollst.«

»Was ist das für eine Geschichte?«

»Ein reicher Geist hat sie in Auftrag gegeben«, erklärte Chesterton. »Er ist alt und in letzter Zeit sehr kränklich.« Ein Seufzer, tief und bedeutungsschwanger. »Und wenn seine Geschichte nicht bald die Runde macht und bekannter wird, dann ... wird er sich auflösen.« Seine Gedanken drifteten ab. »Hm, das könnte ein Problem werden«, dachte er laut. »Andererseits habe ich schon ganz andere Probleme gelöst.« Er schaute auf und lächelte zuversichtlich.

»Das ist krass.«

Chesterton grübelte. »*Krass* ist ein seltsames Wort. Eins, das ich nie benutzen würde.«

Nicholas blieb beim Thema. »Deswegen waren Sie vorletzte Nacht auf dem Hausboot.«

»Ja.«

»Sie haben mir den Anfang der Geschichte zugeflüstert.«

»Du sagst es.«

Dann offenbarte er ihm all die Details.

»Hör genau zu, Nicholas James.«

Nun begann er das Handwerk seines Gegenübers langsam zu verstehen.

»Eigentlich ist es ganz einfach ...«

Die Notizen, die Nicholas sich gemacht hatte, jene wild und unstrukturiert eingefangenen Kritzeleien, die er für lose Ideen gehalten hatte, aus denen er einen Roman spinnen könnte, sie stammten allesamt von Peter Chesterton.

»Gib zu, du hast keine Ahnung, wie die Geschichte weitergehen soll.«

Das war verrückt. Nicholas verzog das Gesicht. »Wie sind Sie auf mich gekommen?«

»Mir hat dein Roman gefallen. Du stehst am Anfang. Nicht wenige Menschen lesen deine Bücher. Ich meine, den *einen* Roman, den *einzigen*, und all jene, die ihm folgen werden. Leser sind treu, wenn ihnen etwas gefallen hat. Die Kunst ist es, einen Schriftsteller zu finden, der Potenzial hat. Der gelesen wird. Der eine Zukunft hat. Und zu dem die Geschichte passt.«

»Je mehr Menschen eine Geschichte lesen ...«

»Desto stärker wird sie.«

»Und das verlängert das Leben des Geistes, der sie in Auftrag gegeben hat.«

Chesterton nickte. »Ja.«

Nicholas nippte am Tee und überdachte, was er gerade

gehört hatte. Sein Gegenüber ließ ihn dabei nicht aus den Augen.

Schließlich meinte Nicholas: »Das ist alles?«

»Das ist ziemlich viel«, sagte Chesterton fast schon beleidigt.

Blieb noch eine Frage. »Warum habe ich Sie gesehen?«

»Das, Nicholas James …«, ein Räuspern, »… ist das Problem.« Ein langer, tiefer Seufzer. »Ich weiß es nicht. Keine Ahnung.«

Das war nicht gerade die Antwort, die Nicholas sich erhofft hatte.

Chesterton seufzte noch mal bedauernd. »Tut mir leid, aber da weiß ich nichts zu erklären. Deswegen gibt es keine richtige Antwort. Nichts, *Nada*. Wenn man einem Menschen etwas zuflüstert, dann tut man das aus dem Zwielicht heraus. Man nähert sich dem Betreffenden, im besten Fall, wenn er schläft, und flüstert ihm zu, an was er sich erinnern soll.« Er schaute sich im Restaurant um. »Ich habe mich für dich entschieden, weil mir *Malvina* so gut gefallen hat. Darüber hinaus arbeite ich ausschließlich mit Schriftstellern. Musiker und Maler sind nicht mein Ding.«

»Es war nicht geplant, dass ich Sie sehe.«

»Ich habe nicht die geringste Ahnung, warum du das kannst. Menschen sehen Geister nicht, wenn sie sich im Zwielicht befinden. Normalerweise. Es sei denn, die Geister geben sich Mühe, gesehen zu werden. Aber ich kann dir versichern, dass ich vorsichtig war.« Er starrte Nicholas an. »Du kannst in die Nebelstadt wechseln. Du siehst alles, was dort ist. Du kannst auch das Zwielicht sehen. Du hast mich im Zwielicht gesehen, einmal auf dem Hausboot und ein zweites Mal in der Delancey Street. Ich habe dich getestet, weil ich sichergehen wollte, mich nicht zu irren. Es hätte ja sein können, dass ich auf dem Hausboot das Zwielicht kurz verlassen hatte. Unwahrscheinlich, aber …« Er nippte erneut am Tee. »Nun ja, zumindest hast du mich darin gesehen. Wir können sogar dorthin gehen, ins Zwielicht, irgendwann einmal, aber es ist seltsam …« Er verwarf den Gedanken wieder. »Die Frage lautet: Warum? Warum kannst du das? Was ist das Besondere an dir?«

Nicholas zuckte mit den Achseln.

»Wer sind deine Eltern?«

»Normale Menschen.«

»Du bist nicht adoptiert?«

Suchte er nach einer geheimnisvollen Kindheit wie bei Dickens?

»Nein.«

»Bist du dir sicher?«

Keine Zweifel. »Ja. Ich sehe meinen Eltern ähnlich.«

Chesterton lehnte sich zurück und starrte ihn an. »Es ist, wie gesagt, ein Rätsel.«

So viel hatte Nicholas mittlerweile auch verstanden. »Warum«, hakte er nach, »haben Sie sich entschieden, mir das alles zu sagen?«

Chesterton seufzte. »Was hätte ich tun sollen? Dir die Geschichte zuzuflüstern würde nicht mehr funktionieren.« Ein ungeduldiges Fingerschnippen. »Außerdem hattest du mich gesehen.« Er rollte die Augen. »Du würdest mich wieder sehen, käme ich nachts zu dir.« Eine nachdenkliche Pause. »Du bist ein Rätsel, Nicholas James, und Rätsel sind dazu da, um gelöst zu werden.«

»Sie sind also nur neugierig?«

»Nein.«

»Sondern?«

Die Falten in dem langen Gesicht sahen tief und schattig aus. »Geister können nicht mehr in diese Welt zurückkehren«, erklärte er. »Einige von ihnen wagen sich hin und wieder ins Zwielicht, wenn sie mutig sind, ja, aber näher, das kannst du mir glauben, näher kommen sie der realen Welt niemals.« Er deutete auf sich selbst und lächelte hilflos. »Ich kann es.« Er zog eine schräge Grimasse und seufzte. »Ist das ein Problem?« Ein Kopfschütteln. »Nein, kein Problem! Ich bin mal hier, bin mal da, habe drüben einen Laden, einen hier. Mal ein Flüsterer, mal Regenschirmmacher.«

»Warum können Sie das, wenn es die anderen nicht vermögen?«

Ein Achselzucken. »Darum.«

»Darum?«

»Ich kann es einfach.«

»Sind Sie ein Geist?«

Noch ein Achselzucken. »Lange Geschichte.«

»Die Sie mir erzählen?«

»Nein.«

»Warum nicht?«

»Nicht jetzt.«

»Dann ein anderes Mal?«

Ein bohrender Blick. »Vielleicht. Ich war ein Mensch und bin gestorben, aber ich kann nach wie vor wechseln. Ich führe ein Leben in beiden Welten. Normalerweise dürfte ich mich jenseits des Zwielichts nicht bewegen können. Ich tue es dennoch.« Er seufzte ein wenig ratlos. »Und du, Nicholas James, kannst es auch. Kannst mal hier sein und mal dort. Ich habe, wie gesagt, keine Ahnung, wie das möglich ist. Aber du bist der einzige Mensch, den ich kenne, der dies zu vollbringen vermag.«

Peter Chesterton wusste selbst nicht, wer er war. Oder was. Und Nicholas war ihm ähnlich, sah man mal von der Tatsache ab, dass er noch nie zuvor gestorben war – was definitiv ein nicht zu unterschätzender Unterschied zwischen ihnen beiden war.

»Was wäre passiert, wenn ich Sie vorgestern Nacht nicht bemerkt hätte?«

Chesterton zuckte mit den Achseln. »Nichts wäre passiert.«

»Aber Sie wären noch einmal zu mir gekommen.«

»Ich wäre jede Nacht bei dir vorbeigekommen und dann hätte ich einen weiteren Teil der Geschichte, die zu übermitteln mir aufgetragen wurde, in dein Bewusstsein geflüstert. Stück für Stück, Nacht für Nacht.« Ein erhobener Zeigefinger. »Flüstern ist ein Handwerk, das sorgfältig ausgeführt werden muss.«

Irgendwie fand Nicholas diesen Gedanken ziemlich beunruhigend.

Chesterton indes schien Gefallen daran zu finden, wie das alles hätte verlaufen können. »Du wärst am nächsten Tag erwacht mit dem Gefühl, eine ganze Fülle wunderbarer Ideen gehabt zu haben. Du hättest dich an den Schreibtisch gesetzt und geschrieben und geschrieben. Vermutlich hättest du dich über diese wahnsinnig kreative Zeit gefreut und gewundert. Aber nicht lange. Du hättest es genossen und wärst ganz in deiner Geschichte versunken gewesen.«

Nicholas fragte sich, wie viele Schriftsteller die Marionette eines Flüsterers waren, ohne jemals etwas davon zu ahnen.

»Hätten Sie mich begleitet, bis ich den Roman fertig geschrieben hätte?«

»Ja, darum geht es. Die Details sind wichtig.« Er grinste. »Allerdings hätte ich mich vor der Fahnenkorrektur verabschiedet.«

Das war so was von verrückt. Nicholas hatte keine Ahnung, wie er das alles für sich behalten sollte. Über manche Dinge musste man einfach reden.

Aber Kadir würde ihn für völlig bescheuert halten, wenn er mit diesen Neuigkeiten ankäme. Und er selbst wäre der Letzte, der ihm das verdenken konnte. »Wessen Geschichte soll ich erzählen?« Er fragte sich, ob die Geschichte Jonathan Fry gefallen würde.

»Das ist unwichtig. Jemand hat dafür gezahlt.«

»Dann können nicht alle Geister sich einen Flüsterer leisten?«

»Nein.«

»Das heißt, es gibt Geister, die sterben.« Wie groß musste die Verzweiflung all derer sein, die spürten, wie das Vergessen ihrer Geschichte nahte. Begaben sie sich aus Furcht gar selbst ins Zwielicht?

Chesterton murmelte ein leises »Ja«.

Mit einem Mal glaubte Nicholas, tiefere und dunklere Schatten im fahlen Gesicht des Regenschirmmachers zu erkennen. »Wie sterben Geister?«

Chesterton machte eine wegwerfende Handbewegung. Er schien nicht in der Laune zu sein, darüber zu reden. »Am angenehmsten für alle Beteiligten ist es, wenn sie verblassen. Aber natürlich kann es auch sein, dass sie ...« Er schüttelte den Kopf. »Es gibt auch andere Wege, über die ich nicht sprechen möchte. Nicht hier, nicht heute.«

Also schwiegen sie eine Weile. Neue Gäste betraten das Restaurant und ließen sich an den Tischen nieder, Touristen und Londoner, deren Mittagspause gerade begonnen hatte. Es wurde lauter und leises Reden fiel schwer.

»Sind Sie gut in dem, was Sie tun?«, wollte Nicholas schließlich noch wissen.

»Ich kann mich über Aufträge nicht beklagen.«

»Wie sind Sie dazu gekommen? Flüstern, meine ich.«

»Eine lange Geschichte.«

»Die jetzt nicht wichtig ist.«

»Du hast es erraten.«

»Die Kurzform?«

»Ich lebe in der Nebelstadt und in deinem London. In beiden Welten brauche ich Geld.«

»Also ist sich das Leben in beiden Welten sehr ähnlich.«

»Geister sind immer noch Menschen«, sagte er. »Ja, das Leben ist sich immer sehr ähnlich. Mit allem Schönen, leider auch allem Schlechten.« Sein Blick verdunkelte sich plötzlich, aber konkreter wurde er nicht. »Zeit zu gehen«, schlug Chesterton plötzlich vor. Ohne abzuwarten, was Nicholas zu sagen hatte, erhob er sich, zahlte und ging nach draußen.

Was sollte das nun schon wieder? Hatte er etwas Falsches gesagt? Eine indiskrete Frage gestellt? Nicholas war sich keiner Schuld bewusst.

Er schnappte sich seinen neuen Regenschirm und folgte

Chesterton. Der ging den Weg zu seinem Laden zurück, ohne anzuhalten. Die Sonne schien, alles wirkte so schrecklich normal an diesem Tag. Nicholas musste dem Regenschirmmacher, der auch ein Flüsterer war, förmlich hinterherhetzen, um nicht zurückzubleiben.

»Was ist los?«

»Es wurde zu voll«, sagte Chesterton nur.

Nicholas lief neben ihm her. »Warum haben Sie sich nicht einfach jemand anderen gesucht, nachdem ich Sie gesehen habe?«

»Daran hatte ich auch gedacht im ersten Augenblick. Es wäre der einfachste Weg gewesen. Einfach, aber feige. Ich hätte ignoriert, dass es jemanden wie dich gibt. Hätte ich dann ruhiger schlafen können? Vermutlich nicht. Es ist das Rätsel, das uns antreibt, immerzu.«

»Bin ich das Rätsel?«

»Ein Rätsel«, antwortete er, »ist nichts anderes als eine Geschichte, die man noch nicht kennt.«

»Dann sind wir beide ein Rätsel«, sagte Nicholas.

Chesterton blieb stehen und starrte ihn an. »Ja, so ist das wohl.« Und schon rannte er weiter, der Earlham Street entgegen. Nicholas fragte sich, warum er es auf einmal so eilig hatte, wusste aber sogleich, dass er keine Antwort erhalten würde, käme ihm die Frage über die Lippen.

»Wie geht es jetzt weiter?«, wollte er dennoch wissen. »Schreibe ich meinen Roman zu Ende?«

»Das liegt jetzt an dir.«

Das wiederum klang sehr einleuchtend.

»Die Geschichte gehört dir. Wenn du sie aufschreibst, dann ist sie bestimmt nicht mehr die Geschichte, die ich dir heimlich gegeben hätte. Für diese Geschichte werde ich mir wohl oder übel jemand anderen suchen müssen. Schließlich muss ich dem Auftrag nachkommen, für den ich bezahlt werde. Das Ganze zu verpatzen würde dazu führen, dass mein Ruf leidet.«

Sie hatten den Laden erreicht.

»Werden wir noch einmal in die Stadt aus Nebel gehen?«

»Vielleicht.«

»Wann sehen wir uns wieder?«

»Demnächst.«

»Was ist los? Warum sind Sie so gehetzt?«

»Ich bin nicht gehetzt.«

»Sie erwecken den Anschein.«

»Pah!« Peter Chesterton legte den Kopf schief wie ein Kind, das angestrengt nachdenkt. Er kratzte sich am Kopf und wuselte mit der rechten Hand durch seine ohnehin schon sehr verwuschelte Frisur.

»Und jetzt?«, fragte Nicholas.

Chesterton gab ihm keine Antwort. Stattdessen sagte er: »Der Regenschirm gehört dir. Sei gut zu ihm.« Dann wurden die strengen Augenbrauen gehoben. »Unterstehe dich, allein in die Stadt aus Nebel zu gehen!«

Er wartete ab, bis Nicholas es ihm versprochen hatte.

»Es ist gut, dass du hergekommen bist. Denk über all das nach, was du erfahren hast. Ich muss das auch tun. Nachdenken, meine ich.« Er schloss die Tür auf und öffnete sie. »Bis zum nächsten Mal, Nicholas James.«

Dann ging er hinein, drehte sich aber noch einmal um.

»Und sei vorsichtig. Man kann nie wissen.« Er knallte die Tür zu, so abrupt und unverhofft, wie die ganze Geschichte begonnen hatte. Und alles, was in den letzten Stunden gewesen war, wurde im warmen und wirklichen Sonnenlicht wieder zu einem seltsamen Traum, den zu glauben kein Leichtes sein würde.

4

Früher Abend. Das Hausboot war die Wirklichkeit, alles hier war vertraut und echt.

Nicholas begrüßte sogar die Katze, als sie irgendwann nach Hause kam, viel herzlicher als gewöhnlich. (Meist strafte er Whoopie, wie sie ihn auch, dezent mit Missachtung.) Er tränkte die Kräuter und streichelte Whoopie das Fell, was sie schnurrend zur Kenntnis nahm. Er versuchte zu lesen, was ihm misslang, dann machte er sich Abendessen, was okay war. Schließlich saß er eine Weile tatenlos an Deck herum und starrte in den blauen Abendhimmel, dies in der sicheren Gewissheit, dass ihm die Ruhe fehlte, diesen Augenblick wie sonst zu genießen.

Mehrmals griff er zum Telefon, um Kadir Jones anzurufen, starrte es an, drehte es in der Hand hin und her und ließ es am Ende bleiben, weil er schlichtweg nicht wusste, was er Kadir hätte erzählen sollen. Das alles war zu verrückt und obwohl er sich ziemlich sicher war, sich nichts von all dem eingebildet zu haben, so blieb doch ein Gefühl von Unsicherheit und Zweifel.

Nicholas beschloss, ein wenig durch die Gegend zu laufen. *Spazieren gehen*, so hätte es seine Großmutter genannt.

Nichts anderes hatte er schon am Nachmittag getan.

Nachdem Peter Chesterton ihn so abrupt in der Earlham Street hatte stehen lassen, war er, einer Laune des Augenblicks folgend, mit dem Fahrrad zum Embankment gefahren, hatte mit Kopfhörern laut Musik gehört (Mark Ronson und Bruno Mars – und zwar so richtig laut, bis er den Groove in seiner Seele spürte), auf einer Bank eine Rast eingelegt und eine geschlagene Stunde dem Schiffsverkehr auf der Themse zugeschaut, nachgedacht, gedöst, einfach die Zeit totgeschlagen. Er war bis zum Blackfriars Pier gefahren, dort hatte er die Brücke nach Southside überquert, sich an einem Kiosk beim London Eye die Schlagzeilen der Tageszeitungen angeschaut (nichts als die üblichen politischen Streitereien, den konkreten Ablauf des Brexit betreffend), um dann über die Westminster Bridge auf seine Seite des Flusses zurückzukehren.

Am frühen Abend erst war er wieder beim Hausboot angekommen und hatte sich einfach nur erschöpft gefühlt.

Er hatte lange geduscht und sich nach all dem Hin und Her des Tages trotzdem noch immer nicht besser gefühlt.

Jetzt schlenderte er also langsam den Uferweg in Richtung Regent's Park entlang und dachte über jenes London nach, das im Nebel lag.

Am Camden Lock, der Schleuse, fiel ihm auf, dass einige Passanten ihn ziemlich belustigt musterten. Zuerst hatte er keine Ahnung, warum sie das taten, und schaute frech und gespielt belustigt zurück, dann bemerkte er aber, dass er den Regenschirm mitgenommen hatte. Obwohl in den nächsten Tagen kein Regen in Sicht war, lief er, den Schirm wie einen leichten Gehstock schwingend, durch die Gegend.

Und sei vorsichtig. Man kann nie wissen.

Was zur Hölle hatte Chesterton damit gemeint?

Nicholas ertappte sich dabei, nervös um sich zu schauen, fast so, als hätte er eine begründete Befürchtung, dass ihm jemand folge. Aber das war ausgemachter Blödsinn. Oder? Wer sollte ihm folgen? Und weshalb?

Er schlenderte an der Schleuse vorbei, die neben dem Markt selbst die größte Attraktion in diesem Viertel war

Selbst jetzt am Abend trieben sich hier noch haufenweise Touristen herum (kein Wunder, denn die Schleuse und der Markt wurden in jedem Reiseführer als *absoluter Geheimtipp* bezeichnet). Normalerweise mied Nicholas die Menschenmassen, aber nicht heute. Jeder Passant, der ihn anrempelte, und selbst der Lärm, der ihn sonst so störte, hielt ihm nun vor Augen, dass er sich in einer normalen Umgebung aufhielt. Das hier war die Stadt, die er kannte. *Seine* Stadt. Camden Lock, Camden Market, ganz ohne Geister, dafür voller lebendiger, normaler Menschen. Er genoss den Anblick der Trödelläden, die Stände mit den bunten Sachen, das muntere Treiben, selbst jetzt am Abend. Man fühlte sich lebendig, wenn man hier war.

Doch dann kehrten seine Gedanken wieder zu der Stadt im Nebel zurück.

Nicholas dachte über all das nach, was er an bruchstückhaften Fakten erfahren hatte – viel zu wenig, das meiste waren ja kaum mehr als Andeutungen gewesen. Und er fragte sich, was er jetzt tun sollte.

Erneut Chesterton aufsuchen? Nein, der hatte vorhin schon auf die Anrufe nicht reagiert.

Der Sache auf den Grund gehen? Etwas *tun*? Der Regenschirm in seiner Hand war plötzlich schwer. Zumindest bildete er sich das ein, tatsächlich gab es keinen Grund anzunehmen, der Schirm habe sein Gewicht verändert.

Unterstehe dich, allein in die Stadt aus Nebel zu gehen.

Was, wenn er es doch täte? Was könnte schon passieren? Er würde sich ein wenig umsehen und dann wieder zurückkehren. Vielleicht würde er ja als ein aufmerksamer Beobachter ein paar Dinge erfahren, die ihm weiterhelfen konnten.

Nicholas seufzte und ging weiter. Beim Regent's Park angekommen, hielt er sich rechts und erreichte nach wenigen Minuten Primrose Hill.

Er betrat den Park und folgte den Pfaden, stieg ganz auf den Hügel hinauf, bis zu der Tafel mit den Wahrzeichen der Stadt. London schimmerte im Licht der untergehenden Sonne fast gülden, ganz besonders die hässlichen modernen Gebäude drüben in der Canary Wharf.

Die Geräusche waren gedämpft hier oben, nur das Rauschen der Bäume im sanften Wind, der Klangteppich aus leisen Gesprächen und ferner Musik aus Radios wehte ihm wie eine Wolke Insekten ins Gesicht; und dann, spontan, wie er manchmal war, tippte er zweimal mit dem Regenschirm auf den Boden – vielleicht auch nur um zu sehen, ob es funktionierte, wenn er allein war.

Sofort umfing ihn dichter Nebel. Die Farben wurden aus der Welt gewaschen, es wurde kühl wie an einem Herbsttag. Es war wie ein Augenzwinkern, nur schneller. Die Spaziergänger, die ihre Hunde ausgeführt hatten, waren fort, ebenso die Sonne, der sanfte Wind und alles andere auch. Es ging so schnell, dass es Nicholas fast schwindelte, wieder hier zu sein.

Hatte er vorhin noch auf einer Wiese gestanden, die nahezu verlassen gewesen war – sah man von den wenigen Passanten ab, die ihre Hunde Gassi führten, den Joggern mit den verkniffenen, gequälten Gesichtsausdrücken und den Pärchen, die auf den Bänken sitzend den Ausblick und einander genossen –, so befand er sich jetzt inmitten eines großen Marktes, dessen Ende man nicht erkennen konnte. Wie es aussah, erstreckte sich der Markt, der sehr mittelalterlich anmutete, über den gesamten Park. Die verwitterten Marktstände – Bretterbuden und Zeltstände – erhoben sich überall wie faulige Zähne aus dem Boden, der matschig und im besten Fall mit Moos überzogen war. Kein Vergleich zu dem Rasen in dem anderen Primrose Hill, der normalerweise gepflegt und grün war. An jeder Ecke spielte laut und lärmend Musik, mittelalterliche Klänge, vermengt mit Elektronik und dumpfen Beats. Die Marktbesucher waren so real wie nur irgendwer. Sie rempelten Nicholas an, schienen ihn ansonsten aber nicht zu beachten. Ähnlich den Leuten, die er am Trafalgar Square gesehen hatte, waren auch hier alle möglichen Kleidungsstile vertreten, ein schräger Querschnitt durch die Mode der letzten Jahrhunderte, wobei die Menschen irgendwie schäbiger wirkten als die Stadtbewohner am Vormittag.

Unterstehe dich, allein in die Stadt aus Nebel zu gehen.

Nicholas kannte die Viertel, die man nicht aufsuchen sollte. Jede Stadt hatte Gegenden wie diese.

Hüte dich vor den Rissen.

Sie lauerten in den Gassen direkt hinter den Bahnhöfen, in Unterführungen, in Straßen, die man instinktiv mied. Es lag auf der Hand, dass er an genau so einem Ort gelandet war.

Sei vorsichtig. Man kann nie wissen.

»Oy, Kleiner, wie wär's mit'm Amulett«, hörte er jemanden sagen. »Selbst gemacht und schützt vor den schlimmen Dingen.« Die Gestalt, erkannte Nicholas, trug Lumpen und sah aus, als sei sie geradewegs einem frühen Roman von Dickens entsprungen. Dort wäre sie zweifelsohne erst vor Kurzem durch die Marschen gestakst, auf der Flucht vor der Polizei, nach einem Ausbruch aus dem Gefängnis oder mit noch einer viel düstereren Vergangenheit. »Die schlimmen Dinge, ja, die gibt's überall, hier und woanners, ja, ja, weißte, und ich würd's nie nich riskieren, so ganz ohne Glücksbringer hier rumzulaufen.«

Nicholas erkannte Ärger, wenn er im Anmarsch war.

»Nein, danke«, sagte er schnell und schaute demonstrativ in eine andere Richtung.

Der Fremde lächelte schief und ließ nicht locker. »Du siehssss aus, als hättest de dich verlaufen. Hast feine Klamotten an.«

Meinte er die Jeans, das Hemd und die Chucks?

»Bissss nich von hier, was?« Er sprach *hier* wie *hiaaaah* aus.

Sein Atem roch faulig, die Zähne, die man sah, wenn er grinste, waren gelb und braun.

Nicholas beschloss, einfach weiterzugehen.

Primrose Hill sah in der Tat ziemlich verkommen aus. Er fragte sich (nicht zum ersten Mal), wie stark sich dieses London von dem, das er kannte, unterschied.

»Wenn de willst, kann ich dir helfen.«

Wobei?

Nicholas zwängte sich durch die Menge.

Fremdartige Gerüche wehten im Nebel, die Marktstände boten seltsame Dinge feil, viele davon sahen beunruhigend missgestaltet aus.

Der Fremde kam näher. Seine Lumpen stanken nach Abwasser. Plötzlich war er ganz nah und legte Nicholas eine schmutzige Hand auf die Schulter. »Du suchssss bestimmt, was alle suchen.«

Selbst der Dreck unter seinen Fingernägeln schien sauer zu riechen.

Nicholas hatte keine Ahnung, was er wollte.

»Du suchst einen Platz, wo du übernachten kannssss.«

Plötzlich ging ihm auf, dass der Lumpenkerl vermutlich davon ausging, dass er gerade erst hier angekommen war, und damit meinte er nicht Primrose Hill, sondern die Stadt. War das möglich? Der Kerl glaubte, dass Nicholas gestorben war und in der Stadt als neuer Geist umherirrte, ohne Bleibe.

»Ich komme schon zurecht«, sagte Nicholas und hoffte, energisch und schroff zu klingen. Er fragte sich zum ersten Mal, wie man seine ersten Tage als Geist verbrachte. Erinnerte man sich überhaupt an den eigenen Tod? Vermisste man seine Angehörigen? Wusste man, was jetzt mit einem geschah?

»Gar nix tuuuuus du tun«, knurrte der Mann plötzlich aggressiv und verärgert. Nicholas hatte keine Ahnung, warum er auf einmal so wütend war, aber er fletschte geradezu die gelbbraunen Zähne, um seiner Aussage Nachdruck zu verleihen. »Neee, du, keine paar Stunden kommst du allein zurecht. Kannste mir glauben.«

Die Gegend hier war definitiv ganz anders als die, in die Chesterton ihn geführt hatte.

»Machen Sie es gut.« Nicholas schickte sich an, wegzugehen. Den Kerl zu ignorieren wäre vermutlich die beste Reaktion.

»Vornehm tust du auch noch. *Machen Sie es gut*«, äffte der Kerl ihn nach. »Du bist hier ein Nichts. Da, wo du herkommst, da warste vielleicht mal wer, aber das issss jetzt aus und vorbei.« Er kam noch näher heran. Instinktiv wich Nicholas nach hinten aus. »Alles, was du gekannt hast, issss jetzt aus und vorbei.«

Der Schlag traf ihn am Kopf und völlig unverhofft.

Nicholas wurde schwarz vor Augen und jemand stieß ihn heftig zur Seite. Er taumelte und stürzte unsanft zu Boden und als er aufsah, war der Lumpenkerl in der Menge verschwunden. Nicholas rappelte sich auf, rieb sich die Stelle am Kopf, wo der Schlag ihn getroffen hatte, und sah ein Rinnsal dunkles Blut an seinen Fingern. Er prüfte erneut die Wunde, die nicht schlimm zu sein schien.

Der Lumpenkerl musste einen Komplizen gehabt haben.

Mist!

Sei vorsichtig!

Der Regenschirm war fort.

Man kann nie wissen.

Er stöhnte leise auf.

Der Erkenntnis, dass sie den Regenschirm gestohlen hatten, folgte Furcht, die seinen Herzschlag schneller werden ließ. Wie sollte er jetzt zurückkehren?

Hüte dich vor den Rissen.

Der seltsame Markt von Primrose Hill wurde mit einem Mal noch beängstigender, als er es ohnehin schon gewesen war. Würde er überhaupt ohne den Regenschirm zurückfinden? Nicholas hatte nicht die geringste Ahnung, wie der Schirm funktionierte, aber es schien offensichtlich zu sein, dass er ohne ihn nirgendwohin gehen würde.

Und das bedeutete? Dass er hier gefangen war? Gestrandet? In der Stadt aus Nebel, in der es nur Geister gab?

Meine Güte, das hörte sich total verrückt an.

Er schluckte die Panik hinunter wie einen bitteren Geschmack. *Bleib ruhig*, schrie alles in ihm – alles andere als ruhig, versteht sich.

Er musste fort von hier. Das war das Erste, was er tun musste. Fort von Primrose Hill, raus aus dem Park. Dann erst würde er nach Chesterton suchen. Den Laden gab es hier ja auch.

Er schaute sich um, aber der Lumpenkerl und derjenige, der ihm den harten Schlag verpasst hatte, waren auf und davon, untergetaucht im Markttreiben.

Nicholas setzte sich in Bewegung und ging mit gesenktem Blick, weil er hoffte, dass er so unbeachtet bleiben würde. Sein Herz klopfte schnell und er spürte, wie seine Beine zitterten.

Wenn der Lumpenkerl ihn für einen Fremden gehalten hatte, dann würden andere das sicherlich auch tun. Und er wollte sich nicht ausmalen, wie nett der Rest dieser Marktbesucher sein würde, wenn sie in ihm einen hilflosen Fremden erkannten.

Also machte er sich auf den Weg.

Aber wohin? Nun, erst einmal würde er Primrose Hill schnell verlassen. Die Gegend war nicht geheuer. Er konnte nicht glauben, dass er vor einer Stunde noch im Licht der untergehenden Abendsonne durch Camden geschlendert war. Jetzt war er hier in dieser seltsamen Welt und sein Regenschirm war fort. *So ein verdammter Mist.*

Die Stände, an denen er vorbeilief, wirkten wenig einladend. Alles, was hier angeboten wurde, war irgendwie faul und modrig. Er ging schnell den Weg, den er in der anderen Stadt hinauf gekommen war, zurück, um möglichst schnell die Straße zu erreichen. Nur raus aus dem Park.

Hüte dich vor den Rissen.

Dabei hatte er keine Ahnung, wie die Regent's Park Road hier aussehen würde.

Der Nebel nahm ihm die Sicht, verschluckte die Geräusche, alles wirkte gedämpft und irgendwie langsamer, entrückter. Leichter Nieselregen legte sich wie unsichtbare Spinnenetze auf seine Haut. Er hatte das Gefühl, nur äußerst langsam voranzukommen.

»Steh still!«, hörte er plötzlich jemanden rufen.

Zuerst wusste er nicht, dass diese Aufforderung ihm galt. Warum hätte er das auch annehmen sollen? »Steh still«, schrie dieser Jemand erneut, »und gib dich zu erkennen, Lebloser.«

Er drehte sich um.

Lebloser?

Ein Mann kam mit großen Schritten auf ihn zu. Er trug einen langen Mantel, nicht so schäbig wie die Kleidung der meisten Marktbesucher, altes Leder, dazu glänzende Handschuhe. Etwas an ihm wirkte falsch. Er sah *schief* aus.

Sein Gang war hinkend. Außerdem hatte er kein Gesicht mehr. Ein Auge fehlte, das andere war nur eine weiße Kugel, durchzogen von Adern, die Pupille in der Farbe von altem Eiter, die Augenbrauen fehlten.

Nicholas erschrak, alles in ihm verkrampfte sich.

Man kann nie wissen.

Das Herz schlug ihm bis zum Hals. Was sollte er tun?

Die Menschenmenge teilte sich, als sie die Gestalt nahen sah. Auch die anderen Geister schienen Respekt vor ihr zu haben. Das weiße Auge war unverkennbar auf Nicholas gerichtet.

»Du musst mitkommen!«, rief die Gestalt ihm zu.

Na klasse!

Einem Impuls folgend rannte Nicholas los. Er hatte keine Ahnung, was der Mann von ihm wollte, aber er hatte ebenso wenig Interesse daran, es herauszufinden. Die Gestalt schien so was Ähnliches wie ein Ordnungshüter zu sein. Nicholas hatte nicht vor, herauszufinden, was genau er von ihm wollte.

Also rannte er den Hügel hinab.

Als er einen Blick zurückwarf, erkannte er, dass die Gestalt etwas in der Hand hielt. Kurz darauf ertönte ein schrilles Pfeifen, das nur Sekundenbruchteile später von anderen Pfeifen erwidert wurde. Nicholas dachte an die alten Filme, in denen Beamte von Scotland Yard in einem vom Nebel verhangenen London Bösewichte jagten: Jack the Ripper, den Frosch mit der Maske, Mr. Hyde, den Hexer. Dann fiel ihm ein, wie Chesterton ihm gesagt hatte, dass die meisten Geschichten auf tatsächlichen Ereignissen beruhten, was ihn jetzt, in diesem Moment, irgendwie gar nicht beruhigte.

Die Gestalt mit dem weißen Auge heftete sich jedenfalls an seine Fersen, so viel war klar.

Nicholas wollte nicht abwarten, bis der Kerl ihn erreichte und ihm mitteilen würde, was er von ihm wollte.

Nein, niemals.

Hüte dich.

Also rannte er los.

Man kann nie wissen.

Er schlug Haken, lief gebeugt, versuchte in der Menge unterzutauchen und zu verschwinden.

Hüte dich vor den Rissen.

Vor ihm tauchten zwei weitere Gestalten auf, ähnlich gekleidet wie sein Verfolger und ebenso entstellt. Nur flüchtig konnte er einen Blick auf ihre Gesichter werfen. Es war zu neblig, um Genaueres zu erkennen, außerdem dachte er nicht daran, stehen zu bleiben, um sich die beiden näher anzusehen.

Verdammt, ich hätte auf Chesterton hören und auf dem Boot bleiben sollen.

Er warf einen weiteren Blick auf seine Verfolger. Bei dem einen der beiden glaubte er, einen bloß liegenden Wangenknochen zu erkennen, beim anderen schien die Nase zu fehlen. Beide trugen Mantel und Handschuhe, was den Verdacht, dass es sich dabei um eine Uniform handelte, erhärtete.

Keine Ahnung, wer die Kerle waren, aber die Tatsache, dass sie es offenbar auf ihn abgesehen hatten, ließ ihn schneller laufen.

»Lebloser!«, klang es hinter ihm.

Die Marktbesucher, die er zur Seite stieß, schimpften lautstark und einige von ihnen pfiffen laut durch die Finger. Erst nach ein paar Minuten ging Nicholas auf, dass sie mit den Pfeifgeräuschen die Gestalten herbeiriefen, die ihn zu fangen gedachten.

Er rannte den Hügel hinab und änderte hier und da die Richtung, doch wenn er nach hinten schaute, dann sah er sie. Die Kerle folgten ihm. Er hörte Rufe, und dann fragte er sich, ob sie im Nebel sehen konnten.

Er keuchte. Und rannte.

Der Nebel war hier so dicht, dass er nicht einmal die Silhouette der Stadt erkennen konnte.

Was würde er tun, wenn er ihnen entkommen war? Wohin sollte er gehen? Zum Laden?

Was, wenn Chesterton nicht dort wäre? Würde er nach ihm suchen? Wusste er überhaupt, dass Nicholas hier war?

Das Herz schlug ihm bis zum Hals.

»Lebloser!«, hörte er erneut die Rufe.

Er fragte sich, ob alle Verstorbenen auf diese Art und Weise in der Stadt aus Nebel ankamen.

Dann tauchte wie aus dem Nichts eine dunkle Gestalt zwischen zwei Marktständen auf und bekam ihn zu fassen.

»Warum so eilig, Lebloser, du gehörst jetzt doch zu uns«, krächzte eine tiefe Stimme. Noch während Nicholas sich fragte, was genau die Gestalt damit meinte, kam eine zweite hinzu. »Hab ihn«, meinte die erste und die zweite sagte: »Der erste Fang des Abends.«

Nicholas entwand sich dem Zugriff, schlug dem einen ins Gesicht, trat dem anderen zwischen die Beine und rannte weiter. Diesmal nahm er die Abkürzung durch einen Stand, der Objekte in Gläsern feilbot. Deformierte Dinge schwammen darin.

Von überall her erklang jetzt das Pfeifen. Die Marktbesucher schienen sich nicht daran zu stören.

Nicholas blieb stehen, versuchte zu ergründen, wo genau er sich befand.

»Lebloser!« Diese Rufe, immer wieder.

Er sah eine ganze Reihe von Wohnwagen vor sich. Sie sahen aus, als gehörten sie Zigeunern – eigentlich sahen sie genau so aus wie die Zigeunerwagen in dem Film *The Wolfman*. Noch während sich Nicholas fragte, ob er diese Tatsache beängstigend finden sollte, hatte er eine Idee. Die Wagen sahen alle verlassen aus. Womöglich gehörten sie dem Marktvolk, das jetzt an den Ständen seinen Dienst versah.

Ohne Zeit zu verlieren, lief er zum erstbesten Wagen hin und spähte durchs Fenster ins Innere. Kein Licht, keine Bewegung, nichts. Schien verlassen zu sein. Die Tür war offen und er schlüpfte vorsichtig nach drinnen und dann verriegelte er die Tür hinter sich. Er rieb sich die Augen, atmete durch, sah sich im Dunkel des Wagens um. Ein Tisch, ein kleiner Schrank, ein Bett, alles kaum mehr als Schattenrisse im Licht, das dürftig von draußen hereinfiel.

Erst danach bemerkte er die junge Frau, die auf dem Boden vor einer Truhe kniete und sich nun abrupt aufrichtete. Sie trug eine Lederjacke und einen Hoodie. Blondes Haar,

Augen wie Monde. Sie wollte etwas sagen, starrte Nicholas erst mal aber nur an, so als müsse sie überlegen, ob vielleicht Gefahr von ihm drohe. Der Augenblick schien länger zu dauern, als er es tatsächlich war. »Sie jagen dich«, sagte sie schließlich.

Er nickte. Würde sie ihn verraten?

Sie reagierte auf das Pfeifen, das draußen durch den Nebel schrillte. »Was machst du hier?«, murmelte sie. Dann wandte sie sich wieder der Truhe zu, nahm etwas heraus und verstaute es in ihrem Rucksack. »Du hast hier nichts zu schaffen.«

Nicholas sagte nichts. Er fragte sich, ob sie denn hier *etwas zu schaffen* hatte. Sie schien nicht hier zu wohnen.

»Komm da weg«, herrschte sie ihn an. »Vom Fenster, sie können dich sehen.«

Durch den Nebel?

Er leistete ihrer Anweisung Folge und bückte sich.

»Bist du ein Neuer?«

Er nickte, weil ihm nichts Besseres einfiel. »Merkt man das?«

»Sie rufen *Lebloser*«, stellte sie lakonisch fest. Das war wohl Antwort genug.

Nicholas spähte wieder nervös durchs Fenster.

»Komm da weg!« Sie fasste ihn bei der Hand und zog ihn auf den Boden.

»Wer sind die Kerle?«

»Die Fledderer? Sie sind hinter dir her. Sie sind hinter jedem Neuen her«, sagte sie. »Der Hügel ist eindeutig der falsche Ort, um anzukommen. Das ist ihr Gebiet. Aber das mit der Ankunft können wir nicht bestimmen.«

Sie schien also auch zu glauben, dass er gerade erst zu einem Geist geworden war.

»Bist du durcheinander?«

Er nickte.

»Kennst du deinen Namen?«

»Nicholas James«, sagte er.

Blöd, halt den Mund.

Er versuchte, Ruhe zu bewahren

Gib nichts von dir preis.

Sie sah ihn an. »Du hast keine Ahnung, was mit dir passiert ist?«

»Ich bin jetzt hier«, sagte er.

»Wie bist du gestorben?« Sie musterte ihn. »Du siehst unverletzt aus. Nicht wie die Fledderer da draußen.«

»Wer sind die Fledderer?«

»Kommt jemand neu in die Stadt, dann ist er oft schwach und unwissend. Dann kommen die Fledderer. Na ja, wenn sich ihnen die Gelegenheit bietet.«

»Immer?«

»Nur wenn Fagin sie schickt.«

»Fagin?«

»Mann, du bist wirklich neu. Lebloser Fagin regiert den Markt.« Abermals schüttelte sie den Kopf.

»Kein Mensch kommt freiwillig am Abend in diese Gegend.«

»Aber du bist doch auch hier.« Ganz zu schweigen von den Marktbesuchern, die da draußen zwischen den Ständen herumliefen.

»Das«, sagte sie schnell, »ist was anderes.«

Ganz eindeutig war das hier nicht ihr Wohnwagen. Sie

sollte ebenso wenig hier sein wie er. Wer also war sie? Eine Einbrecherin? Wenn ja, dann war sie die hübscheste Einbrecherin, der er jemals in seinem Leben begegnet war – natürlich eingedenk der Tatsache, dass er noch nie einer Einbrecherin begegnet war.

Ein schrilles Pfeifen direkt vor dem Wohnwagen.

Er spähte nach draußen. Zwei Fledderer eilten vorbei, den Hügel hinab.

»Sie werden so schnell nicht lockerlassen.« Ihre Mondaugen blitzten ungeduldig.

»Du darfst eigentlich gar nicht hier sein«, sagte Nicholas. »In dem Wohnwagen, meine ich.«

»Stimmt, Sherlock, und du auch nicht. Wenn uns jemand erwischt, sind wir beide dran.«

Was immer das bedeuten mochte.

»Ich verhalte mich ruhig«, versprach er kleinlaut.

Sie schaute nach draußen. »Was hast du hier zu suchen?« Sie roch nach Minze und Nebel.

»Ich wollte nur spazieren gehen.«

Sie starrte ihn fassungslos an. »Auf dem Primrose Hill?«

Er machte ein unschuldiges Gesicht und nickte.

»Deine einzige Entschuldigung ist es, neu zu sein.«

»Sonst?«

Sie musterte ihn. »Sonst würde ich dich für völlig verblödet halten.«

»Ich bin neu hier.« Das war nicht mal eine Lüge. »Und warum bist du hier?«

»Das geht dich nichts an«, antwortete sie schnippisch.

Er betrachtete ihren Rucksack, in dem sie offenbar Diebesgut aus der Truhe verstaut hatte.

»Unwichtig!«, rief sie. »Hörst du? Das geht dich nichts an.«

Er nickte. Schweigend saßen sie auf dem Boden und warteten ab, bis sich das Pfeifen draußen entfernte.

Nach einer Weile fragte sie: »Vertraust du mir?«

»Hab ich eine Wahl?«

Sie lächelte. »Lass uns verschwinden«, schlug sie vor. »Bleib einfach bei mir und stell dich nicht dumm an.« Sie war ihm ganz nah, Minze und Monde.

»Wenn Fledderer auftauchen, dann renn weg! Hörst du? Kein Abwarten, lauf! Wenn möglich, lauf mir hinterher. Wenn du mich verlierst, dann versteck dich einfach irgendwo.« Sie lächelte ihm aufmunternd zu. »Ich bin Agatha«, sagte sie. »Agatha Myles.«

Manchmal stehlen Diebe etwas, ohne dass ihnen das bewusst ist. Nicholas spürte es, noch bevor sie die Prince Albert Road erreichten. Dass Agatha etwas bemerkt hatte, wagte er zu bezweifeln, und das war gut so. *Gibt es etwas Uncooleres, als beim ersten Blick schon sein Herz zu verlieren?*, würde Kadir Jones in einem Moment wie diesem zweifelsohne feststellen.

»Primrose Hill ist bestimmt die übelste Gegend in London«, sagte Agatha, die mit großen Schritten vor ihm herlief. »Aber ich denke, das hast du bemerkt.« Sie sah ihn an und fügte hinzu: »Greenwich würde ich ebenso meiden. Na ja, jedenfalls nachts.«

Nicholas hatte keine Ahnung, auf was sie anspielte, aber er fand sich damit ab, dass diese Stadt sich von dem London, das er kannte, sehr stark unterschied.

Seit sie den Park verlassen hatten, war die Bedrohung,

die er dort gespürt hatte, jedenfalls nicht mehr so stark – zumindest das *Gefühl* einer Bedrohung war verschwunden.

Im Schutz der Marktstände war er Agatha gefolgt. Die ganze Zeit über hatte sie kein Wort mit ihm gewechselt, war aufmerksam und wachsam gewesen und hatte ihren Rucksack wie einen Schatz gehütet. Dann, auf der Prince Albert Road, entspannte sie sich ein wenig.

»Wie bist du gestorben?«, wollte sie erneut von ihm wissen.

Er starrte sie an. Was sollte er sagen?

»Du weißt doch, wie du gestorben bist?«

Er schüttelte den Kopf.

Auf der Stelle blieb sie stehen. »Das ist nicht gut.«

War das Mitleid in ihrem Blick?

»Warum?«

»Womöglich bist du ermordet worden.« Sie betrachtete ihn. »Aber du hast keine Verletzungen.«

»Ich glaube nicht, dass ich ermordet wurde.«

»Wenn jemand stirbt und neu hier ankommt«, erklärte sie ihm, »dann kann er sich an seinen Tod erinnern. Es sei denn, es ist ein sehr gewaltsamer Tod gewesen.«

»Man vergisst, wie man gestorben ist?«

»Ja, und nicht nur das. Man vergisst noch viel mehr. Im schlimmsten Fall weiß man nicht einmal mehr, wie man heißt.«

»Das hört sich nicht gut an.«

»Ist es auch nicht.«

Die Straßenlaternen waren wie matte Inseln aus dahingehauchtem Licht im dichten Nebel.

Agatha musterte ihn. »Was soll ich jetzt mit dir anfangen, Nicholas James?«

»Ein Platz zum Schlafen wäre nicht schlecht.«

Sie nickte. »Du vergeudest keine Zeit, was?«

»Ich meinte …«

Sie lachte. »Ich weiß, wie du es gemeint hast. Du kannst mit zu mir kommen.«

»Ernsthaft?«

Monde und Minze.

»Hör zu, ich nehme normalerweise nicht jeden Neuen, der mir über den Weg läuft, mit nach Hause. Und viel Platz hab ich auch nicht. Du kannst auf dem Sofa pennen, das ist alles.«

Er nickte.

»Lass uns gehen«, schlug sie vor.

»Wo wohnst du?«

»Highgate«, sagte sie.

Meinte sie etwa den Friedhof?

»Das war ein Scherz.« Wieder lachte sie.

Irgendwie sah er wohl erleichtert aus.

»Bloomsbury«, sagte sie. »Wir nehmen die Tube.«

»Es gibt hier eine U-Bahn?«

Sie verdrehte die Augen. »Ja, es gibt eine U-Bahn und es gibt ein London Eye. Es gibt hier alles, was es in dem anderen London auch gibt. Diese Stadt hier ist ein Spiegel der Welt, aus der du dich gerade verabschiedet hast.« Sie hielt inne. »Tut mir leid, das sollte nicht unhöflich klingen.«

»Kein Problem.« Die Häuser, die Straße, alles sah so aus wie in London. Inklusive Nebel, versteht sich. Der schien hier allerdings wirklich überall zu sein, dicht und fahl wie der Hauch von etwas Vergessenem.

»Wenn in London etwas Neues gebaut wird, dann existiert es auch hier.«

Tauchten die Bauwerke dann einfach so auf oder entstanden sie langsam?

»Du fragst dich jetzt, ob das Sinn ergibt.«

»Ja.«

»Vergiss es. Versuch nicht, das hier mit Logik zu erklären. Die Dinge sind nun mal, wie sie sind. Akzeptier es einfach. Je schneller du das kapierst, umso besser kommst du zurecht.«

Nicholas folgte ihr die Straße entlang.

»Wo hast du gelebt?«, wollte sie wissen.

»Auf einem Hausboot. Drüben am St. Martin's Crescent.«

»Wir können dort vorbeischauen. Vielleicht lebt dort niemand.«

»Du meinst, das Hausboot gibt es auch hier?«

Sie nickte. »An genau der Stelle, an der es auch in London ist.«

»Wer wohnt dort?«

Sie zuckte mit den Achseln. »Wenn du Glück hast, niemand. Kommt darauf an.«

»Worauf?«

»Ist schon mal jemand, der auf dem Hausboot gelebt hat, gestorben?«

Jonathan Fry jedenfalls hatte nichts erwähnt. »Ich weiß nicht.«

»Lass uns zum Kanal gehen«, schlug sie vor. »Wenn du

Glück hast, dann wird das Hausboot auch hier deine Wohnung sein.« Sie grinste vielsagend. »Das ist der Vorteil, wenn man sich an sein Leben erinnert.«

St. Martin's Crescent war gleich in der Nähe. Nicholas fiel es schwer zu glauben, dass er den Weg vorhin bereits zurückgelegt hatte, so anders sah jetzt alles aus – obwohl es doch andererseits sehr gleich aussah.

»Was hätten die Fledderer mit mir gemacht, wenn sie mich gefangen hätten?«

»Nichts Gutes jedenfalls.«

»Woran haben sie gemerkt, dass ich ein Neuer bin?«

Sie lachte. »Machst du Witze? Du verhältst dich wie jemand, der keine Ahnung hat von dem, was hier läuft. Vermutlich bist du planlos durch Primrose Hill gestreift. Die merken das. Man sieht es dir an der Nasenspitze an.« Es klang nett, wie sie das sagte. Es sollte schroff klingen, aber das tat es nicht. »Vergiss die blöden Fledderer einfach fürs Erste. Du hattest Glück.«

»Was hattest du in dem Wohnwagen zu suchen?«

»Hey, ich sagte dir doch, das geht dich nichts an.«

»Du hast etwas gestohlen.« Jedenfalls hatte es so ausgesehen.

»Das ist aber mal eine ziemlich konkrete Anschuldigung.«

»Hast du?«

»Und wenn schon.«

Er sagte nichts darauf.

»Auch du musst dir bald was ausdenken, wenn du hier überleben willst. Nichts ist umsonst, auch nicht nach dem Tod.«

»Klingt super.«

»Ich kann mich an mein altes Leben nicht erinnern«, sagte sie. »Ich kam hier an und mein Name ist das Einzige, an das ich mich erinnern kann. Agatha Myles. Vielleicht hat mich jemand getötet. Keine Ahnung. Jedenfalls ist mir etwas wirklich Schlimmes widerfahren.« Sie seufzte. »Ich kann mich noch an die Stadt und so ein Zeug erinnern, aber nicht an mein Zuhause. Oder an Freunde. Was auch immer.« Sie wirkte wie jemand, der sich damit abgefunden hatte. »So was wie mich nennt man hier einen Findelgeist. Niemand traut einem Findelgeist, weil niemand weiß, was er vorher in seinem alten Leben im Schilde geführt hat. Als Findelgeist kannst du nicht wählerisch sein, was deinen Beruf angeht. Du musst nehmen, was du kriegst.«

»Und du bist Diebin geworden?«

Sie lachte. »Nein, ich bin eine Art Mädchen für alles.«

»Und der Wohnwagen?«

»Ist eine andere Geschichte. Ich sollte für meinen Hausherrn etwas besorgen.«

Nicholas fragte nicht weiter, denn sie hatten die Straße erreicht. Die Treppe war noch hier und alles andere auch. Sie gingen runter zum Kanal.

Er beschloss, ehrlich zu ihr zu sein. »Ich bin nicht tot«, sagte er.

»Schon klar.«

»Nein, ich meine, ich bin nicht gestorben.«

Sie sah ihn abschätzig an. »Du bist doch hier, oder?«

»Ich hatte einen Regenschirm.«

Die Mondaugen schauten ihn spöttisch an. »Jetzt bin ich aber baff.«

Er erzählte ihr, was ihm widerfahren war.

»Das da ist das Hausboot.« Er erzählte von Peter Chesterton, seinem ersten Besuch in der Stadt aus Nebel (Erika Error ließ er aus) und dem Spaziergang nach Primrose Hill.

Agatha blieb stehen und musterte ihn lange. »Du machst keine Scherze, oder?«

Er schüttelte den Kopf. »Peter Chesterton hat seinen Laden in Seven Dials.«

»Er ist ein Flüsterer?«

»Ja.«

»Und du hast ihn gesehen, als er bei dir war?«

»Ja.«

Sie pfiff durch die Zähne. »Das ist eine ziemlich abgefahrene Geschichte, weißt du?«

»Weiß ich.«

»Hat er gesagt, was er von dir will?«

»Er konnte nicht erklären, warum ich das vermag. Ihn sehen, meine ich.«

»Du solltest zu ihm gehen«, schlug sie vor. »Morgen. Flüsterer arbeiten nachts.«

»Und wenn er nicht da ist?«

Sie entgegnete nichts.

Dann betrat er das Hausboot. Der Schlüssel, den er bei sich trug, passte auch in dieser Stadt. Gut so. Die *Dorian Gray* wirkte verlassen. Die Einrichtung sah genau so aus wie in seinem Zuhause. Der gleiche Kram, überall. Nichts davon war benutzt.

»Sieht nicht so aus, als sei hier in den letzten Monaten jemand gewesen«, meinte Agatha.

Nicholas sah sich um.

»Du kannst hierbleiben«, sagte sie. »Dein neues Zuhause.

Ist doch gut. Die gleiche Bude wie in deinem alten Leben. Findelgeister träumen davon, so was zu finden.«

Nicholas fühlte sich mit einem Mal sehr müde.

Seltsamerweise musste er daran denken, dass er morgen nicht bei der Post erscheinen würde und auch keine Möglichkeit hatte, sich dort von seiner Schicht im Sortierdienst beim Briefeingang abzumelden. Sein altes Leben erschien ihm Lichtjahre weit fort zu sein. Ja, er war hier gestrandet und das war schrecklich beängstigend.

»Komm, lass uns gehen«, sagte Agatha schließlich. »Wie ich vorhin sagte, der Flüsterer ist bestimmt unterwegs. Und bei mir ist es viel gemütlicher als hier.« Ihr Lächeln duldete keinen Widerspruch. »Morgen ist auch noch ein Tag.« Sie war schon bei der Tür.

Nicholas ging ihr hinterher, ohne zurückzuschauen. Hinaus in den Nebel und dann weiter bis nach Bloomsbury.

5

Die U-Bahn war eng und stickig – soweit also nichts Neues. Die Züge, die hier unten fuhren, waren allerdings sehr alt und wirkten wie schon lange ausgemustert. Überall klebte Ruß an den Wänden wie Schatten, die Luft roch nach warmer Holzkohle, würzig, schwarz und schmutzig. Es war nicht so laut wie in der U-Bahn, die Nicholas kannte, und die Leute, die sie hier antrafen, glitten wie Schatten durch das neonhelle Dämmerlicht. Nebel waberte weiß und unruhig über den Boden, rankte sich an den gekachelten Wänden empor, schluckte Geräusche wie Farben gleichermaßen.

»Woher kommen diese alten Lokomotiven?«, staunte Nicholas.

Die Züge, die er an den Bahnsteigen vorbeirauschen sah, schienen Relikte des vorigen Jahrhunderts zu sein. Manche von ihnen fuhren mit Dampfkraft, andere sahen aus, als habe man gerade erst die Elektrotechnik erfunden. Außerdem schienen hier mehr Züge zu verkehren als in der Stadt, die er kannte. Nichts, aber auch wirklich gar nichts hier unten wirkte modern, wenngleich einige der Wagen so aussahen wie die U-Bahn-Wagen, die Nicholas kannte.

»Manchmal sterben auch Gegenstände«, beantwortete Agatha seine Frage. Sie sah wachsam aus. Die großen Augen schauten unruhig hin und her, aufmerksame Monde, neugierig, hell und schön.

»Wie meinst du das?« Nicholas erinnerte sich an die vielen alten Autos, die oben auf den Straßen fuhren.

»Gegenstände«, wiederholte sie, »sterben manchmal. Ich meine das genau so, wie ich es sage.«

»Aber wie …?«

»Es ist einfach so«, sagte sie schnell. »Du findest hier nicht für alles eine Erklärung. Nimm die Dinge so hin, wie sie sind, dann ist es am einfachsten.« Sie achtete sorgsam darauf, dass niemand dem Rucksack, den sie trug, zu nahe kam. »Am Anfang kommt es einem seltsam vor, doch mit der Zeit gewöhnst du dich an alles.«

Nicholas ließ es auf sich beruhen.

Er folgte ihr in den nächsten Zug, der bis auf eine Gruppe Frauen, die wie eine Art böser mittelalterlicher Hexen aussahen, und einige Männer, die vom Aussehen her den Fledderern sehr nahezustehen schienen, nahezu leer war. Agatha kümmerte sich nicht im Geringsten um die Männer, also ging Nicholas davon aus, dass sie nicht gefährlich waren, dafür aber ließ sie, was er beunruhigend fand, die Hexenfrauen während der ganzen Fahrt nicht aus den Augen. Beim Britischen Museum schließlich stiegen sie aus und verließen die U-Bahn. Nicholas atmete auf, obschon die nebligen Straßen, durch die sie eilten, alles andere als einladend wirkten. Eigentlich kannte er sich in dieser Gegend recht gut aus, immerhin lag die UCL ganz in der Nähe, doch der Nebel schluckte nicht nur die Geräusche, sondern auch alles Bekannte.

Nichts war mehr vertraut. Sogar die Straßenlaternen wirkten bedrohlich und verschlagen, so als würden sie ein dunkles Geheimnis verbergen oder bereitwillig Wegelagerer in ihren Schatten auf Opfer lauern lassen.

Agatha, immer noch wachsam, führte ihn in die Richmond Street und zu einem großen Haus, das wohl irgendwann einmal ein Theater gewesen war. Nicholas kannte kein Theater in dieser Gegend.

SUMMERSCALE THEATRE

stand in großen, recht schäbig und ziemlich kaputt aussehenden Lettern über dem mit Brettern verschlagenen Eingang geschrieben.

Es gab ein Halbrund aus Treppenstufen, das zu dem Eingang hinaufführte, und ein Kartenhäuschen, so wie früher in den alten Filmen. Agatha schob zwei der Bretter beiseite und schlüpfte durch den Spalt hindurch ins Innere. »Komm«, forderte sie Nicholas auf.

Der folgte ihr und tastete sich, so gut es ging, durch die Dunkelheit, die ihn drinnen empfing. Zuerst war es so dunkel, dass er nichts erkennen konnte. Es war kühl, aber auf eine angenehme Art und Weise, nicht zu vergleichen mit der feuchten Kühle, die draußen im Nebel vorherrschte.

Dann schaltete Agatha das Licht an und Nicholas erkannte zum ersten Mal, wo er war.

Das Foyer des ehemaligen Theaters war bis in die Ecken vollgestellt mit Gerümpel – Barhocker, Stühle, Tische, Servierwagen, all das Zeug wie wild und ohne erkennbare Ordnung übereinandergestapelt. Dazu zusammengeklappte Aufsteller mit den verblassten Plakaten von Stücken, die schon lange nicht mehr gespielt wurden. Die Wände aber ließen mit all ihren kunstvollen Verzierungen und den vielen Spiegeln den Charme und die Eleganz der alten Zeiten noch einmal kurz durch den Raum wehen. Das alles erinnerte Nicholas an Theater aus Filmen, die in den Vierziger-Jahren zu Zeiten des Krieges spielten.

Agatha führte ihn wortlos durch eine Tür, die hinter langen Vorhängen aus schwerem, rotem Samt verborgen war.

»Da sind wir«, sagte sie und ging voran, schaltete auch hier das Licht an.

Drinnen, im Theaterraum selbst, lagen Kostüme auf den Sitzen. Requisiten standen in den Sitzreihen und blockierten teilweise die Durchgänge. In einigen der Sitze saßen ausgemusterte Schaufensterpuppen, die mottenzerfressene Kostüme trugen, auf anderen stapelten sich Kisten und Kartons, randvoll mit Krimskrams, der hier und da hervorquoll. Die kleinen Logen gähnten leer und leise ihre Einsamkeit in die Stille unter der Kuppel, auf die ein Sternenhimmel gemalt war.

Agatha bahnte sich geübt den Weg durch all das Gerümpel (es gab wohl so etwas wie einen Pfad), vorne kletterte sie flink auf die Bühne hinauf, teilte den Vorhang und schlüpfte durch die Lücke hindurch.

Nicholas folgte ihr.

»Hier wohne ich«, sagte sie, als er bei ihr angekommen war.

»Das ist … wow!«, staunte er.

Aus all dem wilden Durcheinander, das irgendjemand vergessen hatte und niemand mehr brauchte, hatte Agatha sich ein kleines Zuhause erschaffen, eines, das von vier großen Stehlampen in warmes Licht getaucht wurde.

»Die Bühne«, sagte sie, »gehört sozusagen mir.« Sie lächelte geheimnisvoll wie die Heldin in einem alten Hitchcock-Film.

Es gab ein Klavier mit morschen Tasten, von denen die schwarze und weiße Farbe teilweise abgeblättert war, und einigen tiefen Kratzern im Holz, einen recht krummen Kleiderständer, an dem ein Mantel und ein Schlapphut hingen, viele Bücher (zerknickte Taschenbücher), die zu wacklig aussehenden Türmen an den Wänden gestapelt waren, einen Schminktisch mit einem Spiegel, durch den ein langer Riss ging, ein kleines Bett, ein altes Sofa. Auf dem Boden (den Brettern, die eine ganze Welt bedeuten konnten) lag ein riesiger Teppich mit ausgebleichtem orientalischem Muster.

»Du kannst auf dem Sofa schlafen«, sagte Agatha betont lässig.

Nicholas stand auf der Bühne wie ein Schauspieler, der auf seinen Einsatz wartet. Er sah Agatha dabei zu, wie sie ihre Jacke über das Klavier warf und den Rucksack neben das Sofa stellte, die Schuhe abstreifte und dort, wo sie hinfielen, liegen ließ.

»Warum tust du das?«, fragte er.

»Was?«

»Mir helfen. Du kennst mich doch gar nicht.«

Sie sah ihn an. »Glaubst du, es ist ein Fehler?«

»Nein, aber …«

»Du bist gerade erst angekommen und hast keine Ahnung, was dich hier erwartet. Irgendjemand sollte dir helfen.«

»Ich werde morgen Chesterton aufsuchen und dann bist du mich los«, versprach Nicholas. Er wollte ihr nicht zur Last fallen. Er kam sich vor wie ein Eindringling, der in dem Theater nichts zu suchen hatte.

Agatha musterte ihn länger als nur einen Augenblick. Dann nahm sie auf dem Stuhl, der vor dem Klavier stand, Platz. »Als ich ankam«, erinnerte sie sich, »da hat sich niemand um mich gekümmert. Ich wusste nicht einmal, wer ich bin. Alles in dieser Stadt war mir fremd. Man hat mich nach draußen auf die Straße gejagt. Ich wäre beinahe verhungert.«

»Du kannst sterben?«

Sie zuckte mit den Achseln. »Ja, sieht so aus. Alle, die hier leben, können sterben.«

»Aber ich dachte, sie seien alle schon tot.« Nicholas fragte sich, ob das unhöflich klang.

»Jeder, den du dort draußen siehst, ist gestorben. Ja, aber nicht hier. Sie sind in der anderen Welt gestorben. Dort, wo du herkommst. Dort, wo auch ich herkomme.« Sie sah nachdenklich aus. »Na ja, dort, wo wir alle herkommen.« Sie seufzte. »Hier wurden sie alle neugeboren, sozusagen im Augenblick ihres Todes, und hier leben sie nun. Die meisten erinnern sich an das Leben, das sie einmal geführt haben. Sie erinnern sich an ihre Freunde und die Dinge, die sie zurücklassen mussten, an ihren Namen und an die Person, die sie gewesen sind. Sie wissen, wie sie gestorben sind, und manche träumen später davon. Viele von ihnen treffen diejenigen, die sie zurückgelassen haben, irgendwann sogar wieder. Es ist seltsam, ich weiß. Aber jeder hier hat das Gefühl, lebendig zu sein. Und ja, man kann auch hier sterben.«

»Was passiert denn, wenn ein Geist stirbt?«

Nicholas hoffte, dass die Bezeichnung Geist für sie in Ordnung war.

»Manche sagen, dass man in der anderen Welt wiedergeboren wird.«

»Als Neugeborenes?«

Sie nickte. »Man erinnert sich an nichts. Das ist der Kreislauf, an den wir glauben.«

»Das würde erklären, warum es nicht unendlich viele Geister gibt.«

»Ja«, sagte sie. »Manchmal sind die Dinge sehr einfach, nicht wahr?«

Er schluckte. Wie seltsam normal das alles klang.

»Komm, steh da nicht herum«, sagte sie. »Du musst müde sein. Mach es dir bequem.«

Er schaute sich um und setzte sich auf einen Stuhl, der neben einem Tisch stand.

»Du hast gesagt, du warst ein Findelkind«, sagte er.

»Findel*geist*«, korrigierte Agatha ihn. »Ja, das war ich. Das bin ich noch immer. Deswegen lebe ich hier.«

Nicholas verstand nicht, was sie meinte.

»Ich bin arm«, gestand sie.

»Und was tust du?«

»Ich arbeite für Mr. Thackaberry«, sagte sie. Stolz schwang in ihrer Stimme mit.

Nicholas machte ein fragendes Gesicht. »Wer ist das?« Sie hatte den Namen so betont, als müsse er ihm bekannt sein.

»James Thackaberry ist derjenige, der die Geschichten macht. Er ist derjenige, der die Flüsterer ins Zwielicht schickt. Und der sich dafür bezahlen lässt.«

»Er handelt mit Geschichten?«

»Er ist das Oberhaupt der Flüsterergilde«, erklärte sie. »Dein Freund Chesterton kennt ihn vermutlich. Nun ja, ich bin mir ziemlich sicher, dass er ihn kennt. Wie auch immer, das hier ist sein Theater. Die Familie Thackaberry besitzt eine ganze Reihe von Gebäuden in der Stadt.«

»Er weiß, dass du hier lebst?«

Sie nickte. »Ich arbeite für ihn. Dafür darf ich hier wohnen. Und ein wenig Geld fürs Essen springt auch noch heraus.«

»Wovon ernährst du dich?«

»Du bist ganz schön neugierig für die erste Verabredung«, stellte sie fest.

Nicholas schwieg.

»Ich mag Pizza«, sagte sie. »Und indisches Curry.«

Er konnte sich ein Lächeln nicht verkneifen.

Sie drehte sich zu dem Klavier um und legte die Finger auf die Tasten. »Kannst du spielen?«, fragte sie.

Nicholas stand auf, trat neben sie und schlug eine Taste an. Ein tiefer Ton schwebte allein und verloren durch das Theater.

»Das ist alles«, gab er zu.

Sie legte ihre Hände auf die Tasten und spielte eine leichte Melodie, kurz und voller Schwung, wie ein Vogel, der von einem Ast zum nächsten fliegt. »Was tust du, wenn du nicht gerade tot bist?« Sie rollte mit den Augen. »Oh, ich vergaß, du bist nur irgendwie aus Versehen tot.«

Auch eine Möglichkeit, es zu umschreiben.

»Ich erfinde Geschichten.«

Sofort hörte sie auf zu spielen und sah ihn misstrauisch an. »Du bist ein Autor?«

Er nickte. Noch immer kam es ihm komisch vor, so bezeichnet zu werden.

»Im Ernst? Du schreibst Geschichten? Richtige Romane?«

»Ich habe bisher nur einen einzigen Roman geschrieben«, stellte er klar. »Einen ziemlich kurzen obendrein.« Irgendwie hatte er immer das Gefühl, die Leute auf den Umfang hinweisen zu müssen. Für einige Leser und Kritiker schien der Umfang der Geschichte in Verbindung mit dem Preis ein wichtigeres Kriterium zu sein als der Inhalt des Romans.

Fasziniert sagte sie: »Deswegen war der Flüsterer bei dir.«

»Ja, genau das hat er auch gesagt.«

»Wie bist du hierhergekommen?«

Er erzählte ihr von der Sache mit dem Regenschirm.

Sie hörte ihm aufmerksam zu, dann schüttelte sie den Kopf. »Das glaube ich nicht.«

»Was glaubst du nicht?«

»Dass dich ein gewöhnlicher Regenschirm hergebracht hat.«

»Es war kein gewöhnlicher Regenschirm.«

Sie nickte. »Klar, das hat dir der Flüsterer gesagt.«

»Ja.«

»Und du hast ihm geglaubt.«

»Warum hätte ich ihm nicht glauben sollen?« Immerhin hatte es funktioniert. Der Regenschirm hatte ihn in diese Stadt gebracht. Chesterton hatte ihn begleitet, was daran sollte also gelogen gewesen sein?

»Flüsterer sind seltsame Gesellen.« Sie spielte erneut eine kleine Melodie, kurz und leichtfüßig wie ein Versprechen. »Sie erfinden andauernd Sachen. So weiß man nie, ob das, was sie einem sagen, ganz erfunden ist oder teilweise erfunden oder ob es wirklich wahr ist. Die meisten Menschen, die Geschichten erzählen, sind nur nette Lügner.« Sie sah ihn an. »Das ist ein Sprichwort«, erklärte sie.

Aber Nicholas beharrte darauf. »Der Regenschirm hat mich hergebracht.«

Sie hörte auf zu spielen und schaute zu ihm auf. »Jeder kommt anders hier an«, sagte sie. »Wichtig ist, dass einen die Fledderer nicht erwischen.«

Nicholas, der nur ungern an die Gestalten vom Primrose Hill erinnert wurde, ging auf der Bühne umher und sah sich alles an.

Währenddessen erzählte ihm Agatha, wie es ihr damals, kurz nach ihrer Ankunft, ergangen war.

»Wie ich schon sagte, James Thackaberry hat mich aufgelesen. Von der Straße. Sprichwörtlich. Ich kauerte am Piccadilly Circus vor dem Brunnen und bettelte, weil ich einfach nicht mehr weiterwusste. Niemand sprach mit mir, als ich hier ankam. Jedermann spürte, dass ich ein Findelgeist bin. Aber Mr. Thackaberry blieb stehen. Er hat mich gesehen und dann bot er mir sogar einen Job an.« Sie lachte leise, traurig und dankbar zugleich. »Ich erledige Aufträge für ihn. Meistens arbeite ich im Museum.«

»Was tut er?«

»Wie ich schon sagte, er ist das Oberhaupt der Flüserergilde.« Sie schien stolz darauf zu sein, für ihn arbeiten zu dürfen. »Die Flüsterer erhalten ihre Aufträge nur von ihm. Wenn jemand sein Leben verlängern möchte, dann geht er zu Thackaberry, erzählt seine Geschichte, lässt sie aufschreiben und hofft darauf, baldmöglichst einen Flüsterer zu bekommen, der genau diese Geschichte einem Künstler drüben bei euch zuflüstert.« Sie lächelte verloren und die Mondaugen leuchteten traurig. »Seine eigene Geschichte zu kennen ist wirklich ein Geschenk, das die wenigsten zu schätzen wissen. Für die meisten ist es normal.« Es schien ihr gutzutun, darüber zu reden. »Jeder Findelgeist wünscht sich, dass jemand seine Geschichte kennt. Ich wünsche mir das, seitdem ich hier bin. Dabei kenne ich sie ja nicht einmal selbst. Wie also sollte jemand meine Geschichte jemandem zuflüstern?« Sie schluckte. »Ich werde also irgendwann sterben. Verblassen, weil ich vergessen bin. Oder Schlimmeres. Ich kann nichts dagegen tun.« Sie schlug eine Taste an und ein tiefer deprimierender Ton zerschnitt die Theaterstille. »Das ist das Schicksal, dem kein Findelgeist entrinnen kann.«

Nicholas überlegte, ob er zu ihr gehen und sie trösten sollte, ließ es aber bleiben. Sie wirkte nicht wie jemand, der von einem Fremden in den Arm genommen werden möchte. Stattdessen schlug er vor: »Ich könnte deine Geschichte erzählen.«

Sie lachte bitter. »Dazu müsstest du sie zuerst kennen.«

Er schwieg.

Sie spielte wieder eine kleine Melodie.

Nicholas mochte es, wenn sie Klavier spielte. Aber ihre Melodien waren nur kurz und wirkten unvollständig. Sobald man sich auf sie einließ, verebbten sie in einem letzten unerwarteten Ton.

»Warum hilfst du mir?«, wollte Nicholas schließlich wissen. Er wusste, dass er die Frage schon einmal gestellt hatte, und er wusste, dass sie ihm eine Antwort gegeben hatte, aber er wusste ebenso, dass da noch mehr war, mehr, als sie vorhin gesagt hatte. Also versuchte er es erneut.

Sie klappte das Klavier zu. Dann sagte sie: »Du hast mich gesehen.«

Wie meinte sie das? Natürlich hatte er sie gesehen.

Agatha, die seinen Blick richtig deutete, seufzte. »Du verstehst das nicht«, sagte sie. »Die Menschen hier sehen Findelgeister nicht. Ich bin für sie nicht wirklich da. Wie die Bettler, die man übersieht, weil man sie nicht sehen will.« Sie senkte den Blick. »Deswegen bin ich auch gut darin, Dinge zu besorgen.«

»Weil die Menschen dich nicht sehen?« Nicholas fiel auf, dass sie die Geister als Menschen bezeichnete – vermutlich, weil sie genau das waren.

»Ja, das ist hilfreich.«

Nicholas dachte an die vielen Obdachlosen, die man überall in London antraf. Jeder hatte es sich zur Gewohnheit gemacht, an ihnen vorbeizusehen. Es war ja so einfach. Man bemerkte sie einfach nicht. Sie waren da, jeder wusste das, aber auf eine gewisse Art und Weise waren sie unsichtbar.

»Wie gesagt, du hast mich angeschaut. So richtig, meine ich.«

Er wusste nicht genau, was er jetzt sagen sollte. Also schwieg er und ließ die Stille laut werden. Als sie zu laut zu werden drohte, war es Agatha, die sie durchbrach: »Warum vertraust du mir?«

Nicholas war froh, dass die Stille verschwand. Die Frage indes verwunderte ihn.

»Warum vertraust du mir?«, wollte Agatha erneut wissen. »Ich könnte dich in eine Falle locken.«

»Wen interessiert schon, dass ich hier bin?«

Sie wurde auf einmal ganz ernst. »Wenn irgendjemand davon Wind bekommt, dass du hier bist, obwohl du nicht gestorben bist«, warnte sie, »dann könnte dich das in Gefahr bringen.«

»Aber ich bin nicht wichtig. Ich kenne mich hier nicht aus.«

»Du bist hier, obwohl du nicht tot bist, und vermutlich kannst du in dein Leben zurückkehren.«

Nicholas hatte keine Ahnung, auf was sie hinauswollte. »Und?«

»Du bist ein richtiger Schriftsteller.« Sie sah ihn an. »Einer, der wirklich gelesen wird.« Es war nicht sonderlich schwer, in diesen Augen zu versinken. Er würde sich in Acht nehmen müssen, so viel war klar. »Es gibt Leute, für die so was von Bedeutung sein könnte.«

Nicholas winkte ab. »Das glaube ich nicht.« Trotzdem hatte er kein gutes Gefühl bei der Sache.

»Jemand, der Geschichten erfindet, hat Macht.«

Nicholas dachte darüber nach. »Ich vertraue dir trotzdem«, sagte er. »Wenn du mich an irgendwen ausliefern wolltest, hättest du es längst getan.«

»Ich bin ein Findelgeist. Niemand traut mir.«

»Dein Auftraggeber vertraut dir.«

»Thackaberry gibt mir Aufträge. Das ist nicht das Gleiche.«

»Für mich spielt es keine Rolle. Du …« Er zögerte.

Sie sah ihn neugierig an.

»Du hast ehrliche Augen.« Jetzt war es raus.

Sie lächelte zögerlich und schlug kurz den Blick nieder. »Augen können täuschen.«

Mag sein, dachte Nicholas. Er fragte sich, ob er einen Dialog wie diesen jemals schreiben würde, und kam zu dem Schluss, dass die Wirklichkeit manchmal ganz anders war, als ein Schriftsteller sie sich vorstellte. Ein paar Augenblicke des Schweigens vergingen.

»Erzähl mir deine Geschichte, soweit du sie kennst«, bat er sie.

»Damit du etwas zum Aufschreiben hast?«

»Vielleicht.«

Sie zögerte. »Hör zu«, warnte sie ihn. »Ich helfe dir gern. Aber spiel kein Spiel mit mir.«

Nicholas war überrascht von ihrem plötzlichen Stimmungswandel. »Das ist kein Spiel.«

Agatha suchte in seinem Gesicht nach Ehrlichkeit oder einer Lüge.

»Jemandes Geschichte weiterzutragen ist ein Geschenk«, machte sie ihm klar, »ein Geschenk, das verdammt wertvoll ist. Du kannst dir nicht vorstellen, wie wertvoll.«

»Ich meine es ernst.«

Sie zögerte immer noch. »Wie ich schon sagte, Thackaberry hat mich aufgelesen und mir eine Anstellung gegeben.« Sie deutete auf die vergessene Theaterwelt. »Und ein Dach über dem Kopf. Das ist mehr, als ein Findelgeist erwarten kann.«

»Du weißt wirklich nicht, wie du gestorben bist?«

»Nein. Ich erwachte im Treppenhaus eines Mietshauses in Chelsea. Keine Ahnung, wie ich dorthin gekommen bin. Godfrey Street. Vielleicht war es das Haus, in dem ich gelebt habe. Vielleicht war es nur ein Haus, in dem ich jemanden besucht habe. Mit Sicherheit ist es der Ort, an dem ich gestorben bin.«

»Jemand hat dich in einem Treppenhaus getötet?«

Sie nickte. »Ja, sieht wohl so aus. Die Bewohner des Hauses haben mich jedenfalls verjagt. *Die Fledderer sollen dich holen*. Das haben sie gerufen. *Vergiss dich im Nebel*. Das und noch Schlimmeres haben sie mir nachgerufen. Keiner mag Findelgeister. Ich habe mich ein paar Tage auf der Straße herumgeschlagen, unter Brücken gepennt und in Hauseingängen. Ich hatte verdammtes Glück, dass die Fledderer mich nicht gefunden haben. Trotzdem wäre ich beinahe verhungert. Doch dann fand mich Mr. Thackaberry.«

»Wie lange ist das her?«

»Fast vier Jahre. Übermorgen ist mein Todestag.«

Nicholas konnte sie förmlich vor sich sehen in ihrer Not.

»Normalerweise feiern Geister ihren Todestag«, erklärte sie ihm. »Findelgeister tun das nicht.« Sie sah abgrundtief traurig aus, als sie das sagte.

»Ich könnte herausfinden, was passiert ist«, schlug Nicholas vor.

Sie schaute auf.

»Ich meine, ich könnte herausfinden, wer du gewesen bist.«

»Wie willst du das tun?«

»Wenn ich wieder zurück in London bin«, antwortete er, »dann stelle ich Nachforschungen an.«

»Warum solltest du das tun?«

»Um deine Geschichte zu erfahren.« Er würde nicht einmal einen Flüsterer zurate ziehen müssen. »Ich könnte über dich schreiben und dir helfen.«

»Ja, aber warum solltest du das tun? Du kennst mich nicht.«

»Muss ich das?«

Sie stand ruckartig auf, ging zur ersten der Stehlampen und knipste das Licht aus. »Du solltest jetzt schlafen.« Sie deutete auf eine Kommode in der Ecke. »Nimm dir eine Decke von da drüben. Morgen früh kannst du den Flüsterer aufsuchen. Vielleicht hilft er dir.« Auf einmal war sie wie ausgewechselt, reserviert und abweisend. Sie knipste die anderen Lichter aus, schnell und ohne ein weiteres Wort mit Nicholas zu wechseln.

Er schnappte sich eine grobe Decke, bevor sie das letzte Licht ausgemacht hatte, und wickelte sich darin ein. Die Decke roch leicht muffig und kratzte, half aber gegen die Kälte. Agatha lag still im Bett, er hörte ihren Atem. Sie wollte nicht mehr reden. Etwas, das er gesagt hatte, war falsch gewesen. Sie weinte leise, sodass es niemand hörte. Nicholas, der das unterdrückte Schluchzen dennoch vernahm, fühlte sich leer und verwirrt. Er dachte an die wunderschönen Mondaugen und wollte etwas sagen, aber er wusste, dass er auf nichts mehr eine Antwort erhalten würde. Die Stille, die zwischen ihnen herrschte, erinnerte sich noch an die Töne, die Agathas schnelle Finger zu einer Melodie verwoben hatten, und die Dunkelheit war viel heller, als Nicholas es je für möglich gehalten hätte.

Morgen war ein weiterer Tag. Heute war gerade erst vorüber.

Kaffeeduft weckte ihn.

Agatha saß neben ihm auf dem Sofa und beobachtete ihn.

Sie hielt ihm einen Becher mit dampfendem Kaffee hin. »Du hast im Schlaf geredet«, sagte sie.

Nicholas aber dachte: *Und du hast geweint.*

»Du hast Angst vor irgendwelchen Rissen in den Wänden«, sagte sie.

Nicholas blinzelte dem neuen Tag entgegen. Das Theater, ja, er war hier. Was immer er geträumt hatte, dies hier war kein Traum mehr. »Es gibt Kaffee?«, fragte er verwundert.

»Tee habe ich keinen.«

Nicholas, der die Frage natürlich ganz anders gemeint hatte, rieb sich die Augen. Er wunderte sich, dass es in dieser Stadt Kaffee gab, vermied es aber, danach zu fragen. Er nahm die Tasse dankbar entgegen und schlürfte die ersten Schlucke behutsam.

»Ich muss gleich los«, sagte Agatha. »Wir haben lange geschlafen.« Sie ließ sich in keiner Weise anmerken, was gestern Nacht gewesen war. »Hast du verstanden, was ich gesagt habe?«

Er murmelte verschlafen: »Ja.«

Sie stand auf und lief auf der Bühne herum. »Du kannst mitkommen oder hierbleiben. Schließ einfach die Tür, wenn du gehst. Und achte darauf, dass die Bretter vorne am Eingang so aussehen, als wäre das Theater verlassen.«

»Ich komme mit«, entschied er schnell.

Da er in seinen Klamotten geschlafen hatte, war er sofort bereit aufzubrechen. Er schnappte sich seine Schuhe und zog sie an.

»Ist gut.« Sie zog sich die Lederjacke über und griff nach ihrem Rucksack. »Du musst den Flüsterer aufsuchen. Bis zum Museum kannst du mich begleiten.«

»Was tust du dort?«

»Ich muss das, was ich in Primrose Hill gefunden habe, abgeben.« Was genau das war, verschwieg sie.

Augenblicke später brachen sie auf. Nicholas begleitete sie bis zum Museum, das in dieser Stadt noch größer und grauer wirkte als in dem London, das er kannte. Was fehlte, waren die haushohen Plakate, die ankündigten, welche Ausstellung gerade gezeigt wurde – was einfach daran lag, dass es hier keine Ausstellungen zu besichtigen gab. Das Britische Museum war gar kein richtiges Museum, jedenfalls keines, zu dem die Allgemeinheit Zutritt hatte.

Agatha nahm den Hintereingang am Montague Place.

»Sehen wir uns wieder?« Nicholas stellte die Frage behutsam, weil eine Frage wie diese immer behutsam gestellt werden muss – was wohl daran liegt, dass sie viel mehr beinhaltet als nur das, wonach man fragt.

Agatha lächelte. »Man sieht sich immer zweimal im Leben.« Sie war nicht mehr so reserviert wie gestern Nacht.

Nicholas nickte.

»Im Tod auch«, fügte sie lächelnd hinzu.

»Okay.«

»Du weißt ja, wo du mich findest.«

Er nickte.

Wie lange sie so dastanden, konnte er nicht sagen. Vermutlich waren es nur wenige Sekunden, die ihm aber wie ein richtig langer Moment vorkamen. »Hey«, meinte sie und berührte seine Schulter kurz mit der flachen Hand. Einen winzigen Augenblick ruhte die Hand dort, dann zog Agatha sie zurück. »Pass auf dich auf, Nicholas James«, sagte sie. »Die Welt ist gefährlich. Auch dann, wenn man schon tot ist. Und erst recht, wenn man noch nicht tot ist und hier herumläuft.« Sie schenkte ihm ein letztes Lächeln, das er mit sich nehmen würde, und dann drehte sie sich um und verschwand in der Tür.

Nicholas stand eine Weile da und starrte die Tür an. Das Gefühl, wieder ganz auf sich allein gestellt zu sein, überkam ihn wie ein plötzliches Fieber.

Der Nebel lag dicht wie ein Dunst aus Nieselregen und Herbsthauch über allem und verschleierte die Sicht auf die Gebäude und Straßen und Menschen. Irgendwie gewöhnte Nicholas sich daran, die Geister als das zu sehen, was sie einmal gewesen waren – und vielleicht in ihrem tiefsten Inneren noch immer waren. Mit einem letzten Blick auf das mächtige Gebäude machte er sich unverzüglich auf den Weg nach Seven Dials. Diesmal ging er zu Fuß und mied die U-Bahn. Ebenso vermied er Augenkontakt zu den Passanten, die ihm begegneten. Er wollte unauffällig bleiben und das Gefühl, dass alle seine Besonderheit erkennen könnten, begleitete jeden seiner Schritte.

Die Earlham Street erreichte er ohne besondere Vorkommnisse. Niemand auf der Straße schenkte ihm Beachtung und es war kein Problem gewesen, den Weg unbehelligt zurückzulegen.

Der Laden des Flüsterers sah noch genauso aus wie gestern … Meine Güte, es war kaum zu fassen, dass er erst gestern zum ersten Mal hier gewesen war.

Nicholas klopfte an die Tür. Nichts. Seine Befürchtungen bewahrheiteten sich. Peter Chesterton war nicht da.

Er hatte keine Ahnung, wann der Mann erneut hier auftauchen würde. Wenn er großes Pech hatte, dann war heute ein Tag, an dem er drüben in London Regenschirme verkaufte.

Zu warten hatte keinen Sinn, zumal er auf der Straße hätte warten müssen, wozu er keine Lust hatte, nicht zuletzt, weil die Gegend hier alles andere als einladend wirkte. Es streunten seltsame Gestalten durch das Gewirr aus Straßen und Gassen.

Eine Nachricht zu hinterlassen wäre nicht die schlechteste Idee. Also kritzelte er eine Notiz auf ein abgerissenes Stück Pappe, das er in einer Mülltonne fand: *Ich bin hier!*

Er unterschrieb als »Nicholas James«. Dann überlegte er, ob er noch etwas hinzufügen sollte, und entschied sich für ein knappes: *Mein Schirm wurde gestohlen.* Er betrachtete den Zettel. Kurz und knapp, mehr konnte er nicht tun. Aber etwas fehlte. Wo sollte Chesterton ihn suchen, wenn er den Zettel las? *Bin auf dem Boot*, ergänzte er noch. Er seufzte. Ob es eine gute Idee war, auf dem Boot zu warten, konnte er nicht sagen, aber etwas Besseres fiel ihm nicht ein. Die Straßen schienen ihm nicht geheuer zu sein, die

Fledderer streunten womöglich auch am Tage umher und dies auch außerhalb von Primrose Hill.

Also schob er den Zettel unter der Tür hindurch, begleitet von dem Wunsch, dass Chesterton ihn finden, lesen und verstehen würde.

Dann machte er sich auf den langen Weg zurück zum Kanal, wo er sich im Hausboot zu verstecken gedachte, bis Chesterton ihn finden würde. In der Gower Street schlug er die Richtung nach Camden Town ein. Alles in allem ein guter Plan, dachte er. Doch wie jeder Plan, der sich gut anhört, war auch dieser dazu verdammt, zu scheitern – eine Tatsache, die Schriftsteller, auch das wusste Nicholas, sich gerne ausdachten, ohne sich die Konsequenzen richtig vor Augen zu führen. Die Umstände, mit denen Nicholas es zu tun bekam, waren widrig, unverhofft und gemein. Sie begegneten ihm in Gestalt einer Frau, die so aussah, als sei sie in mittelalterliche Lumpen gekleidet und die seinen Weg am Gower Place, Ecke Enslight Gardens, kreuzte.

»Dich kenn ich«, sagte sie so laut, wie Verrückte es oft tun.

Nicholas erschrak.

Er war die ganze Zeit über mit leicht gesenktem Blick durch die Straßen gelaufen, in der vagen Hoffnung, nicht aufzufallen.

»Ja, dich kenn ich«, rief die Frau noch einmal. »Dich kenn ich, so sicher, wie 'ne tote Katze stinkt, hab mich also doch nicht geirrt.«

Nicholas starrte die Frau an. Und die starrte ihn an. Dann packte sie ihn am Ärmel und hielt ihn fest. Sie roch nicht gut und sie sah aus wie jemand, dem man lieber aus dem Weg ging.

»Wer bist du?«, wollte sie wissen.

Nicholas fragte sich, woher er sie kannte. Denn seltsamerweise tat er das. Hatte er sie in der U-Bahn gesehen? Kannte er sie aus London? War sie womöglich jemand, der vor Kurzem gestorben war – jemand vom Prüfungsamt der UCL?

»Du bist einfach so aufgetaucht und dann bist du gleich wieder verschwunden. Das war kein Trick, oder? Ich habe nie nicht geglaubt, dass es ein Trick ist. Dafür war es zu echt. Und dann warst du wieder weg. Peng! Einfach so. Kurz aufgetaucht, schnell untergetaucht. Kein Geist kann so was machen.« Sie rüttelte an seinem Arm. »Jetzt bist du wieder hier und ich lass dich nicht los, eh du mir gesagt hast, wie du das machst.«

Nicholas hoffte inständig, dass dieser Augenblick möglichst schnell und unauffällig vorüberging. Tat er aber nicht. Die Passanten warfen ihnen neugierige Blicke zu, einige von ihnen verlangsamten sogar ihren Gang, um zu sehen, was genau da los war. Andere blieben gar ganz stehen.

»Ja, ja.« Die Frau richtete sich an die Menge. »Der hier ist was Besonderes.«

»Ich kenne Sie nicht«, sagte Nicholas.

»Ist doch egal.«

Die Antwort überrumpelte ihn.

»Wer bist du?«, fragte die Frau.

»Niemand.« Er wusste, dass das gehetzt und wie eine Lüge klang.

Die Frau grinste breit und schüttelte übertrieben theatralisch den Kopf. »Nein, du bist nicht Niemand.«

Immer mehr Passanten blieben stehen. Nicholas wusste

nicht, wie er dieser Situation entrinnen sollte. Das alles war nicht gut, nein, nein, nein.

»Der Kerl hier kann verschwinden und plötzlich auftauchen«, schrie sie der Menge entgegen.

Nicholas hoffte, dass sich niemand wirklich dafür interessierte, was sie sagte, aber die Zahl der Zuschauer stieg immer weiter.

»Keiner hat's mir geglaubt.« Sie knirschte mit den Zähnen. »Ich hab's allen erzählt, aber sie haben nur gelacht und gesagt, ich soll das mit den Katzen besser bleiben lassen.« Sie kicherte. »Aber jetzt bist du hier und du bist der Beweis, dass ich mich nicht geirrt habe.«

»Sie müssen mich verwechseln«, meinte Nicholas nur. Er versuchte, die Ruhe zu bewahren. Woher in aller Welt kannte er diese seltsame Frau? Sie sah aus wie jemand, der in einem mittelalterlichen Theaterstück eine Nebenrolle spielt.

»Einen Teufel tu ich«, keifte die Frau. »Keiner von uns kann so was und du hast es gemacht.«

Dann, plötzlich wie ein Blitzschlag, fiel es ihm ein. Jetzt wusste er, woher er sie kannte. Sie war ihm vorgestern vor dem *Accidental Escapist* über den Weg gelaufen, kurz bevor er Erika Error mit dem Eiweißfresser gesehen hatte. Er erinnerte sich daran, dass sie ihn überrascht angeschaut hatte, aber dann war sie fort gewesen. Konnte es sein, dass er da schon für einen winzigen Augenblick in diese Welt hier geraten war? Wenn ja, wie war das passiert? Und hatte die Frau ihn dann wirklich gesehen? Es musste seltsam für sie ausgesehen haben. Ein junger Mann taucht kurz auf und ist dann genauso schnell auch schon wieder verschwunden.

Meine Güte, das ergab Sinn. Die Verrückte hatte es vermutlich überall herumerzählt und alle hatten sie ausgelacht, weil normalerweise kein Geist in die andere Welt wechseln konnte. Und jetzt? Traf sie ihn zufällig auf der Straße.

Mist!

»Lassen Sie mich in Ruhe«, herrschte er sie an. »Sie verwechseln mich.« Er spürte die Blicke der Menge. Für ihn selbst überraschend fügte er hinzu: »Irres Katzenweib.« Immerhin hatte sie Katzen erwähnt. (Schriftsteller, die unverhofft in arge Bedrängnis geraten, neigen dazu, zu improvisieren.)

Nicholas entwand sich ihrem Griff und beschloss, die Flucht nach vorn anzutreten. Er lief über die Straße.

»Ich weiß, wie du aussiehst«, schrie ihm die Frau hinterher.

Für die meisten Passanten schien die Nummer vorbei zu sein. Nicholas verlangsamte seine Schritte (zu laufen erschien sehr verdächtig) und ging einfach unauffällig weiter. Er würde in die nächste Seitenstraße einbiegen, so viele Haken wie möglich schlagen und erst zur Ruhe kommen, wenn er sicher war, dass ihm niemand folgte.

Bevor er jedoch in der nächsten Seitenstraße verschwand, warf er einen allerletzten Blick zurück.

Zum zweiten Mal in wenigen Minuten dachte er: *Mist!*

Die irre Mittelalterfrau redete dort mit einem Mann. Der trug einen feinen Anzug, dazu einen Mantel und eine Melone. Er sah irgendwie *offiziell* aus. Nicht unbedingt wie ein Polizist, aber doch wie jemand, der dem, was die Frau da redete, Gehör schenkte. Um alles noch unangenehmer zu machen, deutete die Frau mit ausgestrecktem Arm auf Nicholas. Der Mann mit der Melone folgte ihrem Fingerzeig.

Ein drittes Mal: *Mist!*

Nicholas verspürte nicht das geringste Interesse, die Bekanntschaft dieses Mannes zu machen. Er drehte sich um und lief in die nächste Straße, schlug ein paar Haken, rannte, bis ihm der Atem in der Kehle brannte und das Herz bis zum Hals schlug, so lange, bis er glaubte, weder die irre Mittelalterfrau noch den Mann mit der Melone je wiedersehen zu müssen.

Jetzt, dachte er sich, wäre der geeignete Moment, um überraschenderweise Peter Chesterton zu treffen. Aber leider war der Flüsterer nirgends zu sehen. Nicholas war auf sich allein gestellt.

Er folgte der Straße und ein weiterer beunruhigender Gedanke kam ihm in den Sinn. Was, wenn jemand von seiner Ankunft hier erfahren hatte? Nein, das war nicht möglich, oder vielleicht doch? Er wusste nicht, wem die Fledderer Bericht erstatteten, aber so, wie es Agatha ihm vorhin erklärt hatte, waren sie nur darauf aus, frisch Dahingeschiedene einzufangen.

Als er in der Eversholt Street ankam, spähte er erneut in den Nebel hinter sich.

Und erschrak.

Da!

War das der Mann mit der Melone, der sich dort drüben in einem Hauseingang versteckte? Nicholas versuchte, Genaueres zu erkennen, aber der Nebel hinderte ihn daran, alles verschwamm zu einem Bild aus Vermutungen und Befürchtungen.

Plötzlich wollte er nur noch nach Hause. Am liebsten hätte er geschrien vor lauter Verzweiflung. Er war hier gestrandet und er hatte die Schnauze voll von dem ganzen Kram. Er wollte wieder auf dem Hausboot sein, den Sonnenuntergang genießen, an dem Roman schreiben. Er wollte einfach seine Ruhe haben und sich, wenn ihm danach war, mit Kadir Jones auf ein Bier in einem Pub am Kanal treffen. Nein, er wollte mit diesen Geistern nichts mehr zu schaffen haben.

Die Idee, allein hierherzukommen, kam ihm dümmer denn je vor.

Er atmete tief durch. Okay, ein letztes Mal Ausschau halten.

Dort, wo er den Mann mit der Melone vermutet hatte, erkannte er nichts. Nein, er musste sich getäuscht haben. Da war wirklich niemand.

Weiter also!

Er fragte sich, ob die Geister den Nebel überhaupt wahrnahmen, fragte sich, was die Mittelalterfrau dem Mann mit der Melone gesagt hatte, wer der Mann wohl war. Er fragte sich, wic lange er auf dem Hausboot auf den Flüsterer würde warten müssen und ob er es jemals schaffen würde, wieder nach Hause zurückzukehren.

Dann stieß er plötzlich mit einer Frau zusammen, die rauchend an einer Häuserecke stand. Er hatte sie nicht bemerkt und der Grund dafür lag auf der Hand: Die kleine, rundliche Frau schien selbst nur noch aus Nebel zu bestehen. Nein, das war nicht ganz richtig. Der Nebel waberte um sie herum, wie Zigarettenrauch gelblich das Gesicht eines Rauchers umweht. Alles an ihr wirkte unscharf, fast glaubte Nicholas schon, durch sie hindurchsehen zu können. Dann erst bemerkte er, dass sie keine Augen hatte. Da, wo sie sein sollten, war nur eine dunkle Leere, aus der ebenfalls Nebel quoll und ihr wie Tränen über das Gesicht strömte.

Dann erst wurde er der Kälte gewahr. Sie war eisig wie die See im Winter, und sie roch irgendwie salzig. Nicholas musste an die Themse denken und daran, wie sie im Herbst und Winter roch. Er fragte sich, ob die Frau wohl ertrunken war.

Dann griff sie nach ihm.

»Lassen Sie das!«, herrschte er sie erschrocken an. Die Angst in seiner Stimme war kaum zu verbergen. Er hatte es satt, dass irgendwelche Geisterweiber ihn festhielten.

Er wollte nach hinten zurückweichen, fortlaufen, doch dann musste er feststellen, dass er zu keiner Bewegung mehr fähig war. Der Nebel kroch über die Haut der Frau und reckte sich gierig nach ihm wie ein Raubtier, umfasste seine Hand, seinen Arm, kroch ihm durch die Kleidung in die Glieder, waberte ihm übers Gesicht, ja mitten in ihn hinein. Der Nebel der Nebelfrau bedeckte in Windeseile sein Gesicht, berührte seine Augen und floss ihm in Mund und Nase. Ihm war, als umfließe die Frau aus Nebel ihn ganz und gar, und in dem kurzen Moment, der ihm blieb, bevor er das Bewusstsein verlor, sah er eine Gestalt aus der diesigen Schattenhaftigkeit des Gehwegs treten. Sie trug einen Anzug und eine Melone.

6

Der große Mann, der ihm gegenübersaß, hatte die dunkelsten und kältesten Augen, die Nicholas jemals gesehen hatte. Sein kantiges, langes Gesicht erinnerte gleichermaßen an eine Schattenrisszeichnung und etwas, das einen schreiend erwachen lässt.

»Darf ich mich Ihnen vorstellen«, sagte der Mann mit einer Stimme glatt und schleichend wie Schlangenhaut. »Ich bin Silas Gildersleeve.« Die schwarze Melone, die er vorhin getragen hatte, lag auf dem runden Tisch, der zwischen ihnen stand. Nicholas sah sich um. Es war ein kleiner Raum und außer dem Mann und ihm selbst war niemand hier. Nicholas saß in einem bequemen Ohrensessel. In dem Sessel ihm gegenüber saß der Mann, der sich ihm gerade als Mr. Gildersleeve vorgestellt hatte, und betrachtete ihn so, wie ein Forschungsreisender ein seltenes Tier, das er gerade zufällig entdeckt hat, betrachten mochte. »Ich fürchte«, sagte der Mann mit dem bleichen Gesicht, »dass ich Ihnen eine Erklärung schuldig bin.« Er lehnte sich vor. »Sie fragen sich, wo Sie sind, wer ich bin und warum ich Sie hierhergebracht habe.« Er lächelte wohlwollend. »Ich werde alles in meiner Macht Stehende tun, um Ihnen diese Fragen zu beantworten.«

Nicholas fühlte sich weiterhin benommen. Die Kälte, die vorhin in der Straße in ihn hineingekrochen war, steckte noch immer dort fest. »Was hat die Frau mit mir gemacht?«, wollte er wissen.

»Sie fühlen sich *kalt*«, stellte Gildersleeve fest. Seine dunklen, kalten Augen waren durchdringend und beunruhigend.

Nein, ich fühle mich krank, dachte Nicholas besorgt.

»Der Nebel in Ihnen verschwindet bald«, versprach Silas Gildersleeve. »Leider gab es keinen anderen Weg, Sie hierherzubringen. Ich glaube nämlich nicht, dass Sie mir aus freien Stücken gefolgt wären.«

Das klang wieder mal alles andere als gut. »Warum sollte ich Ihnen trauen?«

»Ich habe mich Ihnen vorgestellt«, sagte Gildersleeve. »Wir sind jetzt keine Fremden mehr.«

Nicholas spürte, wie die Kälte langsam aus seinem Körper wich. Im Raum war es warm.

»Aber Sie haben sich mir noch nicht vorgestellt«, sagte Gildersleeve und klang fast schon ein wenig beleidigt.

»Sie haben mich entführt.« Kein Grund, die Sache schönzureden. Nicholas war wütend. »Ich dachte, Sie wissen, wer ich bin.« Hatte es sonst einen Sinn, entführt zu werden?

Gildersleeve seufzte und sah ihn kalt an. Er wirkte wie ein Gentleman, der aus der Zeit gefallen war.

»Zum einen«, begann er, »habe ich Sie nicht *entführt*. Nur nachhaltig gebeten, einer spontanen Einladung Folge zu leisten. Da ich ziemlich sicher war, dass Sie die Einladung eines Fremden, der ich ja bis vorhin noch für Sie gewesen bin, sofort ausschlagen würden, habe ich mich der Hilfe der Nebelfrau versichert. Nein, sagen Sie jetzt nichts. Das Anliegen, das ich Ihnen gleich vortragen werde, wäre Ihnen auf der Straße, vorgetragen von einem Fremden, höchst seltsam vorgekommen. Dabei ist die Angelegenheit, in der ich Sie um Hilfe bitten möchte, äußerst dringlich.« Er starrte Nicholas unablässig an. »Ich glaube nicht, dass Sie mich nach Greenwich begleitet hätten, wäre ich dort auf Sie zugekommen.«

»Wir sind in Greenwich?«

»Nirgends anders.«

Nicholas wandte den Blick vom Gesicht des Mannes ab. Die starren Augen machten ihn nervös. Er beschloss, sich auf den Raum, in dem er sich befand, zu konzentrieren. Womöglich gab es eine Fluchtmöglichkeit. Vermutlich aber nicht. Der Raum war nicht gerade groß und sah so aus, wie man sich ein Studierzimmer in der viktorianischen Zeit vorstellte – zumindest so, wie Nicholas sich ein solches Zimmer vorstellte. Ein Regal mit Büchern, ein Schreibpult, an dem man nur stehend arbeiten konnte, eine Sitzgruppe, bestehend aus zwei Sesseln und einem runden Tisch, drüben an der Wand ein kleiner Kamin.

Es gab einen Computer, einen alten Atari. Nicholas hatte keine Ahnung, wie Computer in dieser Welt funktionierten. Also hielt er es mit Agathas Empfehlung, so wenig wie möglich zu hinterfragen. Durch die beiden hohen Fenster konnte man nur dichten Nebel erkennen, doch wenn dies Greenwich war, dann musste irgendwo dort draußen die Themse fließen. Immerhin war der Nebel hell, was wohl zu bedeuten hatte, dass es noch immer Tag war.

»Zum anderen«, fuhr Gildersleeve fort und riss Nicholas damit aus seinen Gedanken, »weiß ich leider nicht wirklich, mit wem ich es zu tun habe.« Er rollte mit den Augen, eine Geste, die Nicholas an einen Hai denken ließ. »Was ich zu wissen glaube, ist, dass Sie nicht tot sind. Das jedenfalls erzählt man sich da draußen.« Er wartete ab und musterte ihn.

»Wer erzählt das?«

Mr. Gildersleeve, gut gekleidet in einen Nadelstreifenanzug, passend zu der Melone auf dem Tisch, war offenbar in bester Plauderlaune. »Eine Katzensammlerin hat Sie bemerkt.«

Die Frau in den mittelalterlichen Klamotten.

»Sie seien aus dem Nichts erschienen und dann wieder verschwunden.«

Wenn das stimmt, dachte Nicholas, *dann bin ich wirklich ganz kurz in diese Stadt gewechselt, ohne es überhaupt zu merken.* Und, was viel wichtiger war, dann war er ohne Regenschirm hierhergekommen. Das bedeutete womöglich, dass er auch ohne den Regenschirm wieder zurückkonnte. Wie er das allerdings bewerkstelligen sollte, war ihm ein Rätsel.

»Als die Katzensammlerin Sie heute entdeckt hat«, erklärte Gildersleeve, »hat sie mich informiert. Sie steht, wie viele andere auch, auf meiner Gehaltsliste.«

Was immer das zu bedeuten hatte.

Etwas an dieser Version der Geschichte stimmte nicht.

Die Katzensammlerin hatte ihn zwar gesehen und festgehalten, aber Gildersleeve schien eher zufällig Wind davon bekommen zu haben. Jedenfalls fiel Nicholas keine Erklärung dafür ein, wie sie ihn in so kurzer Zeit hätte benachrichtigen sollen.

»Warum hat sie das getan?«

»Sie hat mich informiert, weil die Dinge hier nun einmal so laufen«, sagte er kalt. »Sie sind nicht gestorben, Mr. …«

»James«, sagte Nicholas instinktiv. »Nicholas James.« Erst nachdem er seinen Namen genannt hatte, fragte er sich, ob das eine gute Idee gewesen war.

»Mr. James«, sagte Gildersleeve lächelnd. »Jetzt sind wir keine Fremden mehr.«

Irgendwie war Nicholas nicht wohl bei dem Gedanken. Aber ändern ließ sich daran nichts mehr.

»Kommen wir zur Sache.« Gildersleeve starrte ihn noch immer an. »Sie sind nicht tot und trotzdem hier.«

Nicholas schwieg. Jetzt fiel ihm auf, warum er den Eindruck hatte, dass Gildersleeve immerzu starrte. Er blinzelte überhaupt nicht. Nein, kein einziges Mal. Wie konnte das sein? Die Augen waren immer starr auf ihr Ziel gerichtet.

»Sie sind äußerst lebendig und doch sitzen Sie mir gegenüber. Deswegen«, betonte Gildersleeve, »sind Sie von Interesse für uns.«

»Uns?«

Er nickte. »Für mich und die Familie Maliphant.«

Der Name klang ebenso einladend freundlich wie Gildersleeves Stimme. »Ich habe noch nie von ihnen gehört«, sagte Nicholas.

»Es gibt vieles, von dem Sie noch nichts gehört haben.«

Nicholas wurde ungeduldig. Er war immerhin gegen seinen Willen an diesen Ort gebracht worden. »Was wollen Sie von mir?«

»Das«, sagte Gildersleeve und erhob sich aus dem Sessel, »werde ich Ihnen gerne erklären.« Er bedeutete Nicholas, ihm zu folgen. »Ich möchte Ihnen etwas zeigen«, sagte er, »denn manche Dinge versteht man nur, wenn man sie mit eigenen Augen gesehen hat.« Er ging zur Tür. »Kommen Sie, Mr. James.«

Nicholas stand auf und im ersten Augenblick fühlte er einen leichten Schwindel, der ihn wie eine Frosthand streifte. Doch dann verflog die Schwäche und er folgte Mr. Gildersleeve durch die Korridore eines, wie es den Anschein hatte, riesigen Anwesens.

»Was ist das hier?«, fragte Nicholas.

»Maliphant Manor.« Allein der Name hörte sich an, als sei Nicholas in einem Film der frühen Hammer Studios gelandet. »Die Maliphants gehören nach Greenwich wie die Zeit, die hier zu Hause ist.« Er grinste, als habe er gerade einen vortrefflichen Scherz gemacht. »Was ich Ihnen aber zeigen möchte, ist etwas ganz anderes. Wenn Sie es gesehen haben, dann werden Sie das, um was ich Sie bitten werde, verstehen.«

Nicholas gestand sich indes ein, dass er gar nichts verstand. Der Mann mit den kalten Augen machte ihm Angst, so viel war mal sicher. Darüber hinaus beschlich ihn das Gefühl, gerade in eine Sache hineingeraten zu sein, die zu groß für ihn war. Korridor folgte auf Korridor, das Anwesen musste wirklich groß sein, und Nicholas fragte sich, welche Gebäude dieser Größenordnung es in Greenwich wohl gab.

Und es fielen ihm, abgesehen von den alten Anwesen im Greenwich Park, keine ein.

»Sagen Sie, Mr. James, wie sind Sie zu uns gekommen?«, wollte Silas Gildersleeve wissen. Der Plauderton ließ ihn noch gefährlicher wirken.

»Ich habe nicht die geringste Ahnung.«

Das war immerhin fast die Wahrheit. Er hütete sich, den Regenschirm oder gar den Regenschirmmacher zu erwähnen.

Gildersleeve nickte. »Wissen Sie, wie Sie zurückkehren können?«

»Nein.«

Gildersleeve nahm das bedauernd zur Kenntnis. »Nun ja, Wege führen immer in zwei Richtungen, nicht wahr?« Das klang weniger ermutigend, als es sollte.

Es stand damit außer Frage, dass er für Gildersleeve etwas in der Welt der Lebenden erledigen sollte. Weshalb sonst sollte er von Interesse für diesen Mann (und die Maliphants) sein? »Sie werden einen Weg zurückfinden, davon bin ich überzeugt.« Er zwinkerte ihm zu, das erste Mal, dass die kalten Augen nicht starrten, sondern eine Regung zeigten.

»Warum ist das wichtig für Sie?«, wollte Nicholas wissen.

»Geduld«, forderte Gildersleeve.

Sie erreichten einen großen Saal, dessen Decke kunstvoll bemalt war. Die riesigen Fenster indes waren mit dunklen Laken verhängt. Von der Decke hingen, an schweren Ketten befestigt, große Kisten herab. Wie ruhende Pendel schwebten sie mitten im Raum. Wie viele es waren, konnte Nicholas nicht sagen, da ein Teil des Saals in den Schatten verborgen lag.

Gildersleeve blieb vor einem uralten mechanischen Ding stehen, das in der Mitte des Saals installiert war, ein Gerät mit dicken runden Knöpfen und eisernen Hebeln. Er legte einen Hebel um und eine der Kisten, die sich direkt über ihren Köpfen befand, senkte sich mit einem lauten Rasseln der Kette herab.

Kurz bevor sie den Boden berühren konnte, blockierte der Mechanismus und die Kiste schwang leicht hin und her. Die Luft überall im Saal war erfüllt von leisem Gewimmer. Es war nicht schwer zu erraten, woher die Geräusche kamen.

»Unheimlich, nicht wahr?« Gildersleeve trat vor die Kiste und legte seine Hand darauf. »Möchten Sie wissen, was diese Geräusche verursacht?« An der einen Seite der eisernen Kiste – man konnte die vielen Lötstellen, die wie Narben aussahen, und einige Bolzen erkennen – befand sich ein Sehschlitz, den man öffnen konnte.

»Kommen Sie, Mr. James.« Mit einem Ruck zog Gildersleeve die rostig kratzende Verriegelung beiseite. Dann trat er zwei Schritte zurück und bedeutete seinem Gast vorzutreten. »Werfen Sie einen Blick hinein. Dann wissen Sie, warum ich Sie habe herbringen lassen.«

Vorsichtig näherte sich Nicholas dem Sehschlitz. Das raukehlige Gewimmer aus dem Inneren der Kiste war verstummt. Eigentlich verspürte er kein Verlangen zu sehen, was sich dort drinnen verbarg.

Am liebsten wäre er davongerannt, den ganzen langen Weg zurück in seine Stadt, wenn ihm das nur möglich gewesen wäre. Doch er stand hier in diesem Saal irgendwo in Greenwich. Und die Neugierde war stärker. Das Wehklagen, das jetzt wieder aus der Kiste drang und mit jedem Schritt, den Nicholas sich der Kiste näherte, weiter anschwoll, erinnerte an lange Fingernägel, die hart über Glas kratzten.

»Was ist das?«, flüsterte er.

Die Frage war an ihn selbst gerichtet, er erwartete keine Antwort. Zaghaft trat er vor, näherte sich dem Sehschlitz.

Als sich seine Augen an das Dämmerlicht gewöhnt hatten, wurde Nicholas einer Kreatur gewahr, die in der hinteren Ecke der Kiste am Boden kauerte. Sie sah nur sehr entfernt aus wie ein Mensch, eher wie etwas, das *unscharf* geworden war. Sie anzuschauen ließ einen spüren, wie Kopfschmerzen entstanden oder warum Augen schmerzten. Das Gesicht des Wesens lag unter schmutzig grauem Nebel begraben, unscharf und sich fortwährend verändernd. Die Augen waren kohlrabenschwarze Punkte, wie im Nebel verlorene Inseln, der Mund eine schmale Öffnung, aus der Nebel quoll, begleitet von dem Gewimmer, das den Saal aus allen Richtungen füllte.

»Das«, sagte Gildersleeve, »ist ein Nachtmahr.«

Nicholas trat von dem Sehschlitz zurück, als das Wesen ihn anfauchte.

»Es ist eine Krankheit«, erklärte Gildersleeve.

Nicholas zitterte.

»Eine Krankheit, für die es kein Heilmittel gibt.«

Nicholas ahnte, dass dies der Punkt in der Geschichte war, an dem er ins Spiel kam.

»Verzeihen Sie mir, wenn ich so unverblümt auf den Punkt komme.« Gildersleeve trat auf die Kiste zu und verriegelte den Sehschlitz wieder. »Natürlich werden Sie gleich einwenden, dass, hätte ich Sie nicht getroffen, es gar keine Lösung für dieses Problem gegeben hätte.« Er seufzte. »Lassen Sie uns zurück in den Salon gehen, dort lässt sich besser reden.«

Nicholas hatte nichts dagegen einzuwenden, diesen seltsamen Saal zu verlassen.

»Aber mit Ihrem Auftauchen in unserer Stadt«, fuhr Gildersleeve fort und betätigte erneut den Hebel, »ist, will ich meinen, ein Hoffnungsschimmer aufgetaucht.« Erneut Kettengerassel, lautes Heulen, Wimmern. Die Kiste wurde hochgezogen, bis sie über ihren Köpfen baumelte, dort, wo sie zuvor gewesen war. »Ja, Sie sind hier und mit Ihnen eröffnet sich uns die Möglichkeit, diese armen Kreaturen zu heilen.«

Der Gedanke, dass jede Kiste, die dort oben hing, eine Kreatur wie jene, die er gerade gesehen hatte, beherbergte, erschütterte Nicholas zutiefst. Nicht auszudenken, was passieren würde, wenn diese Wesen ihrer Gefangenschaft entkämen. Mit bangem Blick betrachtete er den Mechanismus mit all seinen Knöpfen und Hebeln, der aus der Zeit der Industrialisierung zu stammen schien. Nicholas hatte immer eine gewisse Skepsis der Technik gegenüber verspürt. Dies hier war noch viel schlimmer.

»Die Krankheit ist vor wenigen Wochen zum ersten Mal aufgetreten und ich glaube zu wissen, wo sie ihren Ursprung hat.« Gildersleeve ging voran, raus aus dem Salon, fort von den Kreaturen in den eisernen Kisten.

Schnellen Schrittes und schweigsam gingen sie durch all die Korridore ins Studierzimmer zurück. Dort nahmen sie erneut Platz in den beiden Sesseln. Nicholas war froh, sich setzen zu können – wenngleich der Drang, dieses Haus zu verlassen, nun noch stärker war als vorhin.

»Geschichten«, begann Silas Gildersleeve, »sind wichtig für uns.« Es folgte eine Erklärung, wie das Geschäft mit den Geschichten und der Erinnerung funktionierte. Das meiste davon war Nicholas bereits bekannt, neu allerdings war, dass hin und wieder der Name Thackaberry fiel. »Die Flüsterer können das Leben der Geister verlängern, wenn sie dafür Sorge tragen, dass jemand ihre Geschichte niederschreibt.« So viel dazu. »Aber es gibt auch eine Schattenseite.«

Die Kreaturen in den Kisten. Nachtmahre, ja, so hatte er sie genannt.

»Manchmal«, erklärte Gildersleeve, »werden die Geschichten von den Flüsterern falsch weitergegeben. Es passiert selten, doch immer noch zu oft. Diejenigen, von denen die Geschichte erzählen soll, werden dann krank. Das, woran die Menschen sich erinnern, ist nur ein Zerrbild ihrer eigentlichen Person.«

Nicholas ahnte, worauf es hinauslief. »Sie werden zu Nachtmahren.«

»Ja, im Kern trifft das zu.«

»Was kann man dagegen tun?« Der Nebel draußen vor dem Fenster lichtete sich ein wenig. Nicholas hatte das Gefühl, das Ufer der Themse zu erkennen, davor ein Denkmal, irgendeine Gestalt aus Stein, und direkt in der Nähe ein schattenhaftes Gebäude mit einem Turm.

Gildersleeve, der ebenfalls aus dem Fenster schaute, erklärte: »Man kann natürlich darauf achten, dass die Geschichte dem richtigen Flüsterer anvertraut wird. Nicht alle

Flüsterer, müssen Sie wissen, sind so gut, wie man es von ihnen erwartet. Macht der Flüsterer einen Fehler, dann kann sich die Person, deren Geschichte er weitertragen soll, verändern. Macht er schwere Fehler, dann kann sich die Person zu einer der Kreaturen entwickeln, die Sie soeben gesehen haben.«

Nicholas hörte aufmerksam zu.

»Wir haben geglaubt, dass dies der Ursprung ist. Früher, in den alten Tagen, kam die Nachtmahrkrankheit nur selten vor. Meistens dann, wenn sich ein Geist, der kein Talent für seine eigene Geschichte hatte, ins Zwielicht wagte und jemandem, den er sich ausgesucht hatte, seine Geschichte selbst zuflüsterte, die von vorneherein verzerrt war, weil niemals jemand, der kein Talent zum Erzählen hat, sich daran versuchen sollte.«

»Aber jetzt glauben Sie, dass es noch eine andere Ursache gibt?«

»Ich glaube, dass man die Krankheit anders besiegen kann. Nämlich, indem man ihren Ursprung beseitigt.«

»Hier komme ich ins Spiel?«

Gildersleeve nickte. »Dass Sie hier sind, ist eine Unmöglichkeit. Aber da es nun mal so ist, eröffnet sich uns eine Möglichkeit, von der wir vorher nicht zu träumen gewagt haben. Normalerweise kommen Lebende nämlich nicht in diese Stadt. Und keiner, der hier lebt, hat die Möglichkeit, in die andere Welt zurückzukehren.«

»Sie glauben wirklich, dass ich das kann?«

»Ja.«

»Was soll ich tun?« Nicholas hatte – wieder mal – kein gutes Gefühl bei der ganzen Sache.

Gildersleeve lächelte gewinnend wie eine Schlange. »Es gefällt mir, dass Sie direkt zur Sache kommen. Die Zeit drängt, müssen Sie wissen. Die Nachtmahre, die Sie gesehen haben, sind alle erst vor kurzer Zeit und sehr schnell erkrankt.«

»Wissen Sie, warum?«

»Ja. Jemand in Ihrer Welt schreibt gerade an einem Roman. Ich glaube, dass er die Geschichte, die er zugeflüstert bekommt, falsch erzählt. Vielleicht wird ihm das, was er schreiben soll, auch falsch eingeflüstert. Die Charaktere jedenfalls werden zu Zerrbildern der Geister, die sie umschreiben sollen.«

Nicholas fragte sich, woher Gildersleeve das alles wusste. »Deswegen verwandeln sie sich in Nachtmahre?« Warum kümmerte Gildersleeve das überhaupt? Wer waren die Geister, die in den Kisten eingesperrt ihr Dasein fristeten?

»Sie, Mr. James«, betonte Gildersleeve erneut, »können sie heilen.«

Nicholas erschrak bei dem Gedanken daran, welche Macht Geschichten in dieser Welt haben konnten. »Was kann ich tun?«

»Ich glaube, dass die Geister geheilt werden, wenn der Autor die Geschichte nicht beendet.«

»Aber er hat sie doch schon erfunden.«

»Ja, aber außer ihm kennt sie noch keiner. Sie wird erst lebendig, wenn sie Leser findet.«

»Was meinen Sie?«

»Die Nachtmahre, die wir in den Kisten wegzusperren gezwungen sind«, sagte Gildersleeve, »können sich noch weiter verwandeln.« Er führte den Gedanken nicht zu Ende, aber seine kalten Augen sprachen Bände.

»Sie wollen damit sagen, dass der Roman, der gerade geschrieben wird, nicht veröffentlicht werden darf?«

»Niemand darf den Text lesen. Sobald irgendjemand das tut, wird die Geschichte stärker.«

Und die Verwandlung der Nachtmahre schritt weiter voran. Ja, das hatte Nicholas jetzt verstanden. Was noch alles aus den Kreaturen in den Kisten werden konnte, wollte er sich gar nicht ausmalen.

»Jemand muss die Geschichte, aus der ein Roman werden soll, vergessen machen.«

Nicholas fragte sich, wie er das bewerkstelligen sollte.

Gildersleeve beförderte einen Flakon aus seiner Tasche. »Wenn der Autor dies hier trinkt«, sagte er, »dann wird er vergessen, was er erfunden hat.«

»Aber das Manuskript existiert immer noch. Jemand anders könnte es lesen.«

»Jede Spur, die auf die Geschichte hindeutet, muss vernichtet werden.«

»Und hier komme ich ins Spiel.«

Ein Nicken. »Sie müssen den Autor aufsuchen, drüben in Ihrer Stadt. Sie müssen ihm dies hier geben.« Er deutete auf den Flakon und reichte ihn Nicholas. »Und Sie müssen das Manuskript vernichten.«

Nicholas nahm den Flakon in die Hand. Er fühlte sich kalt an, wie der Nebel, der in ihn eingedrungen war. Die Flüssigkeit darin war trüb. »Wer ist der Autor?«

»Er heißt Edward Golden.«

Der Name kam Nicholas bekannt vor. Ein Großer, der

hin und wieder in den Bestsellerlisten auftauchte, einer von den Schriftstellern, deren Name auf dem Buchcover größer abgedruckt war als der Titel des Buchs. Vage glaubte er sich an einige solcher Cover zu erinnern, war sich aber nicht sicher.

»Er lebt in London. Das Buch, an dem er gerade arbeitet, heißt *Die Kinder von Highgate*. Es ist, soweit ich informiert bin, zur Hälfte fertig. Die Zeit drängt also.«

»Woher wissen Sie das alles?«, wagte Nicholas zu fragen.

»Das tut nichts zur Sache«, antwortete Gildersleeve mit Nachdruck.

Nicholas hatte nicht das Gefühl, dass der andere mit offenen Karten spielte. Er fragte: »Warum bringt der Flüsterer, der mit der Sache beauftragt wurde, das nicht in Ordnung?«

»Das …«, meinte Gildersleeve.

»… ist kompliziert?«

Er nickte.

Nicholas seufzte. Jeder Autor wusste, dass die Dinge eigentlich nie kompliziert waren. Eigentlich war immer alles ganz einfach. Es musste sich nur kompliziert *anhören*, damit die Leser in die Irre geführt wurden – alles im Sinne der Spannung.

»Ja, es ist kompliziert. Die Flüsterer arbeiten für Thackaberry.«

Beinahe wäre Nicholas eine Bemerkung über die Lippen gekommen, aber im letzten Moment verkniff er sie sich. Soweit er es sah, wusste Gildersleeve nichts von Agatha Myles und der Sache auf dem Primrose Hill. Es sei denn, er hatte auch Kontakte zu den Fledderern.

»Die Thackaberrys weigern sich, etwas in der Angelegenheit zu unternehmen. Der Flüsterer, betonen sie, habe keinen Fehler gemacht.« Seine Augen glühten noch kälter. »Die Nachtmahre hätten ihren Ursprung woanders.«

Nicht von ungefähr beschlich Nicholas der Verdacht, dass irgendetwas an dieser Geschichte nicht stimmte.

»Warum sind Sie so darum bemüht, die Nachtmahre zu heilen?« Letzten Endes war das doch die entscheidende Frage.

»Ich will ehrlich zu Ihnen sein«, sagte Gildersleeve. »Der Roman, den Edward Golden schreiben soll, dient einzig und allein dazu, die Leben von gleich vier Mitgliedern der Familie Maliphant zu verlängern.«

»Also sind die Nachtmahre dort unten Familienmitglieder.«

»Vier von ihnen, ja. Die anderen sind eng mit den Maliphants befreundet.«

Also ein Roman, der viele Charaktere beinhaltet. *Ein dickes Buch*, dachte Nicholas insgeheim, *ein richtiger Wälzer*. Der Flüsterer, der jede Nacht Edward Golden aufsuchte, musste einiges leisten, wie es den Anschein hatte. »Und die Familien Maliphant und Thackaberry sind einander nicht unbedingt freundlich gesonnen.«

»Es gibt Differenzen«, gab Gildersleeve zu. »Ja, das ist nicht zu leugnen.«

»Was ist in dem Flakon?«

»Nachtmahrtränen«, antwortete er. »Tränen sind immer eine gute Medizin.« Er sah, dass Nicholas nicht verstand, und erklärte: »Die Nachtmahre leiden und jemand, der so leidet wie sie, der weint. Er weint, weil er hofft, dass die

Tränen den Schmerz hinwegspülen. Tränen wünschen sich Vergessen. Haben Sie das nicht gewusst?«

Nicholas schüttelte den Kopf. Nein, natürlich hatte er das nicht gewusst.

»Wenn Edward Golden die Tränen trinkt, wird er alles vergessen. Sie müssen nur dafür sorgen, dass er dies tut. Danach müssen Sie das Manuskript vernichten. Nicht eine einzige Seite darf übrig bleiben.«

Nicholas fühlte sich unwohl. »Was ist, wenn ich nicht zurückkehren kann?«

»Sie glauben, Sie seien hier gestrandet?«

Er zuckte mit den Achseln.

»Sie werden einen Weg zurückfinden.« Ein Haifischlächeln. »Und wenn Sie dort sind, dann könnten Sie mir diesen Gefallen erweisen.« Die Augen wurden noch kälter und dunkler. »Es wäre ein Gefallen, den auszuschlagen ich Ihnen nicht raten würde.« Er lächelte, aber ein Lächeln wie dieses konnte einen zugrunde richten.

»Was, wenn ich es nicht tue?«, fragte Nicholas frech.

Stille. Gildersleeve faltete die Hände, ruhig und bedächtig. »Eigentlich«, sagte er so zischend leise, dass es die Ruhe in dem Raum zerschnitt, »sehe ich diese Alternative, von der Sie da sprechen, überhaupt nicht.«

»Ich«, hörte Nicholas da eine tiefe Stimme antworten, »aber schon.«

Da waren sie auf einmal wieder, die zornigen Augenbrauen. Was dann geschah, passierte schnell und Nicholas bekam nur Bruchstücke von überraschend absurden Momenten mit: eine Trompete, die aus dem Nichts gegen Gildersleeves Kopf schlägt, einmal, zweimal, fest, ganz fest, ein drittes Mal zur Sicherheit. Die kältesten Augen der Welt, die sich ins kälteste Weiß verdrehen. Ein Aufstöhnen, erstickend leise.

Silas Gildersleeve sackte augenblicklich in dem Sessel zusammen, kippte zur Seite, fiel aber nicht heraus, sondern blieb in einer unbequem anmutenden Position darin sitzen.

Peter Chesterton trat eilig hinter dem Sessel hervor, ergriff Nicholas' Hand und zog ihn mit sich.

»Zeit zu gehen«, sagte er.

Und genau das taten sie.

7

Der Ort, an den sie gingen, war der gleiche wie der, woher sie kamen, er war nur *woanders*. Der Nebel vor den Fenstern lichtete sich im sachten Wimpernschlag nur eines einzigen Gedankens und überall, auch draußen, war es mit einem Mal richtig hell. Die Sonne schüttete ihre Wärme über der Stadt aus. Der Tag blendete einen förmlich. Es war ein Gefühl wie Schwindel, der einen nach Hause brachte. Der Mai war wieder so, wie er sein sollte.

London war wieder die Stadt, die Nicholas kannte. Er war in Greenwich. Erleichtert schaute er nach draußen, wo er die Themse erkennen konnte, weit dahinter erhob sich die glänzende Silhouette der Hochhäuser von Canary Wharf.

Der Raum, der eben noch wie ein Studierzimmer ausgesehen hatte, war auf einmal ein modernes Büro mit Schreibtisch, Computer, Aktenschränken. Die Möbel sahen edel und modern aus. Die Sessel und den runden Tisch gab es auch hier, auf ihnen lagen Notenblätter.

Gildersleeve war einfach verschwunden, wie der Nebel und alles andere auch. Die Stadt aus Nebel, in der sich Nicholas seit gestern Abend aufgehalten hatte, schien nichts weiter als ein Traum gewesen zu sein.

»Wo sind wir?«

»Das hier ist die Fakultät für Jazz.«

Hatte er richtig gehört? »Jazz?«

Chesterton verzog das Gesicht. »Modern Jazz, um genau zu sein.«

Nicholas wusste nicht, was genau er mit dieser Antwort anfangen sollte. In seinen Ohren klang noch immer die Stimme Gildersleeves nach.

»Wie sind Sie hergekommen?«, wollte er wissen.

»Mit der Zeit lernt man, sich geschickt in Gebäude zu schleichen.«

Chesterton hielt die Trompete, mit der er Gildersleeve ausgeschaltet hatte, noch immer in der Hand. Das Instrument war an drei Stellen verbeult und Nicholas fragte sich, wie Silas Gildersleeve sich wohl gerade fühlte. »*Professor* Chesterton.« Der Flüsterer grinste breit. »*Lehrstuhl für Modern Jazz, Gastdozent von der Universität Edinburgh*, gerade eben eingetroffen.« Er lief zur Tür, öffnete sie einen Spaltbreit und schloss sie gleich wieder. »Nur falls jemand fragt.«

Nicholas sah sich weiter um. Chesterton war kein Professor für Modern Jazz. Was also sollte das alles?

»Das ist nicht Ihr Büro.«

Führte er vielleicht ein weiteres Doppelleben in dieser Welt?

»Wir sollten jetzt gehen«, schlug Chesterton vor. Er öffnete die Tür und ließ Nicholas den Vortritt. »Natürlich ist das mein Büro. Und *Pinocchio* ist eine wahre Geschichte. So ist das mit den Lügen. Wenn man sie braucht, fliegen sie einem zu.« Er sah Nicholas fast vorwurfsvoll an. »Du kannst Fragen stellen!« Er schüttelte den Kopf. »Jazz ist nicht mal meine Musik!«

Nicholas zuckte mit den Achseln und folgte Chesterton nach draußen.

Wie zu erwarten war, sah der Korridor auch anders aus: studentisches Treiben an einem Wochentag. Ein gewöhnliches Gewusel aus Taschen, Instrumenten, Gesprächen. »Da geht's raus«, raunte Chesterton und ging mit großen Schritten voran. Sein Jackett, das heute eher wie ein enger Gehrock aussah, wehte förmlich hinter ihm her.

Nicholas blieb nichts anderes übrig, als ihm hinterherzulaufen. »Danke, dass Sie gekommen sind.«

»Ich habe den Zettel gefunden.«

»Der Regenschirm wurde mir gestohlen.« Natürlich wusste er, dass das wie eine billige Ausrede klang, aber es war nun mal die Wahrheit.

»Der Regenschirm?« Chesterton seufzte. »Der war sehr wertvoll.«

»Es tut mir leid.«

»Weißt du, wie lange man an einem Regenschirm dieser Qualität arbeitet?«

Nicholas hielt es für das Beste, nichts zu sagen.

»Ziemlich lange«, war alles, was sein Retter sagte. Er scheuchte die Massen von Studenten auseinander, als seien es Enten.

»Es war ein Fledderer.«

Chesterton hielt kurz an. »Du glaubst wirklich, du brauchst einen Regenschirm zum Wechseln?«

Nicholas entfuhr ein »Oh!«, weil er schon geahnt hatte, dass dem nicht so war.

Chesterton war wütend. »*Oh*? Das ist alles? *Oh*? Du wechselst, obwohl ich dich davor gewarnt habe, allein durch die Stadt zu laufen?« Er setzte sich wieder in Bewegung und redete beim Laufen weiter. »Schlimmer noch, du kommst auf die absolut dämliche Idee, in Primrose Hill zu wechseln. Dann bittest du mich um Hilfe und wo finde ich dich? In Greenwich!« Er schüttelte den Kopf. »Meine Güte, da muss erst mal jemand drauf kommen. Primrose Hill! Greenwich!« Er erreichte das Treppenhaus und eilte hinein. »Nicholas James! Wir müssen reden.« Er trippelte die Treppenstufen hinunter und stürmte, unten angekommen, durch die nächstbeste Tür nach draußen. »Vorher jedoch sollten wir von hier verschwinden.«

Die Luft draußen roch nach Sommer. Frisch gemähtes Gras, Reste von Tau auf den Spitzen der Grashalme – Nicholas mochte den Geruch und sog ihn gierig ein. Nach dem Nebel und Nieselgrau der anderen Stadt war er eine Wohltat.

»Wie haben Sie mich gefunden?«

»Mit wachem Blick und offenen Ohren«, sagte Chesterton.

»Es tut mir leid.«

»Das sagst du andauernd. Was genau tut dir leid?«

»Es war leichtsinnig, allein zu wechseln.«

»In der Tat, das war es.«

»Und ich brauche wirklich keinen Regenschirm, um zu wechseln?«

»Sei nicht albern.«

»Aber warum haben Sie mir dann einen gegeben?«

»Jeder braucht einen Regenschirm. Im Regen. Und es regnet oft in dieser Stadt. Anderswo auch.«

»Das habe ich nicht gemeint.«

Chesterton blieb stehen und grinste spitzbübisch. »Du kannst wechseln, wann immer du möchtest. Du hast das geahnt, nicht wahr? Aber *geglaubt* hast du es nicht. Das ist das Problem mit den meisten Menschen. Sie denken, dass Magie nie in ihnen selbst verborgen liegt, sondern nur in Gegenständen. Seltsam, oder?«

Nicholas schaute sich um. »Wo sind wir?«

»Das«, Chesterton deutete rückwärts zu dem Gebäude, das sie gerade verlassen hatten, »ist das Gebäude der alten Marineakademie in Greenwich. Doch jetzt befindet sich hier das Trinity College für Musik.«

Er lief die Treppenstufen hinunter, die zum Weg und dem Rasen führten. Unten an der Treppe hielt er einen Studenten an.

»Die Trompete wird beim Lehrstuhl für Komposition erwartet.« Der Student sah eher wie ein Geiger aus. Nicholas war sich bewusst, dass es ein Klischee war, aber der Kerl hatte einfach die Frisur eines Geigers. »Ich wäre Ihnen sehr verbunden, wenn Sie das Instrument dort vorbeibringen würden. Ich selbst bin, wie Sie sehen, in Eile.«

Der Student sah ihn verdutzt an.

»Wie heißen Sie?«, wollte Chesterton wissen.

Der Student nannte seinen Namen.

»Professor Chesterton«, log er gekonnt. »Richten Sie Professor …« Er schnippte mit den Fingern vor der Nase des Studenten herum. Der junge Mann nannte den Namen des Professors für Komposition.

Chesterton nickte glücklich. »Genau den meine ich. Richten Sie ihm meine besten Grüße aus.« Er drückte dem Studenten das Instrument in die Hand. »Ach, und er soll den bedauernswerten Zustand der Trompete entschuldigen.« Er kam dem Studenten ganz nah, sofort wich dieser zurück, nahm die Trompete aber eingeschüchtert an sich. »Sagen Sie, verstehen Sie etwas von Schlagzeugen?«, fragte Chesterton.

Der Student nickte – aber Nicholas hatte nicht den Eindruck, dass er Ahnung von Schlagzeugen hatte.

»Das ist gut«, sagte Chesterton und deutete auf die Trompete. Dann empfahl er sich.

»Weiter«, drängelte er Nicholas – der sich nicht sicher war, ob der Student mit der Geigerfrisur den Scherz verstanden hatte. Als sie außer Reichweite waren, fragte Chesterton: »Warum glaubt niemand, dass eine Trompete nicht dann und wann auch ein Schlagzeug sein kann?«

Nicholas zuckte mit den Achseln. Er glaubte nicht, dass der Flüsterer eine Antwort hören wollte.

»Komm!«

Chesterton lief über den Rasen zwischen den beiden Barockbauten. Ein lauer Wind wehte ihnen in die Gesichter. Nicholas war noch nie zuvor hier gewesen, wenngleich er die Gegend kannte. Vor sich sah er das Queen's House und dahinter den großen Park von Greenwich. Hinter ihm war die Themse und jenseits davon Canary Wharf.

»Das alles hier«, erklärte Chesterton, »gehört in der Stadt, die du gerade verlassen hast, einer Familie namens

Maliphant.« Er blieb stehen und seine stechenden Augen blickten ungeduldig und wütend. »Silas Gildersleeve ist ihr Handlanger. Du hast ziemliches Glück gehabt, Nicholas James. Hätte ich den Zettel nicht gefunden und danach dich, dann …« Er pfiff durch die Zähne. »Manchmal ist gutes Timing eben alles.«

Nicholas verspürte jedenfalls kein Verlangen, Silas Gildersleeve jemals wiederzusehen.

Hinter dem riesigen gusseisernen Tor mit all seinen Verzierungen lag die Straße.

»Wir nehmen ein Taxi«, sagte Chesterton und winkte das nächstbeste herbei. »Was wollte Gildersleeve von dir?«

»Haben Sie das nicht mitgehört?«

»Nein, da drinnen war keine Zeit zu lauschen.«

Ein schwarzer TX4 parkte gleich vor dem Tor. Auf dem ovalen Leuchtschild über der Windschutzscheibe stand TAKSI. Chesterton stieg hinten ein, Nicholas ebenfalls. Es gab eine Trennwand aus Glas, ganz klassisch mit einer Schiebetür. »Seven Dials, bitte.« Chesterton schloss das Schiebefenster und lehnte sich zurück. Der Fahrer war ein junger Inder, der über Kopfhörer Musik hörte. Perfekt! »Schieß los, ich bin neugierig. Und, ganz wichtig, vergiss die Kleinigkeiten nicht.«

Während das Taxi sich durch den Mittagsverkehr Richtung City quälte, erzählte Nicholas alles und ließ nichts aus. Einzig die Sache mit den wunderschönen Mondaugen behielt er für sich, nicht alle Details waren für Chestertons Ohren bestimmt. Zu sehen, wie das normale Leben draußen vor dem Fenster vorbeischwebte, tat gut. Sie fuhren durch Southwark, dann rüber zur City und weiter nach

Holborn. Zeit genug, um zu berichten, was geschehen war.

»Gildersleeve ist ein Lügner«, sagte Chesterton, als Nicholas mit seiner Erzählung fertig war.

Nicht, dass ihn das überraschte.

»Hast du ihm geglaubt?«

»Nein.«

»Gut. Wir haben nämlich ein Problem.«

»Welches?«

»Sie wissen jetzt, wer du bist.«

Er hatte ihm seinen Namen genannt. Gut, aber war das so schlimm?

»Schlimmer noch. Sie wissen, wo du herkommst.«

Das Taxi hielt vor dem Laden des Regenschirmmachers. »Fein, wir sind schon da«, kommentierte er und bezahlte den Taxifahrer, um dann eilig auszusteigen und zum Haus zu laufen. »Es ist besser, wenn wir alles Weitere in Ruhe besprechen.«

Nicholas wusste nicht, was genau *alles Weitere* war, aber er hatte kein gutes Gefühl bei der ganzen Sache. Nein, definitiv nicht.

Sie betraten den Laden. Chesterton schloss die Tür hinter Nicholas ab und vergewisserte sich, dass das GESCHLOSSEN-Schild richtig herum an der Tür hing. »Wir wollen doch ungestört bleiben.« Dann führte er ihn durch ein Kabuff, das sich gleich hinter der Kasse verbarg, und eine enge Treppe nach oben in den ersten Stock, denn dort befand sich die Wohnung: drei Räume und ein Bad (keine Türen). Ein Wohnzimmer mit einer uralten Couch und vielen Bildern an den Wänden, dazu ein Sessel, eine

Stehlampe, dicker Teppich, eine Standuhr mit hin und her schwingendem Pendel, ein flacher Tisch, auf dem die *Times* und der *Daily Telegraph* lagen. Im Raum nebenan, der kleiner als das Wohnzimmer war, stand ein großer Fernseher – ein Modell mit einem *dicken Bauch*, wie er auch in Edinburgh im Zimmer von Nicholas' Großmutter gestanden hatte – mit einem Sessel davor und sonst nichts. Die Küchenecke befand sich in einem kurzen Korridor, war klein, aber sie erfüllte wohl ihren Zweck. Der dritte Raum, in den man hineinsehen konnte, war leer bis auf zwei Kleiderschränke. »Wo ist das Schlafzimmer?«, fragte Nicholas.

Chesterton zog eine Augenbraue hoch. »Eine sehr indiskrete Frage, findest du nicht auch?«

Noch mehr als über das Fehlen eines Schlafzimmers wunderte sich Nicholas über das völlige Nichtvorhandensein von Büchern. Es gab keine Regale, nichts. Kein einziges Buch befand sich in der Wohnung – es sei denn, die Kleiderschränke wären mit Büchern vollgestopft, was Nicholas aber nicht glaubte.

»Ich schlafe nicht«, sagte Chesterton lapidar. Er hängte sein Jackett an einen Kleiderhaken, der aus der Wand ragte.

»Wie meinen Sie das?«

»Genau so, wie ich es sage.« Er schien sich über die Frage zu wundern. »Meinst du die Dinge, die du sagst, jemals anders?«

Nicholas zuckte mit den Achseln. »Manchmal, ja.«

»Man sollte lernen zu sagen, was man meint«, betonte er. »Denn wenn man nicht lernt zu sagen, was man meint, dann meint man nie das, was man sagt.«

Irgendwie erinnerte er Nicholas an einen Lektor – ein Vergleich, der irgendwie auf der Hand lag.

»Ich schlafe nie«, sagte Chesterton erneut. »Ich ruhe mich aus und lese Zeitung.«

»Sie lesen keine Bücher?«

»Wie kommst du darauf? Nur weil du hier keine Bücher siehst, glaubst du, dass ich nie Bücher lese?«

»Nun ja ...«

»Es gibt immer nur ein einziges Buch in der Wohnung.«

»Das, welches Sie gerade lesen?«

Er deutete zum Regal in der Küche. »Du hast auch nicht viele Bücher auf deinem Hausboot.«

»Das Hausboot ist klein und eng.«

»Diese Wohnung ist das auch.«

»Sie ist größer als das Boot.«

Chesterton nickte. »Sie wirkt größer, weil sie fast leer ist.« Er schaute im Raum umher. »Wäre hier alles mit Büchern und Krimskrams zugestellt, würde sie kleiner und enger wirken.«

Das ergab allerdings Sinn.

»Sie wollten mir erzählen, um was es hier geht.«

»Ich mache uns zuerst Tee«, schlug Chesterton vor. Er stakste in die Küchenecke und erhitzte Wasser. Er klappte den Schrank an der Wand auf. »Siehst du«, sagte er, »ein Buch.« Er nahm es aus dem Schrank, hielt es Nicholas hin, sodass er den Titel erkennen konnte, dann legte er es sorgsam in den Schrank zurück. »Trinkst du Tee mit Datteln, Orangen und Zimt?« Er wartete die Antwort nicht ab. »Natürlich tust du das.«

Er fuchtelte in der Küche herum und kehrte schließlich

mit zwei Tassen zurück. Und einer Teekanne. Der Tee roch fein, aber nicht nach dem Monat Mai. »Setz dich«, forderte er Nicholas auf.

Der tat, wie ihm geheißen wurde.

»Wie du sicherlich weißt, arbeite ich allein.« Chesterton schenkte ihm ein und nahm ihm gegenüber Platz. »Ich kenne James Thackaberry schon lange, aber wir sind keine Geschäftspartner. Er weiß, was ich tue, und ich weiß, dass er das weiß. Wir machen beide unser Ding, könnte man sagen, jeder für sich allein. Nun denn, es gibt nur wenige Flüsterer, die frei arbeiten. Ich tue es, damit mir keiner auf die Schliche kommt. Ein Leben in zwei Welten ist, wie du sicherlich bemerkt hast, nicht einfach. Und darüber hinaus läuft man andauernd Gefahr, verdächtig zu wirken.« Er seufzte und nippte am Tee.

Nicholas stellte den Flakon auf den Tisch. Er war froh, das Ding loszuwerden. »Warum soll ich Edward Golden die Nachtmahrtränen geben?« Er glaubte nicht, dass die Tränen ihn nur den Roman vergessen ließen. Nicholas rief sich Gildersleeves gierigen Blick ins Gedächtnis.

»Du sollst ihn töten«, sagte Chesterton. Er nahm den Flakon an sich, betrachtete ihn eingehend und schnupperte daran. »In der Tat, Nachtmahrtränen.«

»Aber …«

»Nachtmahrtränen sind giftig. Jedenfalls für einen Lebenden. Wenn er sie trinkt, ist er flugs mausetot.« Er stand auf, ging zu seinem Jackett, steckte den Flakon in die Tasche und kehrte zurück zu seinem Platz. »Viel wichtiger ist aber noch, dass du sein Manuskript vernichtest.«

»Aber warum? Er schreibt für die Maliphants.«

»Das ist die nächste Lüge«, schimpfte Chesterton. »Hör zu, eigentlich ist es …«

»Kompliziert?«

Chesterton schüttelte verständnislos den Kopf. »Warum soll immer alles kompliziert sein?«

Nicholas schwieg.

»Nein, es ist ganz einfach. Hör mir zu: Edward Golden wird von einem Flüsterer namens Robert Fortisquince betreut. Der wiederum, wie könnte es anders sein, für Thackaberry arbeitet. Die Geschichte, die er dem Autor gerade zuflüstert, ist die Geschichte, die das Leben von James Thackaberry höchstpersönlich verlängern wird. Thackaberry ist krank und alt und wenn er sterben würde, dann hätte die Familie Maliphant die Möglichkeit, das zu tun, worauf sie schon seit Jahrzehnten aus ist. Sie könnte das Britische Museum übernehmen.«

»Wie würden sie das anstellen?«

»Das ist Politik und an dieser Stelle unwichtig.«

Nicholas nahm das so hin.

»Die Maliphants würden dann die Flüsterer lenken.«

Das hörte sich nicht gut an. »Es geht also nicht darum, die Maliphants zu heilen, sondern Thackaberry zu schaden. Er soll sterben, indem seine Geschichte nicht weitergeschrieben wird.«

»Das befürchte ich.«

Ein Machtspiel also.

»Weiß Thackaberry davon?«, fragte Nicholas. Der Tee schmeckte heiß und würzig wie Weihnachten.

Chesterton schüttelte den Kopf. »Ich befürchte, nein.«

»Dann sagen Sie es ihm.«

»Das geht nicht so einfach.«

»Warum?«

Er murmelte leise: »Weil ...«

»Weil was?«

»Weil Thackaberry und ich nicht miteinander reden.«

Nicholas sah ihn an. »Das ist nicht Ihr Ernst.« Hatte er vorhin nicht behauptet, dass sie einander schon lange kannten?

»Würde ich es wohl so formulieren, wenn es *nicht* mein Ernst wäre?«

Nicholas erwiderte nichts und wartete einfach nur ab.

»Aber du könntest mit ihm reden«, schlug Chesterton sogleich vor.

»Warum sollte er mit mir reden wollen?« Thackaberry war, soweit Nicholas das beurteilen konnte, eine Art VIP in der anderen Welt. Ihm fiel kein Grund ein, weshalb er mit einem Nichts wie ihm reden sollte. Außerdem glaubte er nicht, dass er so einfach ins Britische Museum würde spazieren können.

»Du kennst doch das Mädchen.« Chesterton freute sich offenbar darüber, dass die Lösung so einfach war.

»Agatha?«

»Agatha Myles.« Er hatte sich also den Namen gemerkt.

»Sie ist ein Findelgeist«, gab Nicholas zu bedenken.

Chesterton machte eine wegwerfende Handbewegung. »Wenn sie eine Ente wäre, würde ich dich bitten, mit einer Ente zu reden.« Er klang wieder sehr ungeduldig. So als würde sein Gehirn schneller arbeiten, als die Worte, die er aussprach, es erlaubten.

»Und wenn sie nicht will?«

»Dann musst du sie überzeugen.« Das Einzige, was Nicholas an dem Plan gefiel, war, dass er einen Grund hatte, Agatha wiederzusehen. »Sie hat dir schon einmal geholfen«, betonte Chesterton. »Das wird sie erneut tun.« Er schien sich der Sache sehr sicher zu sein.

Nicholas atmete tief durch. Draußen vor dem Fenster ging das Leben in der Stadt seinen gewohnten Gang. Und er saß hier mit einem Regenschirmmacher, der ihm all das verrückte Zeug von Flüsterern und Verschwörungen erzählte, das er selbst sich nicht in seinen wildesten Träumen hätte ausdenken können.

»Wer sind die Nachtmahre?«, hakte er schließlich nach einem weiteren Schluck Tee nach.

»Die Nachtmahre sind Kreaturen der Maliphants«, erklärte Chesterton. »Sie fangen sie ein und richten sie ab, ihnen zu dienen.«

»Das klingt nicht gut.«

»Ist es auch nicht.«

Nicholas wollte sich gar nicht ausmalen, dass Kreaturen wie jene, die er in der Kiste gesehen hatte, in der Stadt aus Nebel frei herumliefen.

»Stell dir Folgendes vor, Nicholas: Du bist bettelarm und kannst dir keinen Flüsterer leisten. Deine Geschichte aber gerät langsam in Vergessenheit. Du merkst das, weil du schwächer wirst. Älter. Du beginnst langsam zu verblassen, jeden Tag ein wenig mehr. Es ist eine Form von Durchsichtigkeit, die einen quälend langsam befällt. Aber du wirst nicht durchsichtig, denn etwas bleibt zurück. Etwas, das dich verändert. Etwas, das du dir nicht erklären kannst.« Die Augenbrauen sahen wieder streng aus. »Ein Zerrbild.

Etwas, das *unecht* ist, aber etwas, an das sich jemand erinnert.«

Nicholas wusste nicht recht, was er meinte. »Eine schlechte Erinnerung?«

»Eine *falsche* Erinnerung. Die schlecht ist.«

Nicholas sah sein Gegenüber nur fragend an.

»Nun denn«, seufzte Chesterton, dann fixierte er ihn, wie ein unangenehmer Lehrer es zu tun vermag. »Die Erinnerungen, die wir haben, sind trügerische Wesen, musst du wissen. Sie täuschen uns, weil sie nie wirklich das sind, was sie vorgeben zu sein. Ein Beispiel? Gut! Stell dir vor, du hast Streit mit deiner Freundin. Ihr schreit euch an, das Ganze verläuft wirklich hässlich. Es passiert in der Öffentlichkeit, wo euch jeder sehen kann.« Seine Hände bewegten sich unablässig, während er redete. »Ein kleines Kind, das zufällig alles mit ansieht, wird sich daran erinnern. Aber an was erinnert sich das Kind? Hm? An irgendetwas, ja, aber woran genau?« Er gab sich die Antwort gleich selbst. »An Erwachsene, die böse sind.« Er starrte Nicholas an, als erwarte er, ihm das Verstehen auf der Stelle ansehen zu können. »Für das Kind«, fuhr er fort, »werden deine Freundin und du zu bedrohlichen Wesen.« Er hielt inne, fuchtelte mit der Hand in der Luft herum. »Dann vergeht die Zeit. Tick-tack, tick-tack. Das Kind wird älter, es träumt manchmal von einem bösen Mann und einer bösen Frau, die einander anbrüllen. Doch der Mann, an den sich das Kind erinnert, bist nicht mehr du.« Er nickte ernst und vielsagend. »Es ist ein Zerrbild, hörst du? Du bist in der Erinnerung des Kindes zu etwas geworden, das alle schlechten Eigenschaften, vor dem sich das Kind fürchtet, vereint. Du bist in seinen Augen ein

Monster.« Er starrte ihn an wie eine strenge Eule. »Nun vergeht die Zeit erneut. Tick-tack, tick-tack. Das Kind wird erwachsen. Der Erwachsene, der einmal das Kind gewesen war, denkt nicht mehr an damals. Nicht bewusst. Doch manchmal, wenn es ihm nicht gut geht, in seinen Träumen, da trifft er ihn wieder, den bösen Mann von damals, der so laut geschrien hat.« Er beugte sich vor und fauchte mit rauer Stimme: »Das Monster!« Kurzes Nicken. »Er weiß nicht mehr, woher diese Erinnerung kommt, aber das bedrohliche Wesen ist noch immer da.« Er sah Nicholas ernst an, hob warnend den Zeigefinger. »Und wenn dies die einzige Erinnerung ist, die von dir bleibt, dann bist du zu einem Zerrbild geworden. Dann stirbst du nicht, nein, du löst dich auch nicht auf. Es gibt zwar niemanden mehr, der sich an dich erinnert, aber da ist noch dieser Mann, dem das Monster aus seiner Kindheit im Kopf herumspukt. Du bist nicht vergessen, nicht wirklich. Du wirst zu etwas anderem, einem Wesen, das nicht mehr du bist. Du wirst zu dem Monster, vor dem sich der Mann als Kind gefürchtet hat. Du wirst zu einem Nachtmahr.«

Nicholas spürte die eisige Gänsehaut auf seiner Seele. »Das Bildnis der verzerrten Erinnerung, die noch in der Welt der Lebenden existiert«, flüsterte er.

Chesterton nickte. »Nachtmahre«, flüsterte auch er, »leben überall in der Stadt aus Nebel. Im Verborgenen. Im toten Winkel deiner Augen, jener Ecke, die niemand sieht. In den Tunneln, unter Brücken, in Korridoren und Kellern. Sie ernähren sich von Aas, Tieren und schwachen Geistern.«

Nicholas fragte nicht nach, was das bedeutete. »Und die Maliphants fangen sie ein?«

Mit großen Augen nickte Chesterton. »Du hast einige von ihnen gesehen.«

Mit Schaudern erinnerte sich Nicholas an die Kisten in dem Saal und die Geräusche, die aus ihnen gekommen waren. »Warum tun sie das?«, wollte er wissen. Warum sollte jemand diese Wesen einfangen, wenn nicht, um der Stadt etwas Gutes zu tun? Aber Nicholas glaubte nicht im Entferntesten daran, dass Gildersleeve und die Maliphants solch edle Absichten verfolgten.

»Sie nehmen den Nachtmahren ihre Tränen und verkaufen sie.«

»An wen?«

»An all jene, die ihrer Wirklichkeit entrinnen wollen.«

Manche Dinge, dachte Nicholas, *sind wirklich sehr einfach.* »Die Maliphants handeln mit Drogen«, stellte er fest.

»Genau das tun sie.«

Plötzlich ergab das alles einen erschreckenden Sinn. »Wenn sie die Macht über die Flüsterer hätten, dann könnten sie mehr Zerrbilder erzeugen.« Noch mehr falsche Erinnerungen, noch mehr Monster. »Sie könnten noch viel mehr Nachtmahre erschaffen. Mehr Tränen ernten. Mehr verkaufen.«

»Kein schöner Gedanke«, stellte Chesterton fest.

»Nein, allerdings nicht.« Nicholas spürte ein Frösteln. »Wir müssen also etwas dagegen tun.« Ihm war alles andere als wohl bei dem Gedanken, dass er jetzt mit dieser Sache zu tun hatte.

»Wie ich bereits sagte«, meinte Chesterton. »Zuallererst einmal müssen wir James Thackaberry davon in Kenntnis setzen. Das heißt, du kehrst zurück und nimmst Kontakt zu ihm auf. Er sollte wissen, dass es dich gibt und dass die Maliphants – und, nicht zu vergessen, Gildersleeve – wissen, dass es dich gibt.«

»Und dann?«

»Dann müssen wir dafür Sorge tragen, dass Edward Golden seinen Roman wie geplant beendet.« Er seufzte. »Was schwieriger sein wird, als du dir denken kannst.«

Nicholas ahnte, dass da noch ein Puzzlestück in der Geschichte fehlte. »Es gibt noch ein anderes Problem?« Er hatte das Gefühl, in einer schwierigen Zeit in die Stadt aus Nebel gewechselt zu sein. Dafür, dass er sich vorher kaum Gedanken um das Leben nach dem Tod gemacht hatte, gestaltete sich dasselbe nun äußerst kompliziert.

Chesterton nickte. »Ja, leider. Es gibt noch ein anderes Problem. Mr. Fortisquince, Thackaberrys Flüsterer, ist seit zwei Tagen verschwunden. Es gibt Gerüchte, aber keine Hinweise.«

»Sie glauben, dass Gildersleeve dahintersteckt?« Es war keine Frage, man konnte Chesterton förmlich ansehen, dass er den Mann mit den kältesten Augen der Welt in Verdacht hatte.

»Es würde zu allem anderen, was gerade geschieht, passen. Außerdem erkenne ich Gildersleeves Handschrift.«

»Und was ist seine Handschrift?«

»Es gibt keine Spuren. Nur Gerüchte, die einem Angst machen.«

Nicholas dachte an Agatha Myles und ihre Mondaugen und daran, sie bald wiederzusehen. »Was passiert, wenn ich wechsle? Werden sie es erfahren?« Er fürchtete sich davor, dass sie ihm auflauern könnten.

»Ob sie spüren können, dass du da bist? Nein, das können sie nicht.« Das immerhin war beruhigend. »Könnten sie das, dann würden sie ja auch bemerken, dass ich nicht der bin, der ich vorgebe zu sein. Nein, du wirst unauffällig bleiben. Aber dennoch müssen wir vorsichtig sein. Umsichtig. Jetzt, da Gildersleeve von dir weiß, wird er die Augen offen halten. Er hat seine Augen und Ohren überall in der Stadt.«

»Netter Kerl«, murmelte Nicholas. »Die Nummer mit der Trompete war übrigens nicht schlecht.«

Chesterton grinste. »Rock'n' Roll!«

Einen Augenblick lang saßen beide schweigsam da. Nicholas fragte sich, ob Peter Chesterton wirklich hier lebte oder häufiger in der Stadt aus Nebel anzutreffen war. Es stand ihm wohl frei, es sich auszusuchen. Dass er nie schlief, war schräg, und es erklärte vielleicht die Falten und Schatten unter seinen stechenden Augen, womöglich auch die latente Ungeduld und die plötzlich aufflammende Unruhe, die ihn allzeit umgaben wie der Duft aus Staub und Rosen, der typisch für ihn war.

»Wer ist Gildersleeve?«, wollte Nicholas schließlich wissen.

»Er war früher Polizist. Hast du jemals von John Wicher gehört?«

Nicholas verneinte.

»Der Mord von Road Hill House?«

»Tut mir leid.«

»Er arbeitete Ende des neunzehnten Jahrhunderts für Scotland Yard. Gemeinsam mit seinem Kollegen Charley Field klärte er unzählige Verbrechen auf. Seine Methoden indes waren höchst umstritten. Wie dem auch sei, Charles Dickens war richtiggehend begeistert von John Wicher, so sehr jedenfalls, dass er eine Figur nach seinem Vorbild erschuf: Inspektor Bucket. Hast du jemals *Bleak House* gelesen? Wenn nicht, solltest du es nachholen. Als Wicher starb und hier ankam, verschwand er – und tauchte später wieder auf: als Silas Gildersleeve.«

»Warum wählte er einen anderen Namen?«

»Viele Geister tun das. Sie schließen mit ihrem vorherigen Leben ab.«

Nicholas verstand sofort, warum sie das taten. Es musste schmerzhaft sein, alles hinter sich zu lassen. Er selbst hatte nur Edinburgh und sein Elternhaus verlassen, und selbst das war nicht einfach gewesen. Er fragte sich, ob Agatha Myles der richtige Name des Findelgeistes war.

»Gildersleeve wird nicht lockerlassen, bis er dich gefunden hat. Außerdem mag er keine Trompeten mehr.«

Nicholas hatte so viele Fragen an den Flüsterer, dass er gar nicht wusste, wo er anfangen sollte. Andererseits hatte er aber auch das Gefühl, vorerst genug erfahren zu haben.

»Weiß irgendjemand, dass Sie …?«

Chesterton fiel ihm ins Wort. »Nein, niemand.«

»Verstehe.«

»Tust du das wirklich?«

»Ja, ich denke schon.«

Chesterton betrachtete ihn eingehend, als überlege er, ob er ihm wirklich trauen konnte. »Wüsste es irgendjemand«, sagte er, »dann wäre ich derjenige, hinter dem man her wäre. Wer die Macht über das Leben hat, kann den Tod beeinflussen. Das ist ein Gesetz.« Er hob warnend den Zeigefinger. »Niemand darf erfahren, wer ich bin.« Die stechenden Augen funkelten Nicholas an. »Hörst du? Niemand!«

»Ich sage es niemandem, keine Angst.«

Chesterton lehnte sich wieder im Sessel zurück. »Gut«, murmelte er.

Nicholas rieb sich erschöpft die Augen. Der schöne Frühsommertag war mit einem Mal doch voller Schatten. Es war ein Gefühl so kühl wie der Nebel, der in ihn hineingekrochen war. Diese seltsame Stadt! All diese Geschichten! Nicholas war durcheinander. Es passierte einfach alles viel zu schnell. Sein Leben war seit gestern aus der Bahn geworfen worden, nicht erst seitdem er Erika Error mit dem Eiweißfresser gesehen hatte, und jetzt schlingerte er durch die Welt und hoffte darauf, dass bald alles wieder normal sein würde. Außerdem, das musste er sich ehrlich eingestehen, hoffte er darauf, Agatha besser kennenzulernen.

»Wann soll ich zurückgehen?« Das war die Frage, die er stellen musste.

Peter Chesterton schien genau darauf gewartet zu haben. »So schnell wie möglich. Aber du solltest dich ausruhen. Es nützt niemandem, wenn du unkonzentriert bist.«

Nicholas fragte: »Heute Abend schon?«

»Fühlst du dich dazu in der Lage?«

Er nickte tollkühn.

»Wir werden gemeinsam gehen«, versprach Chesterton und sein schmales Gesicht entgleiste in einem breiten, zuversichtlichen Lächeln. Sogar die Augenbrauen sahen diesmal nett aus.

Nicholas seufzte und dann seufzte er gleich noch mal. Heute Abend also.

Zurück auf dem Hausboot, dachte er über viele Dinge nach, vor allem über Agatha. Er hatte nach ihr gegoogelt, aber nichts gefunden, jedenfalls nichts unter diesem Namen. Er hatte nach Unfällen und Gewalttaten in Chelsea gesucht, solchen, die vier Jahre zurücklagen. Er wollte unbedingt mehr über Agatha erfahren, wenngleich es ihm nicht allzu dringlich erschien, ihre Geschichte aufzuschreiben. Wenn sie vor vier Jahren erst gestorben war, dann lebten die meisten ihrer Angehörigen, Freunde und Bekannte noch. Genügend Menschen also, in denen die Erinnerungen an sie fortlebten. Erst in ein paar Jahren würden die Menschen, die sie gekannt hatten, anfangen zu sterben und mit ihnen würden dann auch nach und nach die Erinnerungen an sie verschwinden. Agatha würde altern und irgendwann verblassen. Dann erst bestünde die Gefahr, dass es mit ihr zu Ende ging. Und dem konnte Nicholas vorbeugen, indem er ihre Geschichte beizeiten aufschrieb und dann veröffentlichte.

Der Gedanke, dass jede Art von Kunst nur mit dem Zutun eines Flüsterers erschaffen worden war, erstaunte ihn noch immer. Bis auf einige wenige Ausnahmen, so dachte er, schien dies die Regel zu sein.

Er tätigte ein paar Telefonate, meldete sich bei der Post und entschuldigte sich auch für den nächsten Tag wegen Krankheit (vorsichtshalber). Dann rief er Kadir Jones an und hinterließ eine Nachricht auf der Mailbox. Er versprach, sich wieder zu melden, es gebe einiges zu erzählen – was genau das war, wusste er irgendwie selbst noch nicht so recht, wenngleich er das Gefühl hatte, mit irgendjemandem reden zu müssen. Und am liebsten hätte er Kadirs Meinung gehört.

Irgendwann schlief er erschöpft ein. Er konnte sich nicht einmal daran erinnern, sich ins Bett gelegt zu haben. Er wurde erst wieder wach, als ein Touristenboot vorbeischipperte und aus den Lautsprechern *It's raining Men* ertönte. Das spielten sie hin und wieder auf den Booten – böse Zungen behaupteten, nur deswegen, weil viele Touristen sich komischerweise an den Kinofilm *Bridget Jones* erinnert fühlten, wenn sie Camden Town besuchten.

Er stand auf, duschte lange und ließ sich vom Geräusch des Wassers forttragen, dann zog er sich frische Klamotten an und rote Chucks.

Die Sonne stand schon tief, als er sich einen starken Kaffee aufbrühte. Heiß und schwarz.

»Ein guter Kaffee«, pflegte Kadir Jones zu sagen, »ist wie ein Schlag ins Gesicht.« Genau so ein Kaffee war es.

Er schlurfte mit der Tasse hinauf an Deck und lümmelte dort im Liegestuhl herum. Er wollte gerade die Ruhe des Kanals am Abend genießen, als Peter Chesterton den Uferweg entlanggeschlendert kam. Er verscheuchte zwei Enten, die sich nicht so recht entscheiden konnten, ob sie ins Wasser oder in die Büsche wollten und mitten auf dem Weg hockten. Sie flüchteten ins Wasser. Der Besucher blieb vor der *Dorian Gray* stehen, stemmte die Hände in die Hüften und wartete dort, demonstrativ eine wirklich langsame Version von *Should I stay or should I go* pfeifend.

Nicholas, der sich alles andere als bereit zu einem neuen Trip in die Stadt aus Nebel fühlte, ging zu ihm. »Ich bin bereit«, log er.

Chesterton zwinkerte ihm zu. Diesmal hatte er keinen Regenschirm dabei.

8

Das *Summerscale* existierte schon ziemlich lange nicht mehr, wie es den Anschein hatte. In dem alten Gebäude, das einmal ein Theater gewesen war, befand sich ein Comicladen namens *The Graphic Theatre*. Immerhin gab es eine Anspielung auf die ehemalige Existenz eines Theaters. Peter Chesterton betrachtete still und fasziniert eine Sammelausgabe der frühen Werke von Joe Kavalier und Sam Clay im Schaufenster.

Die Fassade erinnerte Nicholas noch an das Gebäude, das er in der anderen Stadt betreten hatte. Doch hier war alles renoviert und umgebaut worden, und das wohl schon vor Jahren. Es gab ein Schaufenster, wo in der Stadt aus Nebel keines gewesen war, und eine Tür, wo ein Bretterverschlag den Zugang getarnt hatte. Überhaupt war der Theatereingang verschwunden, ebenso wie das Kartenhaus und die halbrunde Treppe. Nicholas fragte sich, ob das Theater, als es gestorben war, in der anderen Stadt erneut zum Leben erwacht war. Immerhin gab es dort noch Plakate, die Stücke anpriesen.

»Was passiert mit Gebäuden, wenn sie sterben?«, wollte er wissen.

Chesterton antwortete: »So einiges.« Damit war dieses Thema erledigt.

Nicholas musste jedenfalls nicht erst an der Tür klopfen, um zu erkennen, dass der Laden bereits geschlossen hatte.

»Wenn du an einen ganz bestimmten Ort in der Stadt aus Nebel gelangen willst«, erklärte Chesterton, »dann bleibst du am besten unauffällig. Das ist das Allerwichtigste. Niemand darf dich sehen, wenn du wechselst. Niemand soll dich bemerken. An einem Ort verschwindest du, an einem anderen Ort tauchst du auf.« Er klatschte in die Hände, um den Effekt, auf den er anspielte, zu betonen. »Das kann zu Verwirrung führen. Man sollte die Öffentlichkeit daher unbedingt meiden.« So viel zur ersten Lektion. »Und wenn du jemanden überraschen willst, dann musst du den Ort in dieser Stadt aufsuchen und dann erst wechseln.«

Nicholas verstand, dass Chesterton vorhin genau das getan hatte, um Gildersleeve zu überwältigen. Er hatte sich als Professor am Trinity College eingeschlichen (Flüsterer waren wohl, ähnlich Schriftstellern, geborene und geschickte Lügner), hatte das Büro der Fakultät für Modern Jazz aufgesucht und war in dem Raum, in dem er Nicholas und Gildersleeve vermutete, in die andere Stadt hinübergewechselt, mit der Trompete als Schlagzeug. Woher er gewusst hatte, dass sich die beiden genau dort befanden, blieb ein Rätsel. Der Besuch auf dem Hausboot war wohl auf ähnliche Art und Weise abgelaufen. Chesterton hatte das verlassene Hausboot in der Stadt aus Nebel betreten, war ins Zwielicht gewechselt und so hatte er sich Nicholas unbemerkt nähern können.

»Geschlossen«, stellte Nicholas fest.

»Wir müssen den Laden nicht betreten«, sagte Chesterton gleichgültig.

Nicholas betrachtete die Schaufensterdekoration nun genauer. Comics waren nie sein Ding gewesen. Im Schaufenster lagen die neuesten Titel der Reihen von Marvel und DC, die er aus dem Kino kannte, Sammelbände von *Escapist* und *Mothgirl*, die Zwischenräume gewissenhaft dekoriert mit allerlei Figuren, Spielen und Modellen von Raumschiffen in verschiedenen Größen und alten befestigten Städten samt Schlachtenszenen, nicht zu vergessen die seltsamen Gerätschaften (Zombiezangen, rote Phaser, unterschiedliche Varianten von Orkschwertern, Elbenbögen und Zwergenäxten). Es mutete seltsam an, das alles mit den Augen, welche die Stadt aus Nebel erblickt hatten, zu sehen, und Nicholas fragte sich, wie viel Wahrheit wohl in all den Geschichten steckte, die in exotischen, fernen Welten spielten, jenen Welten, die der Wirklichkeit, in der er sich bewegte, so ähnlich und doch so entrückt waren, dass sie wie Orte aus einer längst vergessenen Zeit daherkamen, einer Zeit, in der die Ritter, Könige und magischen Wesen noch keine Geister gewesen waren.

»Ich werde hier auf dich warten«, verkündete Chesterton und warf erneut einen Blick auf die Schaufensterauslage. »Du solltest Agatha Myles allein aufsuchen.«

Dagegen hatte Nicholas nichts einzuwenden. Er wusste ja nicht, wie sie reagieren würde, stünde er plötzlich mit

Chesterton vor der Tür. Daran, direkt auf die Bühne zu wechseln, dachte er gar nicht erst – darüber hinaus hätten sie zuerst in den Laden einbrechen müssen, um auf die Bühne zu gelangen, immer vorausgesetzt, dass es hier überhaupt noch einen Theaterraum und eine Bühne gab.

»Und? Bist du bereit?«, wollte Chesterton wissen.

Nicholas war aufgeregt. »Ja, bin ich.« Die Aussicht, in nur wenigen Augenblicken wieder in der Stadt aus Nebel zu sein, erheiterte ihn nicht unbedingt. Eigentlich hatte er überhaupt keine Ahnung, warum er das alles machte. All die Konflikte in der anderen Stadt gingen ihn doch gar nichts an. Was kümmerte es ihn, ob die Maliphants oder die Thackaberrys im Britischen Museum das Sagen hatten? Die Aussicht, alles einfach hinzuschmeißen, erschien auf einmal verlockender als jemals zuvor. Still und heimlich aufs Hausboot zurückkehren und so tun, als ob gar nichts geschehen wäre, ja, genau, das wäre doch auch eine Möglichkeit, alles einfach zu vergessen und wieder zu schreiben, zu arbeiten, zu studieren. Nächtliche Clubbesuche, Gespräche mit Kadir, das normale Leben genießen, so was eben.

»Du siehst aus, als würde dir eine Frage auf der Zunge brennen«, stellte Chesterton fest.

Gut erkannt. »Wie wechsle ich dorthin?«, fragte Nicholas.

»Du meinst, ohne Regenschirm?«, hakte Chesterton amüsiert nach.

Nicholas nickte.

»Du denkst einfach daran, zu wechseln.«

Nicholas nickte. Gut, das klang einfach.

Die beiden standen vor dem Schaufenster und sahen einander an. Nicholas hatte keine Ahnung, wie lange es dauerte.

Irgendwann fragte Chesterton: »Was machst du da?«

»Ich denke ans Wechseln.«

Chesterton rollte mit den Augen. »Du starrst nur mich an.«

»Es klappt nicht.«

»Natürlich klappt es nicht. Du bist verkrampft.«

Das stimmte. Eigentlich sträubte sich alles in ihm davor, zurück in die Stadt aus Nebel zu gehen. Er fühlte sich schrecklich. »Was hat es mit dem Nebel eigentlich auf sich?«, wollte er wissen.

»Die Geister«, erklärte Chesterton, »sehen den Nebel nicht.«

»Sie meinen, für sie herrscht eine klare Sicht?«

»Meistens.«

»Aber Sie sehen den Nebel doch auch.«

»Ja.« Er zuckte ratlos mit den Achseln. »So ist das eben.« Chesterton wirkte ungeduldig. »Stell dir das Theater vor, von dem du mir berichtet hast. Es sieht so aus wie das Gebäude vor uns, nur anders.«

Nicholas dachte an das Gebäude, den Bretterverschlag, einfach alles.

»Gehen wir«, sagte Chesterton plötzlich.

Und schon waren sie dort. Er hatte kaum geblinzelt und der Wechsel hatte funktioniert. Der Comicladen war verschwunden. Sie standen beide vor dem *Summerscale*, das noch genau so aussah wie am Morgen, als Nicholas es verlassen hatte. Jetzt wusste er nicht einmal, worüber er sich mehr wunderte: über die Tatsache, dass es kaum zwölf Stunden her war, dass er hier an dieser Stelle gestanden hatte, oder die Überraschung, so ganz ohne Regenschirm gewechselt zu sein. »Wie habe ich das gemacht?«, wollte er wissen.

»Feenstaub«, antwortete Chesterton süffisant.

Nicholas spürte die Kälte, die den Nebel begleitete. Ihm war nicht nach Späßen zumute.

»Ein Scherz«, stellte Chesterton klar. »Es gibt keine Feen.«

»Sind Sie sicher?«

»Ja.«

»Jedes Mal, wenn jemand das behauptet, stirbt eine Fee.«

Chesterton grinste frech. »Genau deswegen gibt es keine Feen mehr.«

Nicholas ließ es dabei bewenden.

»Ich werde hier auf dich warten«, sagte Chesterton und schaute sich um. Die Augen waren schmale Schlitze.

»Was haben Sie denn?«

»Ich bin wachsam.«

»Glauben Sie, dass jemand hier ist?«

Er sah Nicholas an. »Wir sind in London. Überall ist irgendjemand.«

»Sie wissen genau, an wen ich denke.«

Chesterton drehte sich um und schaute zu den Fenstern und Dächern der Häuser hinauf. Der Nebel floss an den Hauswänden hinab (und an anderen hinauf), er waberte über die Dächer, schwebte wie ein Vorhang über den Gebäuden. Die Geräusche waren gedämpft, die Kälte überall, alles schien in weißen Rauch gehüllt zu sein.

»Niemand da«, stellte er fest.

»Sind Sie sicher?«

Er schüttelte den Kopf. »Nein.«

Nicholas hatte noch immer ein ungutes Gefühl.

»Beruhige dich«, sagte sein Begleiter. »Gildersleeve ist nicht hier. Ich wüsste nicht, wie er von dem Mädchen hätte erfahren sollen.«

Nicholas fielen da schon ein paar Möglichkeiten ein. »Vielleicht haben die Fledderer sie erkannt. Oder sonst wer auf dem Primrose Hill.« Ihm fielen genügend Personen ein, die hätten reden können.

Chesterton wirkte auf einmal noch ein wenig wachsamer. »Glaubst du, dass ihr jemandem aufgefallen seid?«

»Woher soll ich das wissen?«

Chesterton suchte die Dächer und die Schatten in den verborgenen Ecken ab. »Wir sind vorsichtig«, sagte er. »Du kannst jetzt zu ihr gehen.«

»Warum kommen Sie nicht mit?«

»Ich«, murmelte er, »habe solange ein Auge auf die Straße.« Damit verdrückte er sich und bezog Position auf der anderen Straßenseite, in den Schatten, die das Licht der Laternen dort vergessen hatte.

Na dann …

Nicholas ging zu dem Bretterverschlag, bahnte sich seinen Weg und betrat das Foyer des Theaters. Zu wissen, dass an genau dieser Stelle woanders Comics verkauft wurden, war irgendwie schräg.

»Hallo?« Es erschien ihm höflich, sich bemerkbar zu machen. Seine Stimme hallte in der Stille.

Er stand mitten im Foyer und fühlte sich wie ein Eindringling. Es sah alles noch so aus wie heute Morgen. Das

Licht, das von draußen durch die Bretter ins Innere fiel, war ein Maler, der matt schimmernde Muster in die tiefen Schatten zauberte, Anspielungen im Dämmerlicht und Silhouetten im Augenwinkel.

»Agatha?«

Er vernahm Schritte, und sie trat zwischen den Vorhängen hervor. »Nicholas James? Was tust du hier?« Ein sanftes Licht umrahmte sie.

»Ich muss mit dir reden.«

Sie blieb da, wo sie war, stehen. »Hast du den Flüsterer gefunden?«

Er ging langsam auf sie zu. »Es ist viel passiert.« Er blieb stehen, bevor er sie erreichte, unschlüssig, was zu tun war.

»Du siehst müde aus«, stellte sie fest. Dann winkte sie ihn zu sich. »Komm rein.«

Er folgte ihr zur Bühne.

»Ich dachte nicht, dass ich dich so schnell noch mal sehe.«

»Das Leben kann seltsam sein«, sagte er.

»Der Tod auch«, meinte sie. Abwartend sah sie ihn an. »Sag schon, warum bist du hier?« Sie setzte sich vor das Klavier.

Nicholas blieb mitten im Raum stehen. »Es ist viel passiert.«

»Seit heute Morgen?«

Er nickte.

Auf einmal wurde sie wieder misstrauisch. »Bist du allein gekommen?«

»Wie meinst du das?«

Sie verzog das Gesicht. »Na, wie soll ich es wohl meinen?

So wie ich es sage. Bist du allein hier oder begleitet dich jemand?«

»Wer sollte mich begleiten?«

»Jemand, der mir auf der Spur ist.«

»Dir auf der Spur? Weswegen?«

Sie winkte ab. »Dies und das.«

Nicholas entschied sich für die Wahrheit. »Der Flüsterer ist bei mir.«

»Wo ist er?«

»Draußen auf der Straße. Er schiebt Wache.«

»Wache?«

»Er glaubt, jemand könnte uns folgen.«

»Fledderer?«

»Jemand namens Silas Gildersleeve.«

Kaum hatte er den Namen ausgesprochen, da sprang sie schon auf. »Was hast du mit Gildersleeve zu schaffen?« Sie wirkte auf einmal wie jemand, der am liebsten auf der Stelle das Weite gesucht hätte. »Sag nicht, dass du ihn zu mir geführt hast.« Angst stand ihr ins Gesicht geschrieben.

»Kennst du ihn?«

»Ich hatte das Glück, ihm noch nie zu begegnen. Aber das, was man von ihm hört, reicht aus, um beunruhigt zu sein.«

Keiner verstand das besser als Nicholas. »Ich bin ihm in die Arme gelaufen, könnte man sagen.« Dann erzählte er ihr, was ihm widerfahren war. Während er redete, kehrte ihre Ruhe langsam zurück. Sie lehnte sich ans Klavier an, lauschte seinen Worten.

»Du warst in Greenwich?«, fragte sie fassungslos.

Er nickte.

»Dann hast du verdammtes Glück gehabt. Es gibt Geschichten über Greenwich, die du nicht hören willst.«

»Sind die Maliphants wirklich so schlimm?«

Ihre Hände zitterten. Sie stand auf und begann hektisch auf der Bühne herumzulaufen. »Manche Geister haben vergessen, dass sie einmal ein Herz hatten.« Das war alles, was ihr über die Lippen kam. Sie lief weiter hin und her, ganz aufgeregt. »Wenn das, was du da sagst, stimmt«, murmelte sie, »dann müssen wir sofort ins Museum.« Sie suchte in einer Kiste herum und fand ihre Jacke.

Nicholas fragte sich, ob James Thackaberry im Britischen Museum *wohnte*.

»Glaubst du, die Straßen sind jetzt sicher?« Sie zog die Lederjacke an, die sie gestern schon getragen hatte.

»Peter Chesterton meinte, dass sie nicht spüren können, dass ich hier bin.«

»Vertraust du ihm?«

Die Frage hatte er sich selbst eigentlich nie gestellt. »Ja«, sagte er, ohne zu zögern, und wunderte sich selbst ein wenig darüber. »Er ist sehr wachsam.«

Agatha lief aufgeregt auf der Bühne herum, sammelte hier und da Krimskrams ein und steckte ihn sich in die Jacke. »Wir sollten aufbrechen. Sofort!« Sie sprang hinab vom Bühnenrand. »Komm schon, worauf wartest du?«

Nicholas folgte ihr. »Danke«, sagte er.

Sie blieb stehen und sah ihn an. »Wofür?«

»Dass du mir hilfst.«

»Ich bringe dich nur zu Thackaberry«, stellte sie klar. Ihre Mondaugen ließen zu, dass er in sie eintauchte, dann schlug Agatha den Blick nieder und zog den Reißverschluss ihrer

Lederjacke hoch. Sie lief nach draußen und Nicholas folgte ihr. Der Nebel war in der Zwischenzeit dichter geworden, aber womöglich bildete sich Nicholas das auch nur ein.

Eine hagere Gestalt, die selbst wie ein Schatten wirkte, bewegte sich.

»Das ist er«, sagte Nicholas.

Agatha hielt vorsichtig Abstand.

»Ich bin Peter Chesterton.« Er stand unter einer Laterne, die nach Narnia aussah. »Sie müssen Agatha Myles sein.«

»Damit Sie es nur wissen«, stellte sie klar, »ich bin ein Findelgeist.«

»Und ich bin ein Flüsterer«, sagte er und näherte sich ihr. Er verneigte sich altmodisch distanziert. Dann beugte er sich vor und flüsterte ihr zu: »Das, was wir tun, zeichnet uns aus, junge Dame, nicht das, was wir sind.« Ein vertrauliches Zwinkern. »Es kam mir schon immer spanisch vor, dass die Menschen es lieben, andere auszugrenzen. Eine sehr seltsame Eigenart. Sie können so überaus kreativ sein und sind doch nur dumm.« Er machte ein sehr nachdenkliches Gesicht. »Warum sagt man das?«

Agatha wusste nicht, ob die Frage ihr galt, Nicholas dachte das Gleiche.

»*Spanisch*«, murmelte Chesterton nachdenklich. »Es kommt einem *spanisch* vor. Hm, nicht weiter wichtig.« Er schaute auf und lächelte aufmunternd. »Niemand hier«, stellte er fest. »Wir haben Glück.«

»Dann lassen Sie uns aufbrechen, bevor sich das Glück entschließt, woanders Fuß zu fassen«, sagte Agatha und ging voran.

»Sie ist sehr energisch«, flüsterte Chesterton Nicholas zu.

Er nickte nur.

»Und hübsch.«

Was sollte das denn jetzt? Nicholas warf ihm einen entnervten Blick zu.

»Hübscher als deine Freundin. Die mit dem selbstverliebten Dandy.«

Dandy?

»Exfreundin«, zischte Nicholas genervt und vergewisserte sich, dass Agatha nichts gehört hatte.

Chesterton nahm es belanglos zur Kenntnis. »Ich glaube, sie mag dich«, flüsterte er.

»Ich glaube«, zischte Nicholas, »wir sollten über etwas anderes reden.«

Agatha blieb stehen und drehte sich zu den beiden um. »Was ist los?«

»Nichts«, sagte Nicholas schnell.

Chesterton schaute zu einem der Dächer hinauf. »Efeu«, bemerkte er.

Agatha schüttelte den Kopf und ging weiter.

Das, dachte Nicholas, *war knapp.* Er warf dem Flüsterer einen bösen Blick zu, dann liefen sie weiter.

Sie folgten Agatha durch Bloomsbury, dessen Straßen voller Geister waren, die geschäftig ihren Belangen nachgingen. Schließlich kamen sie am Montague Place an. Dort brachte Agatha sie durch den Hintereingang ins Museum. Der Pförtner, ein Mann, der die strenge rote Uniform des britischen Indien-Regiments aus dem vorletzten Jahrhundert trug, begrüßte den Findelgeist.

»Das ist Mr. Southworth«, stellte Agatha ihn vor.

»Gestorben am Khyber-Pass, Januar 1842«, sagte er stolz,

»in Ausübung der ihm auferlegten Pflichten.« Den Backenbart von damals besaß er jedenfalls noch immer und seine Ausdrucksweise war so militärisch wie einst.

»Er hat seinen Posten nicht verlassen, als die feindliche Übermacht nahte«, erklärte Agatha.

»Und den Herren Kipling und Huston sei Dank, bin ich noch nicht in Vergessenheit geraten.«

Chesterton nickte dem Pförtner zu und schaute sich um. Der Flüsterer sah aus wie jemand, der sich nicht wohl in seiner Haut fühlte. »Ich denke«, schlug er ausweichend vor, »ich leiste Mr. Southworth Gesellschaft. Wir schwadronieren über die Abenteuer im fernen Indien. Und dergleichen.« Er hüstelte. »James Thackaberry und ich kennen einander so gut, dass es besser ist, wenn wir uns nicht unbedingt begegnen.« Er grinste betont lässig, aber seine Augen blieben ernst und seine Körperhaltung war der seiner Schirme nicht unähnlich.

»Okay«, sagte Nicholas.

Und Mr. Southworth fragte: »Tee?«

Selbstverständlich antwortete Chesterton: »Gerne.«

Agatha wunderte sich scheinbar über gar nichts. »Flüsterer«, murmelte sie nur, als sie sich entfernten und tiefer ins Museum hineingingen. Die Schritte hallten zwischen dem Steinboden und den hohen Decken, als suchten sie nach einem Weg hinaus. »Mr. Thackaberry«, erklärte Agatha und deutete nach vorne, »lebt dort drüben, in Raum vierundzwanzig.« Die Korridore waren spärlich beleuchtet, es lag mehr in den Schatten, als das Licht andeutete. Nicholas und Agatha gingen an den vielen Gemälden vorbei, die Hieroglyphen und Figuren aus dem alten Ägypten zeigten, dazwischen ein paar Bilder in Schwarz-Weiß. »Howard Carter im Tal der Könige«, sagte Agatha. »Er lebt jetzt wieder dort. Am Nil, meine ich.«

Nicholas betrachtete die Fotografien, sagte aber nichts. Alles hier hatte eine Geschichte zu erzählen. Er beobachtete Agatha, die sich in den Korridoren wie in einem Zuhause bewegte.

»Es ist so leise«, sagte Nicholas.

»Selbst am Tag ist es nicht viel lauter«, meinte Agatha. »Die Flüsterer arbeiten in den oberen Stockwerken. Man hört sie kaum. Sie sind sehr konzentriert. Ablenkung und Lärm sind ihnen zuwider.«

Nicholas fragte sich, wie viele Flüsterer es wohl gab und wie viele von ihnen für Mr. Thackaberry arbeiteten.

»Da ist der Eingang zur Bibliothek«, erklärte Agatha. »Sie ist so was wie das Herz aller Geschichten.«

Hier kannte sich Nicholas zumindest aus, weil er an genau dieser Stelle mit Jonathan Fry einmal Kaffee getrunken hatte. In dem Museum in dem anderen London gab es an dieser Stelle ein kleines Museums-Café.

Agatha ging schnellen Schrittes weiter, Nicholas hastete ihr schweigend hinterher. Schließlich kamen sie zu einem großen Raum, in dem Exponate aller Art aus den verschiedensten Kulturkreisen ausgestellt waren. Grimmige Figuren, Furcht einflößende Masken, fremdartige Gegenstände, große und kleine Särge, Lieder und Totengebete, niedergeschrieben auf Pergament, eingeritzt in Holz oder Ton, dazu edler Schmuck, Beigaben für die Welt, in die die Dahingeschiedenen gehen würden, jenen Ort, der das Ende einer langen Reise markierte.

»Das ist die *Galerie vom Leben und vom Tod*«, sagte Agatha. »So nennt man die Ausstellung dort, wo du herkommst.«

Nicholas war bisher erst ein einziges Mal im Britischen Museum gewesen, natürlich in Begleitung von Jonathan Fry, der ihn in einem unglaublichen Eiltempo durch alle Abteilungen geführt und nicht mit Informationen gegeizt hatte – nicht zuletzt, weil er der Meinung gewesen war, dass ein angehender Schriftsteller mit einem richtigen Vertrag in der Tasche mindestens einmal im Monat einen halben Tag im Britischen Museum oder einem anderen Museum, vorzugsweise in London, zubringen sollte. »Jeder Autor, der intellektuell sein will, braucht einen Mentor, der ihn bildet«, hatte Jonathan gesagt. »Und das Schicksal will es, dass ich dein Mentor bin.« Nicholas hatte ihm nicht gesagt, dass er nur Geschichten schreiben wollte und sehr weit von dem Wunsch entfernt war, intellektuell zu sein.

»Was ist so komisch?«, wollte Agatha wissen.

Nicholas schreckte aus seinen Gedanken auf. »Nichts«, sagte er instinktiv.

»Du hast gegrinst.«

»Oh, das.«

Sie sah ihn neugierig an.

»Ich musste an jemanden denken.«

»Jemand, der dich zum Lachen bringt?« Klang sie etwa eifersüchtig?

Nicholas erzählte ihr von seinem Lektor und dem Besuch im Museum. »Damals, als wir hier waren, gab es die Ausstellung wohl noch nicht. Oder wir haben sie übersehen, weil Jonathan so viel geredet hat.« Womöglich waren sie vom Weg abgekommen, was in einem Museum wie diesem ziemlich leicht passieren konnte – erst recht, wenn man sich in der Begleitung eines extrem geschwätzigen Lektors befand, der glaubte, sich hier auszukennen.

Agatha nickte beiläufig. »Es geht um die Geschichten«, erklärte sie, »mit denen sich die Menschen das Leben und den Tod zu erklären versuchten. Um die ganzen Riten, die es nur deswegen gibt, damit man sich wenigstens ein paar Antworten auf die Frage, was *danach* kommt, zurechtlegen kann.«

Nicholas schaute sich um. Es gab hölzerne Skulpturen, die Bären und Gänse, fest ineinander verschlungen, darstellten. Es gab Gegenstände, die aus Papier oder Bambus nachgebildet waren, nur um sie zu verbrennen, auf dass sie dem Toten auch weiterhin zur Verfügung stünden. Ein Sarg aus Australien, gefertigt aus einem Baumstamm, den Termiten ausgehöhlt hatten, dazu eine Vielzahl weiterer Särge in allen nur erdenklichen Farben des Regenbogens und in allen Formen, die Mensch und Natur sich ausdenken konnten. »Nicht für alle ist der Tod grau«, sagte Agatha. »Für viele ist das Ende schon im Leben ein neuer Anfang, etwas, das es zu feiern gilt, weil der Kreislauf von Neuem beginnt.« Es gab Bilder, die wilde, fröhliche Tänze zeigten, lodernde Feuer und singende Menschen in bunten Kostümen. Die Masken mit den Fratzen, die man mancherorts getragen hatte, befanden sich in Vitrinen, flammende Gesichter von Wesen, die niemals jemand zu Gesicht bekommen hat, lachend, fauchend, heiter und traurig, mit Sonnenstrahlen und Tränen, deren Quellen immer die Augen waren. »Es gibt so viele Erklärungen für das, was nach dem

Tod kommt«, sagte Agatha, »aber niemand hat das hier vorausgesehen.«

Nicholas erschauderte. Vieles, was er hier sah, sollte den Menschen Angst einjagen oder im Gegenteil Mut machen. Doch niemand kam in den Sinn, dass sich gar nicht so viel änderte. Dass man am Ende genau dort weiterlebte, wo man zu Hause gewesen war.

»Es gibt keinen Tod«, sagte Agatha, »nur das Leben. Und irgendwie geht es immer weiter.«

Irgendwo, bemerkte Nicholas erst jetzt, lief leise Musik, die nicht so richtig hierher passte. Sie hörte sich an wie aus den alten Filmen, die seine Großmutter spätabends geschaut hatte.

»Er mag Bob Dylan«, flüsterte Agatha. Dann rief sie laut: »Hallo?«

Eine Stimme, dunkel und schwer wie guter Pfeifentabak, antwortete: »Es ist recht spät und ich frage mich, was genau Sie wohl zu dieser Stunde hierherführt.« Hinter der nächsten Vitrine, in der sich indischer Schmuck befand, trat ein Mann hervor. »Und Sie sind nicht allein, was mich, ich gestehe es, neugierig werden lässt.«

»Nicholas James«, stellte er sich vor.

»Guten Abend, Nicholas James.« Ein kurzes Nicken. »Ich bin James Thackaberry.«

Nicholas nickte höflich zurück.

»Er ist nicht tot«, platzte Agatha gleich mit dem Wesentlichen heraus.

»Na, das«, murmelte Mr. Thackaberry nachdenklich, »ist ja mal etwas Neues.« Der Mann hatte die Aura eines erfahrenen alten Kapitäns, der schon lange nicht mehr zur

See fährt – dichte Koteletten, eine Hornbrille, das Haar blond und ungezähmt wie nach einem Sturm, der das Schiff und seine Besatzung an die Klippen gespült hat. Seine Kleidung indes deutete eher einen Gelehrten und bestimmt keinen Kapitän an: heller Cord, eine Hose mit Schlag, ganz Retro-70er-Style, dazu ein braunes Hemd, das fast rot schimmerte und am Kragen von einer Fliege verschlossen wurde. Er sah aus wie die Archäologen auf den vergilbten Fotos, die überall in der ägyptischen Abteilung an den Wänden hingen (bis auf die Hose mit Schlag jedenfalls), wie jemand, der in alten Filmen auf Booten wie der *African Queen* herumsteht oder auf Inseln wie *Skull Island* nach riesigen Kreaturen sucht. »Miss Myles«, kam er zum Thema zurück. »Was genau verschafft mir die Ehre?«

»Nicholas hat erfahren, dass jemand Sie umbringen möchte.«

Mr. Thackaberry hielt inne. Er schob sich die Brille mit den dicken Gläsern zurecht, die Augen dahinter blickten wachsam und waren hellblau wie die Südsee.

»Deswegen sind wir hier.«

Das nannte Nicholas mal einen direkten Einstieg.

»Das ist in der Tat ein triftiger Grund, hier aufzutauchen«, murmelte Thackaberry.

Nicholas pflichtete Agatha bei. »Ich soll etwas erledigen«, sagte er. »Für jemanden namens Silas Gildersleeve.«

Mr. Thackaberry sah nicht aus, als würde ihn das überraschen. »Die Dinge in dieser Stadt«, sagte er mit einem bitteren Anflug abgeklärten Bedauerns, »sind anscheinend komplizierter geworden.« Er winkte die beiden zu sich. »Kommen Sie mit und dann berichten Sie mir, was Sie wissen. Lassen Sie nichts aus. Auch auf den ersten Blick unwichtig erscheinende Kleinigkeiten können von Bedeutung sein.« Er drehte sich um und ging voran, ohne eine Reaktion der beiden abzuwarten. »Gildersleeve also, hm«, murmelte er. »Schon wieder! Immer wenn dieser Name auftaucht, muss man sich ernsthaft Sorgen machen.« Er seufzte abermals, dann erreichten sie einen großen Schreibtisch, der zwischen zwei Sarkophagen stand, von denen keiner auch nur annähernd ägyptisch aussah. »Wir leben wohl gerade in unruhigen Zeiten.« Thackaberry forderte Agatha und Nicholas auf, sich zu setzen, dann erst nahm er hinter dem Schreibtisch Platz und wirkte auf einmal kleiner als noch vorhin. »Es geschehen seltsame Dinge in der Stadt und damit meine ich nicht nur das Verschwinden meines Flüsterers.« Er schaute die beiden an, hielt inne und sagte dann: »Aber jetzt sind Sie erst mal an der Reihe, Nicholas James.«

Nicholas erzählte alles, was er wusste, und von allem, was ihm widerfahren war. Als er fertig war, breitete sich ein Schweigen im Raum aus. Nur die Musik lief leise in den Schatten, die sich zwischen dem Licht breit machten.

»Nun denn«, begann Thackaberry schließlich, »das sind dann ja mal Neuigkeiten.« Er zündete sich eine Pfeife an, langsam, geduldig, und paffte Kringel in die Luft. »Ich weiß gar nicht, was ich sagen soll. Beziehungsweise womit ich beginnen soll.« Er betrachtete Nicholas wie jemand, der ein seltenes Tier entdeckt hat und zu klassifizieren versucht. »Sie sind also Schriftsteller.« Das allein schien schon interessant zu sein. »Und Sie sind nicht tot. Ich meine, Sie sind nicht gestorben. Und dennoch sind Sie hier.«

Nicholas nickte.

»Und Sie haben all das, wovon Sie erzählt haben, wirklich erlebt?«

»Ja.«

»Sie haben keine Ahnung, wie Sie hierhergekommen sind?«

»Na ja.« Er beschloss, einigermaßen ehrlich zu sein. »Ich habe nachts einen Geist gesehen.« Dann erzählte er von dem Hausboot und dem ersten Satz des neuen Romans, den er geträumt hatte beziehungsweise der ihm zugeflüstert worden war. Beim Rest schummelte er ein wenig und kam direkt zu der Stelle, an der er in die Stadt aus Nebel gewechselt war und den Flüsterer getroffen hatte. »Peter Chesterton«, sagte er, »hat mir geholfen, mich zurechtzufinden.«

Mr. Thackaberry schaute auf und seine Stirn legte sich in Falten. »Chesterton?«

Agatha nickte.

Nicholas ergänzte beschwichtigend: »Er hat mir gesagt, dass Sie nicht erfreut sein werden, von ihm zu hören.«

»Ja, da hat er wohl recht.«

»Aber er ist auf Ihrer Seite.«

Thackaberry schnaubte: »Ist er das?«

Nicholas nickte.

»Wo ist er?«, wollte Thackaberry wissen.

Agatha sagte: »Er trinkt Tee mit Mr. Southworth.«

Thackaberry rollte die Augen. »Was für ein Abend«, knurrte er gallig.

»Warum können Sie ihn nicht leiden?«, wollte Nicholas wissen.

»Hat er Ihnen das nicht gesagt?«

Ein Kopfschütteln.

»Das sieht ihm ähnlich.«

Damit wusste Nicholas so viel wie zuvor.

»Ich werde es Ihnen auch nicht sagen, Mr. James. Sie müssen ihn da schon selbst fragen.«

Nicholas zuckte mit den Achseln.

»Wir können einander nicht leiden«, konkretisierte Thackaberry ein wenig. »Aber wir sind zivilisierte Menschen. Was immer also einmal gewesen ist, wir gehen uns aus dem Weg, wie kultivierte Menschen es tun.« Das schien alles zu sein, was er dazu zu sagen hatte. »Er soll bei Mr. Southworth bleiben und den Tee genießen. Ist mir einerlei. Hauptsache, er verschwindet gleich wieder aus meinem Museum.«

Nicholas fand, dass es an der Zeit war, den Flüsterer zu verteidigen. »Er hat mir geholfen.«

»Glauben Sie das wirklich?«, fragte Thackaberry. »Er hat Unannehmlichkeiten noch nie gemocht.«

»Ja, aber ...«

»Er hat Ihnen geholfen, weil es in seinem Interesse ist.«

Nicholas musste sich Mühe geben, nichts Falsches zu sagen. Thackaberry durfte nicht wissen, dass Chesterton in beiden Welten lebte und wechseln konnte, wann immer ihm danach zumute war.

»Aber lassen Sie uns nicht andauernd über Chesterton reden«, begann Thackaberry, legte die Pfeife beiseite und faltete die Hände, »denn um eines klarzustellen: Das, was Gildersleeve behauptet hat, ist eine faustdicke Lüge.« Er sah Nicholas in die Augen, um seine Aussage zu betonen. »Ezra Maliphant ist derjenige, der alle diese armen Gestalten, die zu Nachtmahren geworden sind, einfängt. Und

Gildersleeve ist sein Handlanger. Der Roman, den Edward Golden schreibt, hat damit nichts zu tun. Und ich ebenso wenig.«

»Das hat Chesterton auch gesagt.«

Thackaberry warf ihm einen ungeduldigen Blick zu. »Mag sein«, murmelte er. »Dass Sie Edward Golden vergiften sollen, erschreckt mich allerdings. Ich hätte nicht gedacht, dass Gildersleeve und die Maliphants so weit gehen würden. Außerdem habe ich das Gefühl, dass das nicht alles ist. Es wusste ja niemand, dass es Sie in unsere Stadt verschlägt. Und Maliphant und Gildersleeve planen immer vorausschauend. Das ist ihre Art. Mir erscheint es eher so, als ergriffen sie eine Gelegenheit, die sich ihnen zufällig geboten hat, beim Schopfe.« Er warf Agatha einen Blick zu, dann wandte er sich wieder an Nicholas. »Nun denn, vermutlich hat Miss Myles Ihnen bereits von dieser leidigen Sache erzählt.« Er rollte entnervt mit den Augen. »Oder Chesterton hat es getan.« Er schüttelte missbilligend den Kopf. »Die Familie Maliphant, allen voran Ezra Maliphant, macht mir seit Jahren den Posten im Museum streitig. Die üblichen politisch motivierten Intrigen, hier ein paar Falschinformationen, dort ein wenig üble Nachrede. Was da im Einzelnen passiert, muss Sie nicht weiter kümmern. Die üblichen Ränkespiele derer, die Macht erlangen wollen. Dass sie aber nun zu solchen Mitteln greifen, ist wahrlich erschreckend.« Er trommelte mit den Fingern auf der Tischplatte herum, als könne ihm das beim Nachdenken helfen. »Als würde mir das ungeklärte Verschwinden des Flüsterers nicht schon genug Kopfzerbrechen bereiten.«

Agatha, die neben Nicholas saß, hielt sich die ganze Zeit über zurück. Dennoch ließ sie Thackaberry nicht aus den Augen, so als erwarte sie, gleich einen neuen Auftrag zu erhalten.

Ein paar Augenblicke herrschte Stille, nur Bob Dylan nölte sein Lied.

»Was machen wir jetzt?«, wollte Nicholas schließlich wissen.

»Wir?« Thackaberry zog eine Augenbraue hoch. »Das alles geht Sie nichts an, Mr. James. Ich bin Ihnen wirklich sehr dankbar für die Information, die Sie mir gebracht haben, aber Sie um Hilfe zu bitten würde gleichsam bedeuten, Sie in Gefahr zu bringen. Und das kann ich nicht verantworten. Nun ja, das *will* ich nicht verantworten. Gehen Sie zurück in Ihr London und schreiben Sie Ihr Buch.« Er dachte nach. »Und, wenn es Ihnen nichts ausmacht, seien Sie bitte so nett und tun Sie nichts, aber auch wirklich gar nichts von dem, worum Gildersleeve Sie gebeten hat. Edward Golden, der Autor, der meine Geschichte schreiben soll, darf nicht sterben. Nicht, bevor sein Roman beendet und veröffentlicht worden ist. Mein Leben hängt davon ab.«

»Ich hatte nie vor, ihn zu töten.«

Thackaberry nahm das zur Kenntnis. »Gut«, sagte er. »Wenn ich schwächer werde, beginne ich irgendwann zu verblassen. Die Maliphants werden die Gelegenheit nutzen und das Museum übernehmen und wenn die Flüsterer erst mal für sie arbeiten, dann werden sie Chaos verbreiten und Albträume herstellen und ich vermute, das wird auch das London auf der anderen Seite beeinflussen.«

Nicholas hatte befürchtet, dass er so etwas sagen würde. »Was kann dort passieren?«

»Vieles«, sagte Thackaberry unheilschwanger. »Stellen Sie sich vor, dass Flüsterer bewusst falsche Geschichten zu erzählen beginnen. Solche, die nichts mit den wahren Geschichten der Menschen, die hier leben, zu tun haben. Sie würden neue Nachtmahre erschaffen und Nachtmahre sind gefährliche Wesen. Sie haben nur einen gesehen und Sie waren durch die Wände einer Kiste von ihm getrennt, doch stellen Sie sich vor, was passieren wird, wenn Sie einer solchen Kreatur in der Straße begegnen.« Thackaberry senkte den Blick. »Wenn man erst einmal jemanden an einen Nachtmahr verloren hat«, murmelte er, »dann …« Hier verstummte er mit einem leisen Krächzen. »Die Lebenden wären ängstlicher, denn wer nachts Albträume hat, wird im Wachen schwächer und aggressiver, weil der Schlaf, den er zum Kräftesammeln braucht, keine Oase der Ruhe mehr ist.«

Nicholas sagte: »Dann liegt es also doch auch in meinem Interesse, dass all das nicht passiert.«

Thackaberry nickte. »Natürlich ist es das«, sagte er. »Dennoch kann ich Sie nicht darum bitten, mir zu helfen.« Er wirkte auf einmal müde, fast schon ein wenig unscharf. »Außerdem habe ich keine Ahnung, wie diese Hilfe aussehen könnte. Sie sind in dieser Stadt ein Fremder und in Ihrem London gibt es nichts zu tun. Edward Golden ist nicht persönlich bedroht, allein fehlt ihm die Inspiration, die Geschichte in meinem Sinne fortzuschreiben.«

»Was ist mit dem Flüsterer passiert, der verschwunden ist?«, wollte Nicholas wissen.

»Es gibt keine Spur, nicht einen Hinweis.« Thackaberry wirkte zerknirscht. »Robert Fortisquince hat sich über Monate hinweg mit meiner Geschichte vertraut gemacht. Es ist unmöglich, ihn zu ersetzen.«

Zögerlich schaltete sich Agatha ein: »Glauben Sie, dass Gildersleeve etwas damit zu tun hat?«

»Gildersleeve steckt immer dahinter, wenn irgendwo Schlimmes passiert«, sagte Thackaberry wütend. »Auf die eine oder andere Art hat er seine Finger im Spiel. Er und die verfluchten Maliphants.« Seine Finger trommelten jetzt noch viel schneller auf der Tischplatte, dann zwang er sich zur Ruhe und faltete die Hände. Er sah Nicholas an, dann Agatha. »Andererseits …« In seinen Augen blitzte eine Idee auf. »Vielleicht habe ich gerade eine neue Aufgabe für meinen Findelgeist gefunden.« Er lächelte, aber dieses Lächeln gefiel Nicholas ganz und gar nicht.

Er tauschte einen Blick mit Agatha, die abwartend auf ihrem Stuhl saß und sich verhielt wie eine Dienstbotin.

»Als Fortisquince verschwunden ist«, erzählte Thackaberry, »ließ ich natürlich sofort Nachforschungen anstellen. Die gänzlich erfolglos endeten, wie ich zugeben muss. Dafür erfuhr ich etwas anderes, nämlich dass ein ehemaliger Flüsterer unerwartet zu viel Geld gekommen war. Vordergründig scheint dies nichts mit dem Verschwinden von Fortisquince zu tun zu haben, aber nicht oft ereignen sich viele seltsame Dinge so zufällig und dazu noch gleichzeitig. Albert Schofield, müssen Sie wissen, hat früher für mich gearbeitet, doch dann hat er sich auf krumme Geschäfte eingelassen.« Er zog ein Gesicht. Dass der fragliche Flüsterer sich mit den Maliphants eingelassen hatte, war offenkundig. »Das alles liegt mehr als zwanzig Jahre zurück. Albert Schofield hat sich zurückgezogen und verdiente seitdem seinen Lebensunterhalt als Händler.« Er hielt inne und vergewisserte sich, dass Nicholas ihm auch interessiert zuhörte. »Angeblich hat Schofield vor einigen Tagen überall herumerzählt, dass die mauen Zeiten für ihn vorbei seien. Ein Auftrag, den er vor langer Zeit angenommen habe, sei nun endlich abgeschlossen. Dafür sei er fürstlich entlohnt worden. Darüber hinaus gab er sich sehr wichtig und betonte, dass Mr. Maliphant persönlich auf ihn zähle und er ihm darüber hinaus etwas Wertvolles anvertraut habe.« Voller Verachtung fügte Thackaberry hinzu: »Schofield konnte noch nie etwas für sich behalten.«

Nicholas fragte sich, worauf die Geschichte wohl hinauslief.

»Meine Neugierde war geweckt. Wenn Schofield etwas mit Maliphant zu schaffen hatte, dann wollte ich wissen, was es war. Ich konnte in Erfahrung bringen, dass es sich bei diesem Wertvollen um einen Gegenstand handelte, den Ezra Maliphant an den alten Flüsterer übergeben hatte, ein Gegenstand, der seit vielen Jahren im Anwesen von Greenwich verborgen gewesen war.«

Nicholas fragte: »Woher wussten Sie von diesem Objekt?«

Thackaberry bemerkte: »Sie sind neugierig.«

»Ich bin Schriftsteller«, verteidigte sich Nicholas.

»Sie verwechseln den Schriftsteller mit dem Journalisten.«

»Journalisten sind bessere Lügner«, sagte Nicholas. »Sie tun so, als würden sie mit Wahrheit handeln. Schriftsteller tun das nie.«

Thackaberry lächelte. »Ja, kann sein.«

»Also?«

»Ein Dienstmädchen in Greenwich hält zuweilen die Ohren auf und teilt mir mit, was sie gehört hat.«

Es war also kein Zufall, dass er von dem Gegenstand gehört hatte. Er ließ die Maliphants ausspionieren.

»Ich wusste nicht, was das für ein Objekt war, ich wusste nur, wie es aussah. Und ich kannte jemanden, der es für mich besorgen würde.« Er warf einen Blick auf Agatha.

Nicholas verstand. »Der Wohnwagen«, flüsterte er.

»Genau. Du hast dich ausgerechnet in Mr. Schofields Wohnwagen versteckt«, sagte Agatha.

»Und du hast gefunden, wonach du gesucht hast«, entgegnete Nicholas.

Sie nickte.

»Findelgeister«, bemerkte Thackaberry, »sind sehr geübt darin, Dinge zu besorgen.« Er holte einen Beutel aus der Schublade des Schreibtischs hervor und legte ihn vor ihnen auf den Tisch. Dann öffnete er ihn behutsam.

»Was ist das?«, fragte Nicholas.

Der Gegenstand war sehr klein und gläsern. »Sieht aus wie ein Stundenglas«, sagte Thackaberry, »ist aber keins.«

Es befand sich kein Sand in dem Glas, sondern etwas, das wie weiße Tinte aussah. Ein besserer Vergleich fiel Nicholas nicht ein. Etwas, das wie in dem Behältnis schwebte, sich zu winzigen Wolken formierte und Sekunden später zerfloss, träge gegen die Glaswände stieß und in ständiger Bewegung war.

»Ich weiß nicht, was das ist.« Thackaberry war ehrlich. »Ich habe so etwas noch nie zuvor gesehen.«

Nicholas streckte die Hand aus und berührte das gläserne Ding mit dem Finger. Es fühlte sich kalt an.

»Das Stundenglas wird einen Zweck erfüllen«, sagte Thackaberry.

»Ja, und Mr. Schofield wird es vermissen«, gab Agatha zu bedenken. »Er wird mittlerweile wissen, dass jemand bei ihm eingebrochen ist.«

»Was immer er damit vorhatte, er wird dies jetzt nicht mehr tun können«, sagte Thackaberry und das schien ihm vorerst zu genügen.

»Sie glauben also, dass dieser Gegenstand wichtig ist.« Nicholas musste plötzlich an das denken, was Chesterton ihm gesagt hatte, nämlich dass auch Gegenstände sterben können – und er fragte sich, ob dies womöglich dem gläsernen Stundenglasding widerfahren war.

»Dies herauszufinden wird Miss Myles' Aufgabe sein«, verkündete Thackaberry.

Agatha rührte sich nicht, ließ nur durch ein kurzes Nicken erkennen, dass sie wohl keine andere Wahl hatte.

»Ich werde sie begleiten«, sagte Nicholas mit fester Stimme.

»Ich arbeite lieber allein«, widersprach sie ihm.

»Ich wollte nicht …«

»Schon klar«, sagte sie.

Thackaberry beobachtete die beiden.

»Was soll ich also tun?«, wollte Agatha wissen.

»Hier, nehmen Sie das Stundenglas. Finden Sie heraus, um was es sich handelt und ob es etwas mit Fortisquinces Verschwinden und dieser ganzen Sache zu tun hat.«

Agatha griff nach dem Stundenglas. »Ist gut«, sagte sie

wie jemand, der daran gewöhnt ist, Befehle auszuführen. Sie legte das Stundenglasding in den Beutel zurück, verschnürte ihn und steckte ihn ein. »Ich melde mich, sobald ich etwas erfahren habe«, versprach sie.

Thackaberry sah sie lange an, dann lächelte er offen und herzlich und zum ersten Mal hatte Nicholas das Gefühl, dass er ihm trauen konnte.

»Komm!« Agatha stand auf und zupfte ihn am Ärmel. »Wir gehen jetzt.«

Nicholas verabschiedete sich von Thackaberry.

Dann verließen sie die *Galerie der Lebenden und der Toten*. Und während Nicholas sich fragte, was das alles zu bedeuten hatte, schien Agatha genau zu wissen, was zu tun war.

9

»Wie ist es gelaufen?« Chesterton schien bester Laune zu sein, als sie das Britische Museum verließen.

»Er hat sich alles angehört, was wir zu sagen hatten«, berichtete Nicholas und fasste die Begegnung mit Thackaberry im Wesentlichen zusammen.

Sie waren jetzt draußen auf dem Montague Place, im Nebel, in der Nacht. Sofort wurde Nicholas sich der Tatsache bewusst, dass jemand sie beobachten und ihnen folgen könnte. Er verspürte eine innere Unruhe, den Herzschlag des Verfolgten. Hinter jeder Ecke vermutete er Augen und Ohren, die ihnen auf der Spur waren.

»Es folgt uns niemand«, sagte Chesterton plötzlich, als habe er Nicholas' Gedanken erraten.

Sie standen noch vor dem Hintereingang, durch den sie gerade erst nach draußen getreten waren.

Chesterton knöpfte sich die Jacke zu, beobachtete die Leute, die sich in nächster Nähe herumtrieben, und war wachsam. Während er Nicholas zuhörte, sondierte er die Gegend und die Passanten, die wie Silhouetten durch den Nebel wandelten. Die Stadt wirkte abweisend und kühl, bedrohlich und lauernd. Nicht zum ersten Mal fragte sich Nicholas, was er hier überhaupt verloren hatte.

»Wissen Sie, was das hier ist?« Agatha zeigte Chesterton verstohlen hinter vorgehaltener Hand das kleine Stundenglas.

»Sieht aus wie ein Stundenglas«, sagte Chesterton.

»Sonst wissen Sie nichts darüber?«

»Ja.« Die Frage schien ihn zu überraschen. »Was genau ist es denn?«

Nicholas sagte: »Das sollen wir herausfinden.«

Und Agatha betonte: »*Ich* soll es herausfinden.« Die Mondaugen blitzten trotzig.

»Ja, ich weiß«, antwortete Nicholas. Er wollte nicht mir ihr darüber streiten, zumal er in keiner Weise erpicht war, in dieser Angelegenheit aktiv zu werden. Jetzt, wo er wieder draußen auf der Straße stand, verspürte er den starken Drang, hier ein für alle Mal zu verschwinden, in sein London zurückzukehren und all die Dinge zu tun, die er mochte und die Spaß machten. Doch dann sah er Agatha und versank in ihren Augen, die ihn einfach nicht losließen, auch wenn sie ihm nie länger als ein paar Sekunden erlaubten, in sie einzutauchen. Agatha hatte nämlich die Angewohnheit, entweder ständig ihren Blick niederzuschlagen oder höchst argwöhnisch die Gegend zu beobachten und sie nach Gefahren abzusuchen.

»Aber wenn mir jemand zur Seite steht, wäre das toll.« Sie lächelte. Immerhin. Ein Angebot.

Chesterton gab Nicholas einen Wink. »Ich habe noch etwas zu erledigen«, sagte er, »deswegen kann ich euch beide nicht begleiten.«

»Was haben Sie zu erledigen?«, wollte Agatha wissen.

»Flüsterergeschäfte«, antwortete er vage und geheimnisvoll.

»Haben Sie jemanden gefunden, der die Geschichte erzählt?«, hakte Nicholas nach.

»Die Geschichte, die du hättest erzählen sollen?« Chesterton schüttelte den Kopf. »Nein, aber darum geht es jetzt nicht. Wobei, es hat vielleicht sogar etwas damit zu tun. Irgendwie. Aber wenn man es so betrachtet, dann hat alles irgendwie mit allem zu tun, nicht wahr?«

Nicholas starrte ihn an. Manchmal konnte er richtig nervig sein.

»Was haben Sie eigentlich da drinnen die ganze Zeit über gemacht?«, wollte Nicholas wissen.

»Ich habe mich mit Mr. Southworth unterhalten.«

Nicholas starrte ihn abwartend an.

»Aber nichts Wichtiges erfahren.«

Agatha warf Nicholas einen langen Blick zu.

Plötzlich klatschte Chesterton spontan in die Hände. »Wir sollten, denke ich, in Bewegung bleiben.«

»Ich muss rüber nach Holborn«, sagte Agatha. »Zur U-Bahn-Station.«

Nicholas wusste nicht, was sie dort wollte, beschloss aber, nicht nachzufragen. Sie würde es ihm sagen, wenn ihr danach war. Und wenn sie es ihm nicht sagen wollte, dann würde eine Frage auch nichts bringen.

»Ich begleite euch ein Stück«, sagte Chesterton. Offenbar ging er davon aus, dass Nicholas das Mädchen in jedem Fall begleiten würde.

So verließen sie den Montague Place in Richtung Bloomsbury Square. Nicholas fiel auf, dass die Bäume, die hier standen, nur knorriges Geäst waren, kaum mehr als schattenhafte Pinselstriche. Die Passanten, denen sie begegneten, schenkten ihnen keinerlei Beachtung. Nicholas bemerkte, dass die meisten von ihnen gedankenverloren wirkten. Auf den Straßen fuhren Kutschen und alte Autos gleichermaßen, alles wirkte so, als hätten sich sämtliche Realitäten der Geschichte überschnitten.

»Sagt Ihnen der Name Albert Schofield etwas?«, wollte Agatha wissen. Sie ging dicht neben Nicholas.

Chestertons Augen blitzten neugierig auf. »Der Flüsterer?«

»Genau der.«

»Ist raus aus dem Geschäft, soweit ich weiß.«

Nicholas erzählte ihm, was sie von Thackaberry erfahren hatten. Hier draußen in den Straßen wirkte das alles noch unheimlicher und viel realer.

»Das wundert mich nicht«, sagte Chesterton. »Schofield ist berüchtigt. Um ihn ranken sich eine Menge Geschichten. Und keine davon ist wirklich erbaulich, so viel sei mal vorausgeschickt.« Der Blick wurde wieder finster. »Es sind wirre Geschichten, die mit Experimenten und mit Magie zu tun haben. Nicht glaubwürdig, will ich meinen.« Er hob den Finger. »Aber sehr, sehr gruselig.« Dann stakste er weiter den Gehweg entlang.

»Sie machen mich neugierig.«

Chesterton lächelte breit. »Sie haben ihn bestohlen?«

Agatha nickte. »Ja.«

»Und jetzt haben Sie Angst, dass er Ihnen auf die Schliche kommen könnte.«

»Er wird dieses Stundenglasding vermissen, so viel ist mal klar.« Sie berührte ihre Jacke dort, wo sie den Gegenstand verborgen hielt. »Mir ist nicht wohl dabei, mit dem Ding durch die Stadt zu laufen. Aber Thackaberry hat mir aufgetragen herauszufinden, was es damit auf sich hat.«

»Und wie wollen Sie das herausfinden?«

»Ich kenne jemanden, der sich mit solchen Dingen auskennt.«

Chesterton blieb an der nächsten Straßenecke stehen und spähte in den Nebel hinein.

»Madam Thompson«, sagte Agatha.

Chesterton nickte bestätigend. »Madam Thompson, aha!«, murmelte er. »Habe von ihr gehört.«

Nicholas bewunderte Agathas Entschlossenheit.

»Sie haben erwähnt«, sagte er, »dass Mr. Schofield mit Magie und Experimenten zu tun hatte.«

Chesterton streckte sich und fuhr sich mit beiden Händen durchs Haar. »Das erzählt man sich so.« Er gab aber zu bedenken: »Wie alles, was man sich erzählt, muss es nicht der Wahrheit entsprechen.« Sein Kopf zuckte hin und her wie bei einem Vogel, der auf einer Wiese sitzt und sich davor hütet, der Katze zu begegnen. »Tatsache ist, dass er mit Gildersleeve zu tun hatte. Er war einer seiner Handlanger. Das war in den Jahren, nachdem Thackaberry ihn vor die Tür gesetzt hat.«

»Was hat er getan?«

»Er hat Nachtmahre erschaffen.«

Nicholas schauderte.

»Er hat die Geschichten, die er hätte erzählen sollen, verändert, sodass die Kunden, in deren Auftrag er gehandelt hat, sich verwandelten. Thackaberry merkte es erst, als es zu spät war. Mehrere Geister starben als Nachtmahre und einige sind bis heute, so munkelt man, verschollen. Es gab ein paar Untersuchungen, aber es war schwer, ihm ein Fehlverhalten nachzuweisen. Er wurde unehrenhaft entlassen und schlug sich mit zwielichtigen Tätigkeiten durchs Leben. Tatsache ist jedoch, dass er eine Zeit lang für Gildersleeve gearbeitet hat.« Er schaute Agatha an. »In gewisser Weise hat er für Gildersleeve genau das getan, was auch Ihre Aufgabe im Museum ist: Er hat Dinge besorgt. Er hat Sachen in Erfahrung gebracht. Und er hat Aufträge erledigt.« Das klang wieder sehr geheimnisvoll. Nicholas wurde den Verdacht nicht los, dass Chesterton es genoss, sich selbst zu inszenieren. »Um was genau es dabei ging, kam nie ans Tageslicht. Irgendwann verschwand Schofield dann ganz von der Bildfläche. Und erst viel später tauchte er wieder auf. Er handelt jetzt mit toten Sachen. Totenzeug.«

»Totenzeug?«

»Gegenstände, die gestorben sind und hier auftauchen«, erklärte er. »Sie gehören anfangs niemandem. Es gibt Geister, die sie einsammeln und verkaufen. Ein lukratives Geschäft.«

Nicholas musste an sein altes Smartphone denken, das in den Müll gewandert war. Konnte es sein, dass es hier in dieser Stadt wieder zum Leben erwacht war? Wenn ja, nach welchen Regeln funktionierte es? Und was war mit den vielen anderen Dingen, die er im Lauf der Jahre weggeworfen hatte?

»Dass er am Primrose Hill lebt und die Nase tief in den Marktgeschäften vergraben hat«, fuhr Chesterton fort, »ist kein Geheimnis.« Er sah Agatha an. »Dennoch habe ich keine Ahnung, was es mit diesem Stundenglas auf sich hat. Die Nebel darin sehen lebendig aus, irgendwie aber auch wieder nicht.«

»Sie bewegen sich«, warf Nicholas ein.

»Nicht alles, was sich bewegt, ist auch lebendig«, erwiderte Chesterton.

»Aber was hat das alles mit Magie zu tun und welche Experimente haben Sie gemeint?«

Chesterton zuckte mit den Achseln. »Es gibt keine Magie«, sagte er. »Alles, was in der Welt passiert, folgt den Gesetzen der Natur. Diejenigen, die wir nicht verstehen, bezeichnen wir oft als Magie. Das ist aber nicht korrekt.« Er dachte einen Moment nach, schaute zu den Dächern der Häuser hinauf. »Wie auch immer, Albert Schofield soll dubiose neue Techniken an den Menschen, denen er zugeflüstert hat, erprobt haben. Manche glauben sogar, dass sich Künstler seinetwegen umgebracht haben.«

Nicholas dachte an die vielen Künstler, die irgendwann in ihrem Leben den Freitod gewählt hatten. Konnte es sein, dass jemand wie Mr. Schofield hinter all dem steckte? Oder handelte es sich dabei um reine Zufälle? *Dubiose neue Techniken* klang jedenfalls nicht gut.

»Das alles sind nur Gerüchte, wohlgemerkt.« Chesterton legte großen Wert darauf, das klarzustellen. »Sicher ist nur, dass Schofield kein netter Zeitgenosse ist und dass er immerzu schon in äußerst mysteriöse Geschäfte verstrickt war.« Er sah Agatha warnend an. »Wenn er sein Stundenglas vermisst, dann könnte er sich auf die Suche danach begeben. Seid also vorsichtig bei dem, was ihr tut. Ich hoffe, ihr beiden seid auf dem Primrose Hill nicht über Gebühr aufgefallen.«

Agatha wirkte beunruhigt, wenngleich sie ihre Furcht recht gut verbergen konnte.

»Entschuldigt mich für einen Moment«, sagte sie plötzlich und ließ die beiden am Bloomsbury Way, Ecke Bury Place, stehen. Auf der anderen Straßenseite, sah Nicholas, befand sich eine alte Telefonzelle. Agatha lief dorthin, kramte Münzen aus ihrer Tasche hervor, blätterte in dem extrem dicken und sehr zerfleddert aussehenden Telefonbuch, das dort angekettet war, und wählte schließlich eine Nummer.

»Wie kann es sein, dass Telefone hier funktionieren?«, wollte Nicholas wissen.

Chesterton schien die Frage absurd zu finden. »Nun, es ist ihre Aufgabe.«

»Wen ruft sie an?«

Chesterton sagte: »Woher soll ich das wissen? Thompson, vermutlich.«

Beide schauten zu Agatha hinüber. Sie wirkte einsam und verloren in dem Licht der Telefonzelle, das flackerte und unruhig war wie Agatha selbst. Nicholas fragte sich, wie die ersten Tage in dieser Stadt sich für sie wohl angefühlt haben mochten, ohne Erinnerung an das, was ihr widerfahren war. Er ertappte sich dabei, die Straße im Auge zu behalten, und sei es nur, um eine eventuelle Gefahr rechtzeitig nahen zu sehen.

»Du bist nervös«, stellte Chesterton fest.

»Das täuscht.«

Der Flüsterer musterte Nicholas mit einem sehr wissenden Gesichtsausdruck.

»Sagen Sie jetzt besser nichts«, warnte der.

»Hatte ich nicht vor.«

»Gut«, murmelte Nicholas.

»Fühlst du dich beobachtet?«

O Mann! Ein böser Blick sollte Antwort genug sein.

»Gut, gut, wechseln wir das Thema.« Chesterton betrachtete seine Stiefelspitzen.

»Danke.«

Doch die Stille war nicht von Dauer. »Was hat Thackaberry sonst noch gesagt?«, wollte Chesterton wissen.

»Er war nicht gerade begeistert davon, Ihren Namen zu hören.«

»Habe ich das nicht gesagt?«

»Was ist zwischen Ihnen und Thackaberry vorgefallen?«, fragte Nicholas. Jetzt, wo Agatha nicht hier war, könnte er den Flüsterer vielleicht zu einer Antwort bewegen.

»Hat er dir das nicht gesagt?«

»Thackaberry meinte, dass ich Sie fragen soll.«

»Das sieht ihm ähnlich«, knurrte Chesterton.

»Und?«

Ein kurzes Zögern, dann fasste sich Chesterton ein Herz. »Es ist lange her.«

Agatha wartete und schaute zu ihnen rüber. Sie lächelte scheu, dann begann sie mit jemandem am anderen Ende der Leitung zu sprechen.

Chesterton entging nicht, wie Nicholas das Mädchen

ansah. Und Nicholas entging nicht, dass Chesterton ihn schon wieder beobachtete.

»Wir waren in die gleiche Frau verliebt«, sagte der Flüsterer schließlich.

»Was ist passiert?«

»Die kurze Version der Geschichte? Sie war mit Thackaberry zusammen, aber dann kam ich ins Spiel.«

»Sie hat sich in Sie verliebt?«

Er schüttelte den Kopf. »Ich habe mich in sie verliebt.«

Nicholas sagte nichts.

»Das ist nicht das Gleiche«, betonte er. »Nun ja, aber das war nicht das Problem. Sie ist gestorben. Das war das Problem. Ein Nachtmahr hat sie angefallen.« Nicholas spürte, wie ihm ein Schauder durch den ganzen Körper ging. *Angefallen* klang nach Raubtier und rief ihm die Geräusche aus den Kisten in Greenwich ins Gedächtnis zurück. Ein Wesen wie das in der Kiste in der Stadt zu treffen, machte ihm Angst. »Thackaberry gab mir die Schuld an dem Unglück. Seitdem gehen wir uns aus dem Weg.« Chesterton sah Nicholas nicht an. Seine Augen waren kalt und ernst, ruhten irgendwo in weiter Ferne. »Manchmal heilt die Zeit eben nicht alle Wunden. Könnte man sagen.« Er schluckte, richtete sich gerade auf und nahm Haltung an. »Sie hieß Valery Hobson. Und sie war wunderschön.«

Drüben auf der anderen Straßenseite hatte Agatha ihr Telefonat beendet. Sie kam zu ihnen gelaufen.

Chesterton schaute Nicholas direkt in die Augen. *Kein Wort darüber*, sagte der Blick und Nicholas antwortete ihm ebenso stumm: *Kein Wort.*

Agatha war außer Atem und aufgeregt. »Sie wird es sich

anschauen«, sagte sie. »Madam Thompson, meine ich.« Wo diese Frau zu finden war und was genau sie tat, sagte sie nicht. »Aber vorher«, betonte sie, »mache ich noch einen Abstecher nach Highgate.«

Meinte sie etwa den Friedhof?

Sie erreichten gerade High Holborn, als sie Nicholas vorschlug: »Wenn du willst, kannst du mich begleiten.« Chesterton zugewandt erklärte sie: »Heute ist mein Todestag!«

Der Flüsterer verneigte sich kurz und sah richtiggehend mitfühlend aus.

»Ja, ich begleite dich«, versprach Nicholas.

Agatha lächelte.

Im Nebel vor sich sahen sie das U-Bahn-Schild.

»Hier trennen sich dann unsere Wege«, verkündete Chesterton und blieb stehen.

Nicholas war nicht wohl bei dem Gedanken, sich ohne den Flüsterer in der Stadt aus Nebel zu bewegen, aber wie es aussah, blieb ihm keine Wahl.

»Also gut, Nicholas, hör zu«, begann Chesterton. »Du weißt jetzt, dass du wechseln kannst, wenn du es wirklich willst. Also tu es einfach, wenn du musst.« Die Augenbrauen waren wieder sehr ernst zusammengezogen. »Begleite Miss Myles und wenn du es nicht schaffst, zurückzuwechseln, dann warte auf mich.«

»Wo soll ich auf Sie warten?«

»Auf deinem Hausboot. Oder bei Miss Myles. Ich werde dich schon finden.«

»Was passiert, wenn mir etwas zustößt?«

»Darüber denke ich nach, wenn es so weit ist.«

Eine charmante Antwort.

»Und Sie wollen wirklich nicht sagen, was Sie vorhaben?«

»Nein.«

Nicholas seufzte.

»Es ist sicherer so.«

»Für wen?«

»Wenn Gildersleeve euch schnappt, dann könnt ihr ihm nicht mitteilen, wo er mich findet.«

Das war sicher nicht die erhoffte Antwort auf seine Frage, aber zu mehr ließ Chesterton sich nicht herab.

»Miss Myles, Nicholas«, Chesterton machte ein aufmunterndes Daumen-hoch-Zeichen, »seid vorsichtig. Wir sehen uns morgen.« Er zwinkerte Nicholas zu. »Wo auch immer.« Ein letztes Grinsen, schräg wie ein Regenschirm, der im Wind gebrochen war, dann machte er sich auf den Weg und nur Augenblicke später hatte der Nebel ihn verschluckt.

Nicholas wusste nicht, auf was er sich da eingelassen hatte, aber als er Agatha folgte, hatte er das starke Gefühl, genau das Richtige zu tun. Er war beruhigt, weil ihr, so jedenfalls redete er sich ein, nichts Schlimmes passieren würde, solange sie nicht allein unterwegs war und er an ihrer Seite weilte. Natürlich war er sich über den männlichen Schutzinstinkt im Klaren, aber das tat der Gewissheit, genau dort zu sein, wo er in diesem Augenblick hingehörte, keinen Abbruch.

»Komm«, forderte sie ihn auf, als Chesterton im Nebel verschwunden war, »es ist schon spät.«

Da der Besuch in Highgate ihr wichtig zu sein schein, verkniff er sich jede Zwischenfrage und folgte ihr einfach.

Highgate Cemetery befand sich im Norden der Stadt und wenn man erst einmal das gusseiserne Tor in der Swains Lane durchschritten hatte, dann trat man in eine fremde Welt ein, in der die Toten noch immer allgegenwärtig waren. Hier, im London aus Nebel und Nacht, war es vermutlich nicht anders. Doch nach der Enge in der U-Bahn, die sie hinauf nach Archway brachte, wäre Nicholas jede Abwechslung willkommen.

»Was tun wir dort?«

Während der ganzen Fahrt schwieg Agatha beharrlich. »Lass uns einfach gar nichts sagen«, bat sie ihn. »Komm mit, wenn du willst, aber lass uns ein paar Augenblicke schweigen.« Sie hatte angedeutet, dass Madam Thompson eine ehemalige Hexe sei, die sich mit absonderlichen Dingen auskannte. Nicholas nahm an, dass sie eines natürlichen Todes gestorben war, da sie sich ansonsten ja nicht mehr daran hätte erinnern können, jemals eine Hexe gewesen zu sein. »Aber zuvor müssen wir nach Highgate.«

Das Schweigen verschaffte Nicholas etwas Zeit, um über das, was er erlebt hatte, nachzudenken. Dass er während der Fahrt mit der U-Bahn voller schräger Gestalten und danach mit einem Bus keine tieferen Einsichten gewann, verwunderte ihn nicht im Geringsten.

Die anderen Fahrgäste und die Passanten schenkten ihnen keinerlei Beachtung, aus welchem Grund auch immer. Nicholas und Agatha schienen wie Luft für sie zu sein.

»Was genau tun wir hier?«, fragte Nicholas schließlich, als sie den Friedhof erreichten. Das letzte Stück des Wegs hatten sie zu Fuß zurückgelegt. Überall gab es alte Bäume, Hecken, Grünzeug.

Sie traten durch das große Tor beim Haupteingang und folgten den Wegen, die sich wie Flüsse durch die hügelige Landschaft schlängelten.

»Heute ist mein Todestag«, sagte Agatha, »und es ist Brauch, dass man an diesem Tag den Ort aufsucht, an dem man begraben wurde.«

Nicholas stutzte.

»Ich weiß, was du jetzt denkst«, kam sie ihm zuvor. »Ich kann mich an nichts mehr erinnern. Wie soll ich da wissen, wo ich begraben wurde?«

Er zog es vor, erst mal nichts zu sagen.

»Natürlich habe ich keine Ahnung, wo ich begraben wurde«, gab sie zu. »Aber ich habe ein Grab gefunden, zu dem ich zurückkehren kann.« Sie verdrehte die Augen. »Ich kann zumindest *so tun*, als wäre ich hier begraben worden.«

»Das klingt schräg«, bemerkte er.

»Das ist es auch«, sagte Agatha.

Sie schlug einen schmalen, gewundenen Pfad ein, der einen flachen Hügel hinauf und tiefer in den kleinen Wald führte. Nach einer Weile wichen die verwitterten Grabsteine, die wie abgebrochene Zähne in der Dunkelheit steckten, auf einmal prächtigen Mausoleen mit ägyptisch anmutenden Figuren, die finster aussehende Götter mit Katzengesichtern darstellten und Eulenhäupter mit muskulösen Körpern. Lange Schatten streiften die erhabenen Denkmäler, die überlebensgroßen Häupter so vieler Verstorbenen – grauer Stein mit ernsthaften Mienen und hohen Kragen, wie sie vor hundert Jahren modern gewesen sein mochten. Im grauen, fleckigen Basalt waren Aristokraten mit dichten Backenbärten verewigt. Es gab viele kopflose Engel auf hohen Sockeln und mächtige Löwenskulpturen, die mit ihren Pranken sterbende Lämmer zu Boden drückten, daneben einige riesige Adler, die wütend ihre steinernen Schwingen ausbreiteten, und Jungfrauen aus mondbleichem Marmor, die in sterbenden Posen auf Grabplatten drapiert waren.

»Wir sind gleich da«, versprach Agatha.

Nebel kroch über den Boden wie in den Filmen der Hammer Studios, denen mit Peter Cushing und Christopher Lee. Nicholas' Großmutter war dieser Art von Filmen nie überdrüssig geworden und hatte sich Mühe gegeben, ihren Enkel in die düstere Welt der Hammer-Filme einzuführen – insbesondere den Schauspieler Peter Cushing hatte sie regelrecht geliebt.

»Pass auf, dass du nicht stolperst, hier gibt es große Wurzeln«, warnte Agatha.

Sie passierten einen halbmondförmigen Ringbau aus eleganten Grüften, die eine große Zeder umgaben. Hier gab es ausschließlich tiefe Grüfte, deren gähnende Schlünde schweigsame und anklagende Löcher in der Nacht waren.

»Die Ägyptische Avenue.«

Es gab verwinkelte Gassen und Treppen und Plätze. Da waren Säulen und Sphingen, elegant aufgereiht entlang der Familiengrüfte, wie Paläste eines Landes, in dem die Sonne niemals mehr aufgeht.

Doch etwas war anders als auf dem Highgate Cemetery, den Nicholas kannte. Zuerst hatte er es nicht bemerkt, weil der Nebel über allem hier lag wie ein Leichentuch aus feuchter Nacht. Doch dann sah er, dass die Gräber viel höher in den Himmel hinaufwuchsen. Es gab Grabplatten, die wie Zähne aus den vielen anderen Gräbern herauswuchsen, sodass ein fast undurchdringlicher Wald entstanden war. Wie die Gräber, so gab es auch Skulpturen, die aus den Grabstätten heraus wucherten, wie Pilze es an Baumstämmen tun. Sogar aus den Dächern der Mausoleen heraus erhoben sich neue Gräber, die ihre Inschriften gen Himmel reckten. Es sah aus wie die Hecke daheim in Edinburgh, die, wenn sie nicht geschnitten wurde, in alle Richtungen wuchs, sich reckte und streckte, bis sie fast die untersten Äste der Bäume berührt hatte.

»Der Friedhof wächst immerzu weiter.« Mehr sagte Agatha, die seinen erstaunten Blick bemerkt hatte, nicht.

Nicholas staunte nur und achtete auf seine Tritte. Die Wurzeln waren tatsächlich dick und drückten sich aus dem Moos und dem feuchten Gras heraus wie Tentakel, die nach Wanderern griffen.

Und über allem breiteten sich die Natur und der Nebel wie ein Leichentuch aus. Efeu rankte um die Gräber, Bäume berührten die erloschenen Kerzen mit ihren Ästen, Blätterwerk schlang sich um die Skulpturen und Statuen, die hoch oben auf Höhe der Baumwipfel wie Mauervorsprünge wuchsen.

»Fühlst du dich unwohl?«

Nicholas sagte leise: »Na ja.« Die Wahrheit war, er wusste es nicht. Es war eine sehr fremde Welt, aber Agatha schien sich hier weniger zu fürchten als vorhin in den Straßen. Er fühlte sich *fremd*, nicht unbedingt unwohl, in jedem Fall aber unsicher.

Vor manchen der Gräber standen Geister mit gesenkten Blicken, nachdenklich und still.

»Manche kommen auch hierher, um eines Angehörigen zu gedenken, den sie nicht wiedergetroffen haben.«

Das war etwas, an das Nicholas noch gar nicht richtig gedacht hatte. War es möglich, die Verstorbenen, die man verloren hatte, hier wiederzusehen? Konnte man mit ihnen reden? Was geschah mit Familienangehörigen, die sich lange Zeit nicht mehr gesehen hatten? Fühlte ein frisch Dahingeschiedener nicht das Bedürfnis, all jene, die er einst betrauert und vermisst hatte, aufzusuchen, um wieder mit ihnen vereint zu sein?

»Heißt das, ich könnte meine Großmutter treffen?«

»Du müsstest wissen, wo sie lebt.«

Er dachte an den Friedhof in Edinburgh, an die Beerdigung und daran, wie er sich gefühlt hatte. An den Regen, den kalten Wind, der vom Meer her wehte, und die Trauer, die ihm wie ein Kloß im Hals stecken geblieben war, von dem Moment an, in dem er erfahren hatte, dass sie gestorben war. Eine sehr ähnliche Szene hatte er dann später in *Malvina* geschrieben.

»Das ist …« Er fragte sich, ob seine Großmutter wohl immer noch ihre Wohnung bewohnte oder ob sie woanders hingezogen war. Vielleicht lebte sie in dem Leuchtturm oder auf einem Kutter.

»Ja, schräg. Ich weiß.« Agatha schaute sich um und beobachtete die anderen Geister.

»Hast du …« Nicholas hielt inne. »Tut mir leid«, sagte er schnell. Manchmal vergaß er, dass sie ja nicht wusste, wer sie einst gewesen war.

»Nein, natürlich nicht«, kam sie seiner Frage zuvor. »Es ist mir auch noch niemand begegnet, der mich zufällig erkannt hätte.« Das wäre immerhin auch eine Möglichkeit gewesen zu erfahren, wer man gewesen ist. »Weißt du, das war lange Zeit meine Hoffnung. Du läufst durch die Straßen und auf einmal spricht dich jemand an, jemand, der dich erkennt. Ein Verwandter, ein Freund, jemand aus der Nachbarschaft. Jemand, der dir sagen kann, wer du bist.« Sie seufzte. »Aber das ist mir leider nie passiert.«

Sie blieb vor einem Grabstein stehen.

»Da ist es«, sagte sie fast schon mit einem Anflug trotzigen Stolzes. »Mein Grab.«

Nicholas betrachtete den grauen Grabstein, der so verwittert war, dass man weder einen Namen noch irgendetwas anderes (Inschrift, Daten) hätte erkennen können. Es war ein einfacher, grob behauener Stein, dem das Wetter übel mitgespielt hatte. Nicholas fragte sich, ob er den gleichen Grabstein auch auf dem Highgate Cemetery in *seinem* London finden würde.

Agatha setzte sich auf die Steinmauer, die neben dem Grab verlief. »Thackaberry hat mir erklärt, was es mit dem Todestag auf sich hat. Dass wir unseres alten Lebens gedenken und all jener, die wir zurücklassen mussten. Er sagte, dass jeder Geist am Tag seines *Dahinscheidens* – ja, genau so formulierte er es – seine Grabstätte aufsucht. Aber ich bin ein Findelgeist und weiß nicht, wo man mich begraben hat.« Sie versuchte sich an einem Lächeln, das aber nur traurig und unecht wirkte. »Weißt du, irgendwo gibt es ein Grab, das meinen Namen trägt, aber ich habe keine Ahnung, wo das ist. Zuerst dachte ich, es wäre möglich, einen Friedhof nach dem anderen abzuklappern. Müsste doch möglich sein, ich hatte ja alle Zeit der Welt. Aber als ich den ersten Friedhof – Kensal Green war es – betrat, da wusste ich, dass es mir niemals gelingen würde.« Sie deutete um sich herum. »Wie du siehst, gibt es hier so viel mehr Gräber als auf den Friedhöfen in deinem London.« Sie stockte, als sie bemerkte, dass sie *dein London* gesagt hatte. »Du weißt, was ich meine.«

Grabsteine, die sterben, dachte Nicholas, *kommen auch hierher.* Solche von Gräbern, die nach einiger Zeit aufgelöst wurden. So wie alle Dinge, die verschwanden, starben oder schlicht vergessen wurden, kamen auch immer wieder neue Grabsteine oder ganze Gräber hier an. »Ich verstehe«, sagte er. Die Grabsteinwälder von Highgate verbargen ihre hohen Wipfel im dichten Nebel und ließen nur vermuten, wie hoch hinaus sie wuchsen.

Agatha betrachtete *ihren* Grabstein, auf dem kein Name geschrieben stand. »Ich werde mein Grab niemals finden, aber ich will an meinem Todestag auch nicht ohne dastehen.« Ihre Finger spielten in der Luft eine unsichtbare Melodie, als sei dort ein Klavier, das nur ein Findelgeist sehen kann. »Ich bin also losgezogen und habe mir einen Grabstein gesucht, der niemandem gehört.« Sie legte ihre Hand auf den Stein vor sich. »Ich sagte mir, dass dies mein Grab sei.«

Nicholas erkannte Tränen in den Mondaugen. Sie waren hübsch, aber unsagbar traurig.

»Heute vor vier Jahren«, flüsterte sie, »bin ich gestorben.« Sie atmete tief durch. »Keine Ahnung, wie.« Die Verzweiflung in ihrer Stimme konnte sie nicht länger verbergen. »Alles, woran ich mich erinnere, ist die Godfrey Street in Chelsea. Das Treppenhaus, aus dem man mich fortgejagt hat.« Sie sah Nicholas an und wischte sich die Tränen aus dem Gesicht. »Ich würde so gern wissen, wer ich wirklich war. Wer ich bin.«

Nicholas ging auf sie zu. Zwei Schritte nur und er war ihr auf einmal ganz nahe. »Du bist Agatha«, sagte er leise und berührte ihre Schulter.

Sie ergriff seine Hand.

Nicholas erschrak.

Agatha musste lächeln. »Ich habe noch nie jemanden mit hierher genommen«, gab sie zu. Dann stand sie auf.

»Du bist du«, sagte Nicholas. »Agatha Myles.«

»Du hast mich von Anfang an gesehen«, sagte sie und schlug den Blick nieder.

Nicholas wusste nicht, warum, aber er berührte ihr Gesicht, sanft, fast vorsichtig, und wischte eine Träne mit dem Finger fort. Dann strich er ihr über die Wange, die ganz weich und warm war, gar nicht kalt, wie man sich die Haut eines Geistes vorstellt. Er war nicht geübt darin, so zu sein.

Agatha seufzte und sah ihn an, lange genug, um noch einmal hoffnungslos in ihren Mondaugen zu ertrinken. Nicholas wusste, dass dies einer der Momente war, über die es schwierig war zu schreiben. Alles, was er jetzt dachte, war ihr Name. *Agatha*, eine Melodie, die ihm nicht mehr aus dem Kopf ging.

»Nicholas«, sprach sie seinen Namen aus. Es klang wie ein Versprechen. Plötzlich legte sie eine Hand flach auf seine Brust. »Dein Herz schlägt wie wild.«

Nicholas starrte sie an. Ihm fehlten die Worte.

»Ich habe Angst«, sagte sie auf einmal.

»Wovor?« Es tat gut, ihre Hand dort zu spüren.

»Du bist lebendig und ich nicht.«

Er schluckte.

»Ich habe Angst vor dem, was mit uns passiert.«

Nicholas hatte das Gefühl, als würde sein Herz sich überschlagen.

Sie sah ihn an mit ihren Mondaugen und dann lehnte sie sich an ihn und wartete darauf, dass er beide Arme um sie legte.

Er spürte ihren Atem, roch ihr Haar, war ganz bei ihr.

»Ich habe Angst, dass du wieder fortgehst«, flüsterte sie.

Stumm drückte er sie an sich, wurde eins mit ihrem Atem, ihrem Herzschlag, ihrem Duft. So standen sie eine ganze Weile da. Wie lange, konnte er nicht sagen. Er spürte nun selbst, wie schnell sein Herz schlug, und er wusste, *für wen* es schlug, und diese Gewissheit machte auch ihn ängstlich, weil man im Leben wie im Tod nie wusste, was noch alles passieren würde.

Er wollte in diesem Moment verweilen, und so schräg das auch war, er spürte, dass dieser Wunsch ganz und gar aufrichtig war. »Agatha«, sagte er behutsam, sodass nichts die Melodie ihres Namens aus der Luft zu fangen vermochte.

Als sie die Umarmung lösten, sagte sie: »War das zu sentimental?«

Nicholas musste erleichtert lachen. »Auf jeden Fall.«

Sie atmete tief durch. »Ich lebe«, sagte sie und lächelte wie noch nie zuvor. Dann wurde sie wieder ernst. »Wenn ich allein herkam, habe ich mir immer vorgestellt, dass Menschen um mich trauern. Dass sie an meinem Grab gestanden haben, genau hier, wo du und ich jetzt stehen, und dass sie abgrundtief traurig waren, weil ich nicht mehr da war. Mit der Zeit habe ich mich daran gewöhnt, mir das alles vorzustellen, weißt du? Ich stellte sie mir alle vor. Meine Eltern, meine Freundinnen, die Leute aus der Nachbarschaft, alle, denen ich im Leben über den Weg gelaufen bin. Ich stellte mir vor, dass sie genau hier stehen und dass ihre Blicke auf dem Sarg ruhen und dass sie Blumen ins Grab werfen und schließlich nach Hause gehen.«

Nicholas zögerte, dann fragte er: »Was passiert, wenn ein Geist stirbt?«

Agatha sah ihn lange an. »Warum fragst du das?«

»Sag es bitte niemandem«, bat er sie und dann erzählte er ihr, warum Chesterton und Thackaberry sich nicht leiden konnten.

»Chesterton hätte sie doch finden können«, dachte er laut, »und vielleicht hätte sich alles zum Guten gewendet.«

Doch Agatha schüttelte den Kopf. »Wenn ein Geist stirbt«, sagte sie, »dann wird er im Leben wiedergeboren. Ja, es ist genau das, was alle glauben. Hier stirbt jemand und woanders wird ein Kind geboren. Wir glauben, dass die Seele des toten Geistes sich in dem Kind wiederfindet. Aber das Neugeborene hat keine Erinnerungen an die Person, deren Seele in ihm lebt. Es ist wie ein Neubeginn. Ein neues Leben, frei von dem, was einmal war.«

»Kann man herausfinden, in welchem Kind die Seele weiterlebt?«

»Nein, ich glaube nicht, dass man das kann. Es hat bisher noch niemand untersucht.«

Es war Chesterton also nicht möglich gewesen, Valery Hobson wiederzufinden. Sie war tot für Thackaberry und für ihn auch.

»Manchmal«, sagte Agatha, »betrachtet man richtig alte Fotos. Und die Menschen, die darauf zu sehen sind, haben eine erschreckende Ähnlichkeit mit den Lebenden. Vielleicht ist genau das die Verbindung zwischen diesen beiden Welten. Vielleicht sehen diejenigen, die wiedergeboren werden, so aus wie damals, als sie zum ersten Mal gelebt haben.«

Tod, Geist, Wiedergeburt. »Das würde die Ähnlichkeiten erklären«, dachte Nicholas laut. Wenn dies so wäre, dann müsste Chesterton irgendwann, wenn er Glück hatte, einer Frau begegnen, die wie seine Valery Hobson aussah. Dann würde er wissen, dass er sie gefunden hatte. Aber sie hätte keine Ahnung, wem sie gegenüberstünde. Wenn der Zufall überhaupt wollte, dass sie einander noch mal begegneten.

»Aber niemand weiß, ob es wirklich so ist«, gab Nicholas zu bedenken.

Agatha nickte. »Das Leben ist zu chaotisch. Es gibt natürlich Regeln, aber nicht so, wie …« Sie musste schmunzeln. »Nicht so, wie ein Schriftsteller sie sich ausdenken würde.«

Nicholas fühlte sich an einige der Autoren erinnert, die er bei Lesungen und im Verlag kennengelernt hatte. Viele von ihnen entwarfen ihre Welten wie am Reißbrett, Konstrukte, die logisch durchdacht waren und mit festen Spielregeln arbeiteten. Alles war durchdacht wie bei einem Rollenspiel. Alles, was jemand tat, machte Sinn und jeder Schritt führte logisch zum nächsten.

Aber das wahre Leben war nicht so, das richtige Leben (wie auch der Tod) war anders.

»Niemand weiß, warum du hier bist«, sagte Agatha. »Und keiner kann sagen, was Chesterton für einer ist.« Sie imitierte kurz seine bösen Augenbrauen und den staksigen Gang. »Die Frage aber ist doch eine ganz andere: Ist es wichtig, das zu wissen? Oft sind die Dinge einfach so, wie sie sind. Was bringt es uns, sie zu hinterfragen?«

Nicholas dachte an seine Frage, warum die Telefone hier funktionierten. Und an die Antwort des Flüsterers.

»Alles hier«, sagte Agatha, »funktioniert. Keiner weiß, warum. Aber das ist doch auch gar nicht wichtig. Wir akzeptieren alles so, wie es ist. Nur darauf kommt es an. Manchmal muss man wohl erst sterben, um das zu verstehen.«

Nicholas betrachtete sie. Der Gedanke, dass ihr etwas zustoßen könnte, war auf einmal unerträglich für ihn.

Er konnte sich lebhaft das nächste Gespräch mit Kadir Jones vorstellen. *Ich habe mich verliebt,* würde er sagen. *Wo ist das Problem?*, wäre Kadirs Frage. Nicholas würde erwidern: *Sie ist ein Geist und ich bin es nicht.* Und damit würde Kadir ihm nahelegen, einen Therapeuten aufzusuchen. Doch Kadir Jones war nicht hier, auf diesem Friedhof gab es nur Nicholas und Agatha, nur sie beide.

Er hielt Agathas Hand in seiner. Ihre Haut war weich und ihre Finger zu berühren war wie nach Hause zu kommen.

»Ich bin wirklich«, hauchte sie, »ganz und gar.«

Ja, dachte Nicholas, *ich weiß.*

Dann küsste er sie, diesmal lange. Als der Kuss vorbei war, berührten sie sich Stirn an Stirn, sahen einander wortlos an und Nicholas ertrank in den Lichtern, die in ihren

Mondaugen leuchteten, so sehr, dass er sich mehr als alles andere wünschte, dieser Augenblick ginge nie vorüber.

»Erzähl mir was von dir«, bat sie ihn schließlich.

Sie nahmen auf der Mauer Platz, dicht nebeneinander, und Nicholas erzählte ihr von dem Leben, das er führte. Er ließ nichts aus, nicht Edinburgh, nicht das Hausboot, nicht einmal Erika Error. Als er fertig war, schlug in der Ferne eine Uhr und Agatha sagte: »Mitternacht.« Sie hob den Blick, ganz so, als könnte sie die Sterne jenseits des Nebels erkennen. »An seinem Todestag bleibt man immer bis Mitternacht am Grab.«

»Warum?«, fragte Nicholas.

Agatha lächelte, diesmal ganz versonnen. »Man sagt, dass die Geschichte, die man sich selbst erzählen möchte, um Mitternacht beginnt.« Dann beugte sie sich vor und gab Nicholas noch einen Kuss, so tief wie der volle Mondschein und so zart wie ein Mottenflügelschlag. Kurz darauf war der letzte Schlag der fernen Uhr verklungen und ihrer beider Geschichte, wann und wie immer sie auch enden würde, hatte genau um Mitternacht gleich hier und jetzt begonnen.

10

Der Laden, zu dem Agatha ihn führte, befand sich in Mayfair, genauer gesagt: in der Shepherd Street, irgendwo zwischen Green Park und Hyde Park. Nicholas kannte die Gegend, hier gab es haufenweise kleine Läden, vom indischen Imbiss bis zur Wäscherei wurde ein kunterbuntes Allerlei angeboten, irgendwie typisch für London. In der Stadt der Geister indes waren die Läden im Nebel verborgen. Schaufenster leuchteten matt, es gab Laternen, die wie Inseln in der trüben Nacht waren. Kleine Straßen, schmale Gassen und beschauliche Plätze – hier hauchte alles, was in London bunt und sommerlich war, einen verschwommenen Atem aus viel zu vielen Tönen von Grau.

Von Highgate aus hatten sie die U-Bahn genommen und erst in Mayfair wieder verlassen. Dort waren sie dann durch ein Gewirr von Straßen und Gassen gelaufen, die im Nebel so gleich aussahen, dass Nicholas schon bald die Orientierung verloren hatte. Straßennamen wie Brick Street und

Hertford Street kamen ihm bekannt vor, aber sie mit den Straßen gleichen Namens im anderen London zu vergleichen, wäre ihnen nicht angemessen.

»Da ist es«, verkündete Agatha irgendwann.

Nicholas atmete auf. Ein Backsteinhaus, typisch für die Gegend, am Ende einer Sackgasse.

Die Bäume hier waren Gerippe mit welken Blättern, das Kopfsteinpflaster schimmerte feucht, alles war still.

Shepherd Street, nahe Shepherd Market.

PAPER & WORDS

stand auf dem Schild im Schaufenster, sonst nichts, und im Fenster selbst stapelten sich Bilderrahmen und Holzkisten zu einem Stillleben aus Durcheinander und Krimskrams.

»Sehr *vintage*«, bemerkte Nicholas.

Agatha antwortete nicht darauf.

Es war ein unscheinbares kleines Geschäft mit schmutzigem Schaufensterglas, das so aussah, als würde es selbst ganz aus Nebel bestehen. In der Straße fiel der Laden nicht auf und jetzt, gerade mal eine Stunde nach Mitternacht, war auch kein einziger Kunde mehr unterwegs. Überall waberte der Nebel und die wenigen Passanten, denen Nicholas und Agatha auf ihrem Weg hierher begegnet waren, schienen alle nicht echt zu sein, sondern nur Silhouetten, die ebenso schnell wieder verschwanden, wie sie vor ihnen aufgetaucht waren. Durch diese Straßen und Gassen zu gehen, kam Nicholas unwirklich vor, weil er die Gegend nur im Sonnenlicht oder an belebten Herbstabenden kannte.

Das Gefühl der Wachsamkeit ließ jedoch nicht nach und die Angst, verfolgt zu werden, war allgegenwärtig.

Nachdem sie Mitternacht gemeinsam auf dem Highgate-Friedhof zugebracht hatten, verspürte Nicholas nun eine noch viel stärkere Sorge um Agatha. Ob er sie in diese Sache mit hineingezogen hatte oder sie ihn oder sie beide ganz zufällig in etwas hineingeraten waren, das jetzt ihr Leben bestimmte, schien ihm am Ende nicht wichtig zu sein. Nein, nicht wirklich. Die Dinge waren nun einmal so, wie sie waren, und das Gefühl, dass Silas Gildersleeve oder einer seiner Handlanger ihnen auf der Spur war, führte nicht gerade dazu, dass er sich besser fühlte.

Dessen eingedenk war er froh, als sie endlich den Laden erreichten und somit die Aussicht, die Straße zu verlassen, in greifbare Nähe rückte.

»Sie handelt mit Papier und Geschichten«, erklärte Agatha. »Du kannst bei ihr fast alles kaufen, aber selten das, wonach du suchst.«

Das klang geheimnisvoll. »Wird sie uns helfen?« Nicholas hatte noch immer keine Ahnung, wen sie da eigentlich besuchen wollten. Er kannte nur ihren Namen: Madam Thompson. Sonst nichts. Agatha war nicht sehr gesprächig gewesen auf dem Weg hierher, und Nicholas hatte es vorgezogen, zu schweigen. Nur einmal, in der U-Bahn, hatte Agatha sogar kurz seine Hand berührt und gelächelt wie jemand, der sich schwach fühlt, weil er sein Herz so laut schlagen hört, dass es alle anderen Geräusche in der Stadt übertönt.

»Sie ist nett«, sagte Agatha und blieb vor der Tür stehen. »Schräg. Ja, sie wird dir gefallen.«

Nicholas versuchte etwas im Schaufenster zu erkennen, aber außer den Holzkisten, die zu Türmen gestapelt waren, und einigen leeren Bilderrahmen fand sich dort nichts, was er in irgendeiner Art und Weise mit dem Namen des Ladens, *Paper & Words*, in Verbindung gebracht hätte.

»Sie ist eine Hexe«, sagte Agatha.

»Das war also kein Scherz?«

Sie schüttelte den Kopf. »Nein, wieso?«

Nicholas zuckte mit den Achseln. Na gut, dann war sie eben eine Hexe. Schlimmer als Erika konnte sie nicht sein.

Nicholas dachte daran, dass sich ein Geist, der gewaltsam zu Tode gekommen war, an nichts erinnert. Grausame Bilder von Hexenprozessen, wie sie in Büchern erwähnt wurden, kamen ihm in den Sinn, dazu Berichte von Folter und Scheiterhaufen. »Woher weißt du das?«

»Sie hat es mir gesagt.«

»Also kennst du sie schon länger?«

»Ein paarmal bin ich bei ihr gewesen.« Sie sagte nicht, warum, aber Nicholas ging davon aus, dass es etwas mit ihrer Arbeit für Thackaberry zu tun hatte. Jedenfalls fiel ihm kein Grund ein, weshalb man eine Hexe *privat* aufsuchen sollte.

»Woher weiß sie, dass sie eine Hexe war?«

Agatha korrigierte ihn: »Sie *war* keine Hexe, sie ist noch immer eine.«

Eine tote Hexe. »Ja, aber woher weiß sie selbst, dass sie eine ist?«

»Sie kann sich daran erinnern.« Das klang wie eine Selbstverständlichkeit.

»Dann ist sie also nicht ermordet worden?«

Agatha schüttelte den Kopf. »Schlimmer.«

»Schlimmer?«

»Sie ist erstickt.«

Nicholas machte: »Oh!«

»Ja, an einer Fischgräte.«

Nicholas starrte sie an.

»Dämlicher Tod, ich weiß«, stimmte Agatha ihm zu. »Ausgerechnet für eine Hexe. Na ja, für jeden anderen auch. Sie selbst findet ihren Tod sehr unspektakulär und ein wenig peinlich. Also sprich sie nicht darauf an. Dafür kann sie sich an ihn erinnern. Und daran, wer sie einmal gewesen ist.«

Irgendwie einleuchtend.

»Können wir jetzt reingehen?«, fragte Agatha.

Nicholas sah sich ein allerletztes Mal in der Straße um und nickte.

»Und du bist dir sicher, dass das okay ist? Ich meine, es ist schon spät.«

»Sie ist eine *Nocturna*«, antwortete Agatha geheimnisvoll und betrat den Laden, ohne seine Antwort abzuwarten.

Nicholas folgte ihr einfach und staunte, weil das, was er sah, nicht das war, was er erwartet hatte. Eigentlich hatte er keine Ahnung, was genau er erwartet hatte, war sich aber sicher, dass es *das* nicht gewesen war.

Der Laden war innen so klein, wie man es von außen vermutete, vielleicht sogar noch kleiner, und voller Papier, Wörter – und Katzen. Das Papier füllte hohe Regale, die bis zur Decke reichten, und quoll aus ihnen hervor, wie Wasser nach einem starken Regen aus Dachrinnen sprudelt. Es handelte sich um alte und neue Zeitungen, zerrissene

Bücher, Magazine und Zeitschriften. Die Seiten waren in einem erbärmlichen Zustand, allesamt zerrissen, zerfetzt, gewellt, brüchig, vergilbt und zusammengeklebt. In ihrem Elend aber sahen diese Werke fast kunstvoll und elegant aus. Die Bücher hatten dicke Bäuche und sahen aus wie Buchwasserleichen, aufgequollen und aus der Form geraten, aber zweifelsohne waren sie Bücher. Nicholas gab sich immer Mühe, Bücher vor Regen zu schützen, denn wenn ihm dies nicht gelang, dann sahen sie am Ende *genau so* aus. Die Zeitschriften und Zeitungen waren ein Flickwerk aus Fetzen, seltsam aneinandergeklebt, geflickt, repariert, gerollt und geglättet. Alles hier sah so aus, als sei es vorher schon mindestens einmal zerstört worden. Wie ein Buchladen, der aus den Teilen vernichteter, weggeworfener Werke bestand. Überall lagen diese notdürftig geflickten Werke herum, auf Tischen, Kisten, sogar auf dem Boden stapelten sie sich. Dazwischen lungerten Katzen herum, viele von ihnen in einem ähnlich erbärmlichen Zustand wie die Bücher und Zeitungen, viele von ihnen ebenso vernarbt und ungeschickt geflickt. Müde, wachsame und hier und da auch blinde Augen. Die Aufmerksamkeit der Katzen war jene gespielte Lässigkeit, die typisch für Wesen ihrer Art ist. Es roch nach Leim, Papier und Moder, nach feuchtem Fell, leicht ranzigem Futter und Pfotenabdrücken auf Druckerschwärze, das alles verfeinert mit einem Hauch Katzenpisse und einem Parfum, das Nicholas an Rosen von allertiefstem Rot erinnerte.

Agatha räusperte sich leise.

Madam Thompson saß vor einem Sekretär am anderen Ende des kleinen Raums. Sie hatte ihnen den Rücken zugewandt und klebte gerade mit ruhiger Hand ein Buch zusammen. Überall, auf dem Sekretär, dem Boden, ihrem Schoß, dem Stuhl, auf dem sie saß, lagen abgerissene Seiten herum, wild und chaotisch geordnet nach Seitenzahlen. Madam Thompson benutzte gebrauchte Post-its mit fetten Filzstiftmarkierungen, um den Überblick zu behalten. Manche waren bereits zusammengeklebt, andere nicht. Leim troff klebrig auf die Tischplatte und Klebestreifen hafteten Madam Thompson an den Fingerspitzen. In den Regalen, die alle Wände des Ladens bedecken, standen Taschenbücher, die dick und aufgequollen aussahen. Nicholas wusste genau, was mit einem Taschenbuch passierte, wenn es nass wurde, und alles, was er hier drinnen erblickte, sah genau so aus.

»Agatha Myles«, sagte Madam Thompson, »deine Schritte haben dich verraten.« Die Stimme klang wie Papier, das ganz langsam und genüsslich zerrissen wurde.

»Ich brauche Ihre Hilfe«, sagte Agatha.

»Wenn du zu so später Stunde kommst, wird das wohl so sein.« Madam Thompson drehte sich zu ihnen um. Sie trug eine Sonnenbrille mit winzigen runden Gläsern, so schwarz, wie die Nacht es niemals war.

»Deinen Begleiter, den kenne ich nicht.« Sie reckte den Kopf neugierig vor wie ein Vogel.

»Nicholas James«, stellte er sich vor.

Sie erhob sich und schnurrte.

»Ich bin zwar blind, aber ich sehe mit anderen Sinnen. Jedenfalls nachts.«

»Sie sind eine Nocturna«, sagte Nicholas. Schriftsteller neigten dazu, zu pokern.

Madam Thompson lächelte, nickte, legte den Kopf schief, so als denke sie nach, und für Nicholas war in keiner Weise zu erkennen, dass sie blind war. Die Gläser der Sonnenbrille schienen jeder seiner Bewegungen zu folgen. »Wenn es euch beide zu so später Stunde zu mir treibt«, sagte sie, »dann hat das, nehme ich an, einen guten Grund.« Ihr weißes Haar war so kurz geschnitten wie das eines Jungen (Nicholas dachte spontan *Bubikopf*) und ließ sie wie eine Varieté-Künstlerin aus den Zwanzigerjahren aussehen, eine, die etwas mit altem Jazz und Vaudeville zu tun hatte. Überdies erinnerte sie Nicholas an eine amerikanische Sängerin, die viel jünger war als Madam Thompson und deren Namen er seltsamerweise vergessen hatte – die aber im Alter, daran musste er sofort denken, so aussehen könnte wie die Frau, der er gegenüberstand.

»Ich weiß Dinge, weil ich sehr, sehr viel lese.« Sie deutete auf den Krimskrams aus Papier und Wörtern. »Irgendjemand muss das tun. Sonst wäre alles, was dort steht, verloren.«

Sie kam auf sie zu und lächelte dabei. Nicholas erkannte Agatha und sich selbst in ihren Brillengläsern.

»Manchmal stirbt selbst Papier«, erklärte sie. »Und das ist dann ein einsamer Tod.«

Davon war Nicholas überzeugt.

»Die Menschen gehen nicht sorgsam mit Gegenständen um. Und Papier ist einer der Stoffe, die leise leiden.« Sie seufzte, als könne sie das Leid des Papiers fühlen. »Bücher werden zerrissen, geknickt, verdreckt. Ungeliebte Romane landen einfach im Müll, nun ja, und *geliebte* Romane, so seltsam das anmutet, auch. Zeitungen, Magazine, alles, was einmal schön gewesen ist, stirbt. Ja, so ist das. Bücher und Zeitungen sterben, wie Menschen es tun.« Sie lächelte wissend. »Und Katzen«, ergänzte sie. »Ja, die Katzen sterben manchmal auch.« Die pelzigen Tiere rekelten sich und musterten die Gäste mit teilnahmsloser Lässigkeit. »Die Fetzen, die ihr seht, das, was übrig bleibt, landet alles hier, verstreut in allen Winkeln der Stadt.«

Sie bückte sich und streichelte einer Katze über den Kopf. Das Tier schnurrte, bewegte sich sonst aber nicht.

»Meine Katzen gehen mir zur Hand. Sie bringen mir all die Papierfetzen, die sie in den Straßen und Gassen finden. Und ich?« Sie deutete zu dem Buch, das auf dem Sekretär lag. »Ich setze alles wieder zusammen. Ich flicke die Zeitungen und heile die Bücher, so hat alles seine Ordnung.«

»Warum tun Sie das?«, fragte Nicholas.

»Du bist ganz schön neugierig.«

»Tut mir leid.«

»Es muss dir nicht leidtun. Neugierde ist etwas Gutes.«

Er lächelte.

»Und du bist höflich.«

Er nickte, jetzt ein wenig verlegen.

»Agatha und du«, meinte sie, »ihr beiden passt gut zusammen.«

Nicholas wusste nicht, was er darauf erwidern sollte. Agatha musste grinsen, ebenso verlegen, aber erfreut.

»Manchmal ist es nicht gut, blind zu sein«, sagte Madam Thompson, »man sieht einfach viel zu viel.« Sie beugte sich vor, so als müsse sie Nicholas besser sehen können. »Wie auch immer … wenn wir wissen wollen, was in der Welt, die wir alle verlassen haben, vor sich geht, dann müssen wir lesen, was sie dort schreiben«, sagte sie. Nicholas erkannte sich selbst in den runden Gläsern ihrer Brille, ein Junge, viel zu gewöhnlich, in der tiefschwärzesten Nacht einer Blindheit, die die Hexe gekonnt zur Schau trug wie einen Umhang. Sein Blick streifte die Regale, in denen die reparierten Bücher und Zeitungen lagen.

»Jeder, der etwas in Erfahrung bringen möchte, kommt zu mir. Hier gibt es alles, was man wissen möchte, und auch alles, was man nicht erfahren möchte.« Sie seufzte, als sei dies eine schwere Bürde, die sie zu tragen hatte. »Aber so ist das im Leben«, murmelte sie, »die Aufgaben suchen uns aus, nicht wir sie. Wir glauben nur, dass es andersherum ist.«

Auf einmal ging Nicholas auf, wie sehr die beiden Welten – Tod und Leben – doch miteinander verbunden waren. Und wie Madam Thompson in dieses Bild hineinpasste. Er fragte sich, ob Gildersleeve auch schon hier gewesen war. Er vermied es, sie nach ihm zu fragen.

»Und du?« Sie wandte sich Agatha zu. »Bist du in seinem Auftrag unterwegs?«

Sie nickte.

»Natürlich, wie könnte es anders sein? Thackaberry und sein Laufmädchen.«

Agatha ging nicht darauf ein. »Ich möchte Ihnen gerne etwas zeigen«, sagte sie, nahm das Stundenglasding aus dem Rucksack und stellte es auf die Kiste neben sich.

Madam Thompson starrte es an, ihr Mund öffnete sich staunend, dann berührte sie es mit den Fingern, ertastete, wie es schien, die Bewegung dessen, was sich im Inneren des Stundeglases bewegte.

»Woher hast du das?«, wollte sie wissen.

»Sagen wir, ich habe es gefunden.«

Madam Thompson nickte nachdenklich. »Findelgeister wie du finden oft Dinge, die gar nicht gefunden werden wollen.«

»Ja.«

»Aber selten Dinge wie dieses.«

Abermals: »Ja.«

Madam Thompson seufzte.

»Niemand weiß, was das ist«, gab Agatha zu.

»Nicht mal Thackaberry?«

Agatha schüttelte den Kopf.

»Soso, deswegen seid ihr also hier«, murmelte sie und betrachtete das Ding erneut mit ihren Sonnenbrillenglasaugen. »Hast du eine Ahnung, worum es sich handeln könnte?«, fragte sie.

»Nein.«

Madam Thompson nickte bedächtig. Dann nahm sie das Stundenglas in die Hand und hielt es sich so nah vor das Gesicht, dass man die Spiegelung der Bewegung im Stundenglas in ihren Brillengläsern erkennen konnte. Sie schüttelte es, drehte es hin und her, schnupperte daran. Dann seufzte sie lang gezogen und stellte es wieder auf der Kiste ab.

»Und?«, wollte Agatha wissen.

Madam Thompson rückte sich die Brille zurecht und kratzte sich mit beiden Händen am Kopf. »Es gibt eine alte Geschichte«, flüsterte sie, »eine, die heute keiner mehr kennt.« Sie lächelte geheimnisvoll. »Ihr beiden habt Glück, dass ihr zu mir gekommen seid. Ich weiß Bescheid.« Sie beugte sich zu Nicholas herüber. »Sag, weißt du, wer ich war?« Sie wandte sich Agatha zu. »Hast du ihm von mir erzählt?«

»Ein wenig.«

»Dann weißt du es also«, sagte sie zu Nicholas.

»Dass Sie eine Hexe sind?«, sagte er geradeheraus.

Sie lachte, als habe er etwas Komisches gesagt. »Ich *war* einmal eine Hexe«, stellte sie klar, »und dann wurde ich Bibliothekarin. Manch einer wird behaupten, dass es da keinen großen Unterschied gibt.« Sie kicherte irgendwie nostalgisch. »Wie auch immer, es gibt etwas, das Hexen und Bibliothekarinnen gemein haben.« Sie breitete die Arme aus. »Die Bücher. Die Sprache. Die Geschichten. Das offene Ohr für die Dinge, die im Verborgenen niedergeschrieben wurden. Wir finden unser Wissen in alten Schriften. Ja, ja, Magie ist noch immer zwischen Buchstaben versteckt. Das war seit jeher so und nie wird es anders sein.« Sie lächelte still und versonnen. »Hexen und Bibliothekarinnen sind Gelehrte. Sie leben unscheinbar im Verborgenen, in tiefen Wäldern oder zwischen hohen Regalen. Sie drücken sich in den Schatten herum und wollen in Ruhe gelassen werden.« Ein tiefer Blick aus blinden Augen, die hinter Brillengläsern verborgen waren. »Nun ja, ich sollte auf den Punkt kommen, nicht wahr? Vermutlich habt ihr beiden nicht die ganze Nacht Zeit.« Sie gab Agatha einen freundschaftlich-mütterlichen Knuff. »Seid bestimmt ganz erpicht darauf, schnell wieder allein zu sein.« Sie faltete die Hände und machte ein vielversprechendes Gesicht. »Ah, genau darüber schreiben die Dichter. Ihr seid so zu beneiden, ihr beiden.«

Agatha, die den Blick gesenkt hatte, sagte nur: »Wir haben Zeit.«

»Also gut, also gut.« Madam Thompson rieb sich die Hände – eine Bewegung, die, das musste Nicholas zugeben, schon etwas eigenartig Hexenhaftes hatte.

Eine Katze streifte ihr um die Beine und verschwand hinter der nächsten Kiste voller Papier. »Lasst es mich noch einmal anfassen.« Sie hob den Gegenstand erneut hoch, berührte ihn zaghaft mit der Nasenspitze und schnüffelte. »Es fühlt sich lebendig an. O ja, das tut es. Aber es ist kein Stundenglas.«

Agatha nickte zustimmend. Auch sie hatte das so empfunden. Nicholas fand einfach nur, dass, was immer sich im Inneren des Stundenglases befand, lebendig aussah.

»Nicht alle Dinge sind das, was sie vorgeben zu sein.«

Nicholas dachte an den Regenschirm und, irgendwie verschwommener, auch an Erika Error.

»Als ich noch gelebt habe«, begann Madam Thompson, »da habe ich wie viele meiner Zunft alte Schriften gelesen. Nichts anderes haben Hexen seit jeher getan. Sie haben gelesen und Wissen gesammelt. Allein die Menschen machten aus uns böse Wesen, die mit magischen Mächten paktieren. Alles Quatsch, sag ich euch. Wir liebten die Natur. Und Katzen.« Ein Grinsen. »Aber nehmt doch Platz.« Sie deutete auf zwei Kisten, auf denen sich kein Papier stapelte. »Wie dem auch sei, in einer dieser Geschichten ging es um einen Alchemisten. Ich las sie, als ich jung war, und dann vergaß ich einfach, dass ich sie gelesen hatte, und dann kam mir die Geschichte erst wieder in den Sinn, als ich tot und in diesem London angekommen war.« Sie seufzte. »Manchmal bemerkt man die Dinge, die wichtig sind, erst viel später. Und manchmal erkennt man dann Verbindungen, die man vorher nicht gesehen hat.« Sie tippte mit den Fingerspitzen an ihre Brillengläser. »Blindheit«, sagte sie, »hat selten mit den Augen zu tun.«

»Was ist das für eine Geschichte?«, wollte Nicholas wissen. Er hatte eine Schwäche für Anfänge.

Madam Thompson sah ihn an. »Einst lebte ein Alchemist im Norden Englands, auf einer Insel, deren Name niemand mehr kennt, in einer Zeit, die schon damals, als ich zum ersten Mal davon gehört habe, nichts als eine Legende war.«

Diesen Anfang mochte er auf Anhieb.

»Der Alchemist«, fuhr Madam Thompson fort, »wollte einfach nicht sterben und war besessen von dem Gedanken, seine Seele zu bewahren.« Sie verzog das Gesicht. »Ein alter Hut und typisch für die Alchemisten. Keiner von ihnen wollte sterben. Manche von ihnen hegten einen Groll gegen ihre eigenen Gefühle, weil die Gefühle sie daran hinderten, den verborgenen Sinn hinter allem zu erkennen. Für sie zählte nur das, was die Welt im tiefsten Inneren zusammenhält.« Sie machte eine wegwerfende Handbewegung. »So viel mal zur Blindheit, die nichts mit den Augen zu tun hat.« Es war unschwer zu erkennen, dass sie die Alchemisten von einst für komische Käuze hielt. »Nennt es Stein der Weisen, das ewige Leben, wie auch immer. Dieser Alchemist, dessen Name selbst ein Rätsel blieb, also dieser eine, um den es hier geht, der schrieb seine Gedanken angeblich nieder, doch dann, am Ende, verstarb er, ohne dass er seine Forschungen hätte beenden können.«

»Aber die Geschichte ist damit nicht zu Ende?« *Ein gutes Ende sieht jedenfalls anders aus*, dachte Nicholas.

Madam Thompson schüttelte den Kopf. »Nein, mein Lieber. Ganz und gar nicht.«

»Was ist passiert?«, hakte Agatha nach.

Madam Thompson räusperte sich. »Die Zeit verging und ich wurde Bibliothekarin, drüben in Dulwich, in der städtischen Bibliothek, die sehr klein, aber wunderschön war. Und dann, eines Tages, lange vor dem Blitzkrieg, erstickte ich, weil eine Fischgräte mir in die Luftröhre gelangte.« Sie schüttelte missbilligend gegenüber dem eigenen Schicksal den Kopf. »Auf einmal war ich tot und hier, in diesem London, das nun seit Jahrzehnten mein Zuhause ist.« Sie seufzte. »Ich überlegte, was ich in dieser Welt tun konnte, und begann altes Papier zu sammeln. Und die Katzen halfen mir dabei.«

Nicholas dachte, dass all die Katzen hier ihre neun Leben aufgebraucht hatten.

Agatha, deren Füße in der Luft baumelten, fragte: »Was ist passiert?« Sie stützte sich mit beiden Händen auf der Kiste, auf der sie saß, ab.

Madam Thompson erklärte: »Ich stieß auf eine Geschichte, die man sich in dieser Welt seit alten Zeiten erzählte.«

»Und?«

»Sie war der Geschichte, die ich vergessen hatte, nicht unähnlich.« Sie tätschelte einer Katze, die zu ihr kam, den Kopf zwischen den Ohren. Dann ging die Katze wieder fort.

Katzen, dachte Nicholas.

»Sie handelt von einem Alchemisten, der in einer Windmühle lebte, auf einer Insel, die keinen Namen hatte und die allzeit sturmumtost war. Dieser Alchemist bereiste das Zwielicht, weil er dort Albträume zu fangen gedachte. Er entführte Geister, die langsam verblassten, und studierte sie, während sie unscharf und schwach wurden. Nach einiger Zeit war der Alchemist berüchtigt und sein Name wurde nur hinter vorgehaltener Hand geflüstert, weil viele sich vor ihm fürchteten, vor ihm oder vor dem, was er im Schilde führte.«

»Er hatte einen Namen?«, fragte Nicholas.

»Caliban Prospero, so nannte er sich.«

Nicholas und Agatha sahen einander an.

»Shakespeare«, murmelte Nicholas.

»Ja, ja, ja«, erwiderte Madam Thompson. »Irgend so ein Flüsterer hat ganze Arbeit geleistet.«

»Was ist passiert?«

»Prospero wusste, was mit Geistern geschieht, wenn sie sterben.« Sie musterte Nicholas.

»Ich weiß Bescheid«, stellte er klar.

Sie nickte. »Dann weißt du auch, dass kein Geist darauf erpicht ist, sein Leben zu verlieren. Prospero, der auf all das Wissen zurückgreifen konnte, das er in seinem anderen Leben angehäuft hatte, wollte nichts davon hergeben. Er wollte nicht vergessen, wer er war, wollte nicht vergessen, was alles passiert ist. Also hoffte er darauf, etwas zu erschaffen, mithilfe dessen das, was ihn ausmachte, bewahrt werden würde.«

»Sie meinen, er wollte seine Erinnerungen konservieren?«

»Mehr als das, er wollte auf Nummer sicher gehen«, sagte sie. »Er wollte seine Seele bewahren, sein Ich und alles Wissen, das in ihm lebte.« Sie schüttelte den Kopf. »Er wollte die Natur betrügen.« Hier kam die Hexe zum Vorschein, die alles respektierte, was Natur und Leben war. »Er wollte, dass, würde er wiedergeboren, alles noch da wäre. Er würde sterben und dann wie alle toten Geister wiedergeboren werden. Aber er wäre noch er selbst.« Sie hob warnend den Zeigefinger. »Wenn ihm das, was er vorhatte, gelingen würde.«

»Aber?« Nicholas fand, dass dieser Teil der Geschichte mit einem ausdrucksstarken *Aber* abgeschlossen werden sollte.

»*Aber* …« Madam Thompson lächelte. Womöglich kannte sie die Bedeutung eines *Aber* für eine Geschichte. »Er lebte nicht allein auf der Insel. Ein Gehilfe stand ihm zur Seite. Gemeinsam, so hieß es, gingen sie ins Zwielicht hinein. Gemeinsam führten sie die Experimente durch. Und irgendwann fanden sie die Lösung. Prospero erschuf einen Gegenstand, mit dessen Hilfe er zu überleben vermochte. Doch wie so oft ging auch hier Wissen mit Niedertracht einher.« Sie machte eine dramaturgische Pause. »Der Gehilfe betrog ihn. Eines Tages wurde Prospero ermordet. Sein Wissen starb mit ihm.«

»Oder auch nicht«, gab Agatha zu bedenken.

Nicholas fragte sich erneut, was diese Geschichte mit dem Stundenglasding zu tun hatte.

Madam Thompson fuhr fort: »Der Gehilfe verschwindet an dieser Stelle aus der Geschichte. Ob er auf der Insel weitergelebt hat, wer kann das schon sagen?«

Das typische Schicksal einer Nebenfigur, von der man nicht so richtig weiß, ob sie später noch eine Rolle spielen wird, dachte Nicholas. »Ist es Prospero gelungen, sein Ziel zu erreichen?«

»Das, mein Lieber, ist die alles entscheidende Frage. Auf die es, nebenbei bemerkt, keine richtige Antwort gibt.« Madam Thompson zog ein ratloses Gesicht. »Es ist nur eine Geschichte«, betonte sie. »Der geheimnisvolle Gegenstand, den er angeblich erschaffen hat, war eine Moriae. Ein Gefäß, das alles, was er einst gewesen war, für die Zukunft bewahren sollte. Später, in der anderen Welt, würde das, was ihn ausmachte, wieder zu ihm zurückkehren und er würde der Gleiche sein, der er einst gewesen war.«

»Sie meinen, er glaubte daran, wiedergeboren zu werden?«

»Wir alle glauben doch daran.«

»Ja, aber …«

»Nein, diesmal kein *Aber*!« Madam Thompson klatschte in die Hände. »Das ist alles.«

Nicholas fand das Ende ein wenig enttäuschend. Andererseits war diese Geschichte eine Überlieferung und kein literarisches Werk und als solche durfte sie in gewissem Maße Ungereimtheiten aufweisen.

»Die Geschichte hat kein richtiges Ende. Der Gehilfe verschwand, mit oder ohne Moriae.«

Agatha starrte das Stundenglas an. »Glauben Sie …?«

Dass dieses Ding eine Moriae ist?

»Was glaubst du?«, lautete Madam Thompsons Gegenfrage.

Nicholas sprach es aus: »Ist dieses Ding hier eine Moriae?«

Madam Thompson schüttelte den Kopf. »Das ist die falsche Frage.«

»Wie lautet denn die richtige?«

»Wenn dies eine Moriae ist«, sagte sie geheimnisvoll, »wessen Gefäß ist sie dann?«

Nicholas erschauderte. »Sie meinen, dass das, was sich da bewegt, die Seele eines Geistes ist?« Die Seele, seine Erinnerungen, das ganze Bewusstsein.

»Eines Geistes, der gestorben ist.« Madam Thompson zuckte mit den Achseln. »Könnte sein, ja. Muss es aber nicht. Das sind alles erst mal nur Geschichten, das darf man nicht vergessen. Aber sagt man nicht auch, dass in jeder Geschichte etwas Wahres wohnt?«

Nicholas fielen unzählige Fragen ein, die zu stellen jetzt müßig wäre, die ein guter Lektor indes kritisch vorbringen würde: Wie fände man heraus, welches Neugeborene das richtige wäre, wie würde die Moriae zurück in die andere Welt finden? Wäre es unter Umständen ausreichend, sie ins Zwielicht zu bringen? Wer würde all dies bewerkstelligen? Hätte der Alchemist einen Vertrauten, der all die Jahre abwarten würde? Und, nicht zuletzt, wann wäre überhaupt der geeignete Zeitpunkt, um die Seele zurückzugeben?

»Glauben Sie, dass Prospero der gleiche Alchemist ist wie jener, von dem Sie in der anderen Welt gehört haben?«

Ein Achselzucken. »Wer weiß?«

»Wer könnte es denn sein?«, dachte Agatha laut nach und betrachtete die Moriae. War es die Seele Prosperos? Oder von jemand völlig anderem? Für wen war dieses Gefäß von Bedeutung und was konnte man damit bezwecken?

Die Katzen bewegten sich träge und gähnten tonlos.

Nicholas und Agatha betrachteten die Moriae und wussten beide, dass sie noch nicht die Antworten hatten, die sie brauchten.

»Wo hast du sie her?«, wollte Madam Thompson wissen.

Agatha zögerte.

»Meine Liebe«, sagte Madam Thompson mit einem Hauch von Ungeduld, »dass du die Moriae irgendwem gestohlen hast, ist nichts, was mich überraschen würde.« Sie drehte die Sonnenbrillengläser in Richtung Nicholas. »Findelgeister«, sagte sie, als wäre das die Antwort auf alles.

Agatha seufzte, dann sagte sie: »Ich habe sie bei Schofield gefunden.«

»Albert Schofield?«

Sie nickte.

»Sagt man dem nicht nach, Experimente mit Geistern durchgeführt zu haben?«

»Wollen Sie damit sagen …?«

»Nein«, unterbrach sie ihn entschieden. »Ich will gar nichts damit sagen. Nur das, was ich gerade geäußert habe.«

Gerüchte also, aber …

»Sie meinen, Schofield könnte der Gehilfe Prosperos gewesen sein?«

Manche Geschichten, dachte Nicholas, *wirken stark konstruiert.* Das war etwas, das man vermeiden sollte. Es beschleicht einen das Gefühl, dass etwas nicht passt.

Madam Thompson schien ähnlicher Meinung zu sein. »Ich habe nur erwähnt, was man so über Albert Schofield hört.« Dann betonte sie erneut: »Es geht hier nur um Geschichten, vergesst das nicht. Es geht nicht um Wahrheiten. Nur um ein *Was wäre wenn.*«

»Und wenn es so wäre?«

»Dann bliebe noch immer die Frage, wer sich da drinnen befindet.«

Alle starrten das Gefäß an. Nicholas berührte es. Es fühlte sich kalt an, wuselnd, lebendig.

Die Türglocke bimmelte leise.

Agatha schrak auf, Nicholas ebenso. Madam Thompson lächelte und sagte: »Nur eine Katze.« Das Tier mit dem schwarzen Fell und den hellen Augen kam schnurstracks auf Madam Thompson zu, streifte ihr zweimal um die Beine, schnurrte, sprang auf eine Kiste, dann auf ihre Schulter. Madam Thompson kraulte der Katze den Hals und lauschte ihrem Schnurren. Kurz darauf sprang die Katze auf den Boden und verschwand im Durcheinander aus Papier und Wörtern.

»Wer weiß, dass ihr beiden hier seid?«, fragte sie.

Agatha zuckte mit den Achseln. »Mr. Thackaberry.«

»Und Chesterton.«

Madam Thompson schaute auf. »Peter Chesterton?«

»Ja.«

»Was habt ihr beiden mit Peter Chesterton zu schaffen?«

Nicholas sagte: »Er hilft uns.«

»Bei was?«

Er schwieg.

Madam Thompson winkte ab. »Egal, Peter Chesterton ist ein Schwerenöter. Und überaus charmant.«

Nicholas fragte sich, wie sie das wohl meinte, und machte erst gar nicht den Versuch, das versonnene Lächeln zu deuten.

Doch Madam Thompson wurde schnell ernst. »Agatha,

meine Liebe, du weißt, dass ich kein Geheimtipp in London bin.« Erneut rückte sie die Brille zurecht, sodass die Spiegelbilder im neuen Lichteinfall seltsam verzerrt wirkten. »Ich kenne Geschichten«, sagte sie, »und diejenigen, die zu mir kommen, gehen selten ohne eine Geschichte von hier fort. Ich bekomme gerade Nachricht von der Katze, dass welche hierher unterwegs sind.«

Agatha sah mit einem Mal erschrocken aus »Mist«, fluchte sie.

Nicholas ahnte genau, was sie meinte.

Wenn ihnen jemand auf der Spur war, würde er früher oder später hier auftauchen.

Madam Thompson, die ihm den Gedanken wohl von der Nasenspitze ablesen konnte, nickte. »Jemand ist hinter euch her. Eingedenk der Tatsache, dass du die Moriae Albert Schofield höchst selbst entwendet hast, würde ich darauf tippen, dass er selbst oder Fagins Fledderer euch suchen.«

Agatha nickte betreten.

»Ihr beiden solltet jetzt gehen. Nehmt die Geschichte, die ich euch gegeben habe, mit. Macht das Beste daraus.«

Agatha sagte: »Danke.«

»Für Thackaberry«, sagte Madam Thompson. »Und für dich, meine Liebe.« Sie grinste. »Die Rechnung geht ans Museum, wie immer.«

»Wie immer.« Agatha steckte die Moriae in den Rucksack zurück und schaute wachsam zur Tür.

»Wenn jemand nach euch beiden fragt, werde ich natürlich die Wahrheit sagen.«

Nicholas sah sie überrascht an.

»Keine Sorge«, beschwichtigte sie ihn. »Wenn sie herkommen, wissen sie ohnehin längst, dass ihr wegen der Moriae gekommen seid. Und sie werden auch wissen, dass ich euch mit einer Geschichte habe gehen lassen. Sie zu belügen wäre sinnlos. Ich bin, was ich bin, und das wissen auch andere.«

»Ja, ich weiß«, sagte Agatha.

»Also, passt auf euch auf«, gab sie ihnen mit auf den Weg. Sie setzte die Sonnenbrille ab und Nicholas blickte in ein Paar schneeweiße Augen. »Denkt immer daran«, flüsterte sie, »Blindheit hat nichts mit den Augen zu tun.« Sie setzte die Sonnenbrille wieder auf, drehte sich um und ging zum Sekretär zurück. Der Besuch war beendet, die Geschichte erzählt.

Agatha berührte Nicholas an der Schulter, sanft und doch bestimmt. »Komm!«, sagte sie.

Dann liefen sie eilig hinaus in die Nacht. Nichtahnend, wie schnell Geschichten sich gegen die wenden können, die von ganzem Herzen an sie glauben.

11

Die Straßen waren größtenteils verwaist, nur vereinzelt gingen noch Gestalten, eilig und verhüllt von Nacht und Nebel, ihres Wegs.

Agatha und Nicholas hatten beide nicht die Absicht, Zeit zu verlieren, beide sehnten sie sich nach der Geborgenheit des Theaters. Erst dort, das wussten sie, würden sie zur Ruhe kommen, erst dort würden sie sich einigermaßen sicher fühlen und wieder durchatmen können. Die Stadt aus Nebel barg einfach viel zu viele Geheimnisse, als dass man sich unbesorgt in ihren Straßen und Gassen bewegen konnte – jedenfalls zu dieser düsteren Nachtstunde, die Nicholas immer unheimlicher wurde. Der Nebel, so kam es ihm vor, war dicker und undurchdringlicher geworden, die Schilder mit den Namen der Straßen verschwammen in einer grauen Suppe, die Geräusche und Sicht gleichermaßen verschlang.

»Glaubst du, er ist hinter uns her?«

Nicholas wusste noch immer nicht so recht, was er von Madam Thompson halten sollte.

»Gildersleeve?«

Sie nickte.

»Der oder dieser Schofield. Macht das einen Unterschied?«

Agatha sah sich wachsam um. »Ich will keinem von beiden begegnen.«

Nachdem sie Madam Thompsons Laden verlassen hatten, schlugen sie direkt und unverzüglich den Weg Richtung *Summerscale Theatre* ein. Nur weg von der Straße, das war ihr Ziel. Die Tatsache, dass Madam Thompsons Katze sich so geheimnisvoll unkonkret ausgedrückt hatte, verstärkte das ungute Gefühl, von einem oder mehreren Unbekannten verfolgt zu werden.

»Jetzt, da ich weiß, dass dieses Ding eine Moriae ist«, sagte Agatha leise und so vorsichtig, als würde sich jeder in der Stadt für diese Information interessieren, »fühle ich mich irgendwie noch schutzloser.« Sie lächelte zögerlich und verloren. »Was verrückt ist, weil ich bis vor Kurzem nicht einmal gewusst habe, was eine Moriae überhaupt ist.«

Die Macht der Wörter, dachte Nicholas. »Du solltest Thackaberry davon berichten.«

Agatha erwiderte: »Ich sollte sie Thackaberry sofort zurückbringen. Ich habe keine Lust, das Ding bei mir zu Hause aufzubewahren.« Das Unbehagen stand ihr ins Gesicht geschrieben. »Ich habe ein ziemlich mieses Gefühl bei der ganzen Sache.« Sie sah sich erneut um. »Weißt du, normalerweise erledige ich harmlose Aufträge. Gut, es kann schon mal vorkommen, dass ich, wie bei Schofield, etwas an mich nehmen muss, das nicht unbedingt mir gehört.« Eine harmlose Formulierung, die allemal besser klang als *stehlen.* »Aber ich habe bisher nie etwas entwenden müssen, das so …« Sie suchte nach einem passenden Wort und seufzte resigniert. »Ach, ich weiß auch nicht, *böse* ist vielleicht ein zu harter Ausdruck. Unheimlich? Es fühlt sich nicht gut an, das Ding bei sich zu tragen.«

Nicholas wusste, was sie meinte. »Dann lass es uns ins Museum bringen und danach bist du es endgültig los. Soll Thackaberry doch selbst sehen, was er damit anfängt.« Schließlich hatte sie es nur für ihn besorgt, es gehörte jetzt ihm. Genau genommen, so dachte Nicholas, war Thackaberry der Dieb und Agatha eigentlich nur die Gehilfin, was sie nicht unbedingt weniger schuldig machte, aber doch, zumindest in Nicholas' Augen, mildernd wirkte.

Das Mädchen dachte darüber nach. »Es ist schon spät.«

»Ist doch egal!« Thackaberry war bestimmt noch wach. Und wenn nicht, könnten sie es dem Portier geben. Oder sonst wem. In dem Museum voller Flüsterer würden sie schon irgendwen antreffen, der wüsste, wie er damit zu verfahren hatte.

Agatha sah ihn von der Seite an. Sie klang zögerlich. »Ja, vielleicht ist das die beste Lösung.«

»Gut, dann lass uns zum Museum gehen«, sagte Nicholas zufrieden.

»Das Gefühl, dass ein toter Geist da drin seine Seele aufbewahrt hat«, gestand Agatha, als sie die Richtung änderten und schnurstracks nach Bloomsbury marschierten, »macht mir Angst.«

Seele, Erinnerung, Wissen. Machte das einen großen Unterschied?

»Vielleicht ist er noch gar nicht tot.«

Der Gedanke gefiel Agatha gar nicht. »Wie meinst du das?«

»Na ja, womöglich hat er nur vorgesorgt.«

»Er?«

»Albert Schofield.«

»Wieso ausgerechnet er?«

»Er war im Besitz der Moriae. Und er führt bestimmt kein ungefährliches Leben.« Nicholas konnte sich die Gefahren bunt ausmalen – mal ganz abgesehen von den engen Kontakten zu den Maliphants.

»Du meinst, er hat die Moriae benutzt, weil er auf Nummer sicher gehen will?«

Nicholas zuckte mit den Achseln. »Könnte doch sein.«

»Aber die Moriae war vorher im Besitz der Maliphants. Er hat sie von ihnen bekommen.«

Stimmt, das hatte er ganz vergessen. »Dann will vielleicht Ezra Maliphant auf Nummer sicher gehen.«

Sie sahen einander an. Dann sagten sie fast gleichzeitig: »Quatsch!« Und mussten beide lachen.

Das alles waren doch nur Mutmaßungen, nichts davon beruhte auf Fakten. Alles, was sie hatten, war die Geschichte, die ihnen Madam Thompson aufgetischt hatte – was besser war als nichts, aber auch weniger als die Wahrheit.

Dann wurden beide schlagartig wieder ernst, als sie ein Geräusch hörten – das sich aber nur als das rastlose Wiehern eines Pferdes in der Ferne herausstellte, vermutlich ein Droschkengaul, der in den letzten Tagen der viktorianischen Ära gestorben und hier gelandet war.

»Komm!« Agatha ging schnellen Schrittes weiter. »Lass uns über etwas anderes reden«, schlug sie vor. »Wir haben keine Ahnung, was es mit dieser Moriae auf sich hat, und ich weiß nicht einmal, ob ich überhaupt weiter darüber nachdenken will. Ich habe herausgefunden, um was es sich handelt, und mehr hat Thackaberry nicht von mir verlangt.« Sie hielt inne. »Findelgeister tun gut daran, nichts zu hinterfragen«, sagte sie. »Ich habe einen Auftrag bekommen und ihn erledigt. Alles andere kann mir egal sein.« Sie ging immer schneller. »Ich bringe die Moriae ins Museum und dann bin ich sie los.«

Nicholas fragte: »Hast du jemals daran gedacht, etwas anderes zu machen?«

»Ich bin ein Findelgeist«, sagte sie, als sei das Antwort genug. »Da gibt es nicht so viel.« Das klang kleinlaut, fast beschämt.

»Du meinst, niemand vertraut dir?«

Sie nickte, sah ihn aber nicht an.

»Thackaberry vertraut dir.«

Sie zog ein Gesicht. »Thackaberry weiß, dass ich loyal bin. Ich kenne ihn jetzt schon vier Jahre, aber richtig schlau werde ich nicht aus ihm. Er ist nett und er sorgt für mich, aber ...« Ein tiefes Seufzen. »Er ist so, wie die meisten sind, immer auf seinen Vorteil bedacht. Das ist nicht schlimm. So ist das Leben nun mal.« Sie klang sehr abgeklärt und dennoch traurig. Dann blieb sie stehen, drehte sich zu ihm und fragte abrupt: »Woran denkst du?«

»Jetzt gerade?«

»Ja.«

»Warum fragst du?«

»Weil ich es wissen möchte. Du siehst nicht so aus, als würde dich die Moriae beunruhigen. Woran denkst du?« Sie wartete.

Der Augenblick für eine Frage wie diese, fand Nicholas, war wirklich vortrefflich gewählt.

»Du willst es wirklich wissen?« Er fühlte sich überrumpelt.

Ein Nicken.

Warum nicht ehrlich sein? Er nahm tief Luft, fast unmerklich. »An uns. Ich habe an uns gedacht.« Als er es ausgesprochen hatte, bereute er es bereits. »Na ja, ich habe *über* uns nachgedacht.« Er wollte jetzt eigentlich nicht über das reden, was genau ihm durch den Kopf ging und was ihm eigentlich schon seit dem Highgate Cemetery Kopfzerbrechen bereitete. »Ich meine, es ist …« *Kompliziert*, würde Chesterton sagen.

Doch Agatha lächelte still. »Ja, das tue ich auch«, flüsterte sie, gerade so, als habe sie genau diese Antwort erhofft.

Nicholas stand vor ihr und kam sich irgendwie dämlich vor. »Das vorhin«, sagte er leise, »auf dem Friedhof, das war wie der Anfang von etwas.« Er räusperte sich. »Ich meine, ich bin mir sicher, dass es so ist.« Er sah ihr in die Augen. »Weißt du, was ich meine?«

Sie nickte. »Ich bin ein Findelgeist«, flüsterte sie und sah ihn dabei nicht an. »Und du bist nicht mal tot.«

»Ich weiß.«

»Und?«

Er berührte ihre Wange, irgendwie zaghaft.

Sie hob den Blick. Ihre Augen schimmerten feucht. »Ich habe keine Ahnung, wie es weitergeht.«

»Es *wird* weitergehen«, versprach er ihr.

»Du bist sehr zuversichtlich.«

»Ja, so bin ich eben.«

»Ich kenne dich doch erst seit zwei Tagen«, sagte Agatha, »aber ich will nicht, dass du wieder gehst.«

Nicholas dachte, dass er einen Dialog wie diesen niemals schreiben könnte. Er hatte sich bisher immer ganz gut davor gedrückt, eine Szene wie diese zu schreiben, letzten Endes, weil er sich unsicher fühlte – Jonathan Fry war da konkreter geworden: *Du hast Angst, dich fallen zu lassen.* Und dann hatte er gesagt: *Romantik tut gut.* Und ganz zuletzt: *Lass es einfach geschehen!*

»Ich bin hier«, sagte er, »und du bist es auch.«

Agatha sah ihn lange an, dann stellte sie sich auf die Zehenspitzen und küsste ihn, während sie sein Gesicht mit ihren Händen umfasste. Und so schnell und unverhofft wie dieser Kuss verflog auch der Augenblick

»Komm!« Agatha lächelte, knuffte ihn an die Schulter und lief weiter.

Nicholas folgte ihr. Er fühlte sich besser als noch vorhin und ganz heimlich fragte er sich, was Jonathan Fry wohl jetzt sagen würde.

Die nächsten fünf Minuten liefen sie schweigsam nebeneinander durch die Nacht. Sie mieden andere Passanten und horchten andauernd in den Nebel hinein. Hin und wieder kamen sie an eine Ecke, die Nicholas zu erkennen glaubte. Waren sie schon in Bloomsbury angekommen? Er musste sich eingestehen, dass er mittlerweile wohl vollends die Orientierung verloren hatte. Dem zum Trotz schien Agatha den Weg zu kennen, denn sie lief zielstrebig voran.

Der Nebel indes schien tatsächlich immer dichter zu werden. Hier und da waren sogar einige Straßenlaternen erloschen. Nicholas fragte sich, ob sie mit Gas oder Strom betrieben wurden.

Dann, plötzlich, mitten in einer schmalen Gasse, die sie als Abkürzung genommen hatten, blieb Agatha stehen.

»Was hast du?«

Sie ergriff seine Hand. »Da vorne.« Sie deutete in die Gasse, die vor ihnen lag. Ihre Hand zitterte.

»Was ist da?« Nicholas konnte nichts erkennen.

Sie zuckte mit den Achseln und spähte in die Gasse hinein.

»Da ist nur Nebel«, sagte Nicholas.

»Für mich nicht.«

»Was siehst du denn?«

»Nichts. Es ist zu dunkel, um etwas zu erkennen.«

Nicholas lauschte und sah angestrengt dorthin, wo sie hinsah.

»Da ist etwas«, sagte sie.

Nicholas bekam Gänsehaut. »Was meinst du?«

»Etwas.«

Ja, er spürte auch, dass dort etwas war.

»Da, hörst du?«

Nicholas hörte ein dumpfes Schnaufen, tiefdunkel, wie von etwas Großem, Wildem. Der Nebel dämpfte das Geräusch, aber es war da.

»Ist das ein Tier?«

Es war nah.

Sie zuckte mit den Achseln. »Könnte vieles sein.«

»Was denn zum Beispiel?«

Sie sagte: »Ein Kojote.«

Nicholas musste verlegen grinsen. »Es gibt keine Kojoten in England.«

Ihre Stimme zitterte. »Oder Heathcliff.«

»Der heult nur im Moor.«

Sie schluckte und spähte ins Dunkel.

»Ich wusste nicht, dass du Horrorfilme magst.«

»Tu ich auch nicht. Ich mag nur den einen. Weil er lustig ist.«

Nicholas seufzte.

Er konnte nichts erkennen, lauschte aber weiter angestrengt. Hatte er sich womöglich getäuscht? Nein, da war ein Schnaufen gewesen wie von etwas verdammt Großem. An den Film zu denken, half da nicht gerade weiter. *Bleib ruhig*, sagte er sich. *Durchatmen.* Das perfekte Mantra für Situationen wie diese.

Es fiel ihm schwer, in diesem dichten Nebel überhaupt etwas zu erkennen. Das Licht aus der Straßenlaterne erhellte die Suppe nur dürftig, und dort, wo es das tat, zauberte es nichts als Trugbilder, Hauswände, Fenster, Türen, Laternen, Poller, parkende Autos.

Dann, ohne Vorwarnung, tauchten plötzlich zwei Augen im Nebel auf. Sie waren schwarz wie Kohlestücke und hatten keinen Körper.

Unwillkürlich musste Nicholas an die Grinsekatze denken, der Alice irgendwo im tiefen Wald begegnet. Da waren nur Umrisse, vage und angedeutet. Das Ding sah aus, als bestünde, was immer zu diesen Augen gehörte, nur aus Nebel, seine Form schien fortwährend in Bewegung zu sein. Es waberte, flimmerte, halluzinierte, und Nicholas hatte das Gefühl, dass seine eigenen Augen mit einem Mal brannten und sein Kopf an den Schläfen schmerzte, wenn er nur in die Richtung der Kohleaugen schaute.

Er hatte schon einmal so empfunden.

Hüte dich vor den Rissen.

In Greenwich.

»Ein Nachtmahr«, flüsterte Agatha ängstlich.

Maliphant Manor.

Nicholas erinnerte sich an das Wesen, das Gildersleeve ihm gezeigt hatte. Allein in der Kiste eingesperrt, war die Kreatur schon furchterregend gewesen. Die Aussicht aber, dass ein ähnliches Wesen sich jetzt direkt vor ihnen in der Gasse befand, erschreckte ihn zutiefst.

Der Nachtmahr schnaubte und dann knurrte er. Jedenfalls kam das Geräusch einem Knurren am nächsten – wenngleich es auch auf eine bedrohliche Art und Weise *schmatzend* klang.

»Was machen wir jetzt?«, flüsterte er. *Was wird er mit* uns *machen?* Nicholas hatte keine Ahnung, wovon diese Wesen lebten.

»Wir verhalten uns ruhig«, flüsterte Agatha. Sie sah aus, als sei sie gelähmt vor Angst.

»Und?«

»Wir nehmen einen anderen Weg.«

Guter Vorschlag. »Was wird der Nachtmahr tun?«

»Wenn wir Glück haben, streunt er nur herum und wird uns in Ruhe lassen.«

»Und wenn nicht?«

Agatha nahm ihn bei der Hand und ging mit langsamen Schritten zurück. Nicholas folgte ihr.

»Hoffentlich ist es nur einer«, flüsterte Agatha. Sie war ganz bleich, ihre Hand zitterte.

Wunderbar!, dachte Nicholas.

Er hatte keine Ahnung, was Nachtmahre so trieben, aber er erinnerte sich – natürlich ausgerechnet jetzt – an das, was Chesterton ihm gesagt hatte, nämlich dass Mr. Thackaberrys Freundin Valery Hobson damals von einem Nachtmahr getötet worden war. *Angefallen*, das war das Wort gewesen, das er benutzt hatte. (Wörter *sind* mächtig.) Aus einem Grund, der ihm gar nicht gefiel, musste Nicholas an Wölfe denken. Und natürlich an den Nachtmahr in der Kiste in Greenwich und all die anderen in den Kisten, die er nicht gesehen, sondern nur gehört hatte.

»Komm!« Agatha zog ihn hinter sich her.

Bleib ruhig!

So gingen sie mit langsamen Schritten zurück bis zur nächsten Abbiegung. Der Nachtmahr schien weiterhin vorne im Nebel zu warten. Nicholas wollte nicht wissen, worauf.

Hin und wieder knurrte das Wesen, dann war es wieder still.

Er dachte an das Lied *Santa Lucia*. Und den Film. Und daran, leise zu pfeifen – was er natürlich unterließ, weil er wusste, wohin das im Film geführt hatte.

Nicholas lauschte, hörte aber keine Schritte.

Hört man überhaupt Geräusche, wenn Nachtmahre sich fortbewegen? Machen sie Schritte? Schweben sie?

Durchatmen!

Er folgte Agatha in der Hoffnung, dass sie zumindest vom Hörensagen wusste, wie man sich in einer Situation wie dieser zu verhalten hatte. Immerhin lebte sie schon eine Weile in der Stadt aus Nebel.

»Wohin jetzt?«, fragte er so leise wie möglich, als sie an der Kreuzung am Anfang der Gasse angekommen waren.

»Dort hinüber«, schlug sie vor.

Beide spähten sie in den Nebel hinein. Die Straße schien verlassen zu sein, alles war ruhig.

»Was tun Nachtmahre denn so?« Nicholas wusste natürlich, dass jetzt nicht der beste Zeitpunkt war, um eine Frage wie diese zu stellen, aber … trotzdem!

»Streunen, lauern, fressen«, antwortete Agatha.

»Okay«, murmelte er und warf einen Blick zurück.

Der Nachtmahr aus der Gasse schien ihnen, warum auch immer, nicht zu folgen.

Agatha bemerkte es auch. »Vielleicht unternimmt er nichts, weil wir zu zweit sind«, flüsterte sie. Ihre Stimme zitterte.

Es war ein sehr brüchiges *Vielleicht*.

Nicholas fragte sich, wie er sie beschützen könnte, wenn der Nachtmahr sie beide angriff. Er hatte nichts dabei, das er als Waffe benutzen könnte. Wehmütig dachte er an den Regenschirm und Peter Chestertons Aussage, dass man immer einen dabeihaben sollte. Außerdem hatte er keine Ahnung, wie er einem angreifenden Nachtmahr überhaupt gegenübertreten könnte. Wenn die Wesen aus Nebel bestanden, dann hatten sie womöglich gar keinen festen Körper, den man angehen konnte.

Verdammt, verdammt!

Er wünschte sich, es wäre doch nur ein Kojote.

Langsam, ruhig und vorsichtig gingen Agatha und er die Straße entlang. In seinem Kopf die Melodie.

Santa Lucia.

Plötzlich hörten sie ein weiteres Geräusch, ein Knurren, so tief wie jenes zuvor, aber doch irgendwie anders.

Sie hoben gleichzeitig die Blicke und erschraken bis aufs Blut. Die Fassade des Hauses zu ihrer Rechten verschwand über ihnen im Nebel. Efeu kroch an der Fassade empor, weiter oben, und in der Dunkelheit raschelten die Blätter. Da oben war etwas, und Nicholas wollte sich gar nicht erst ausmalen, um was es sich handelte.

»Glaubst du, das ist der von vorhin?«

Agatha schüttelte den Kopf.

Dann sind es also schon zwei, fuhr es Nicholas durch den Kopf. *Wie wunderbar!* Dieser Nachtmahr hier schien sich an der Hausfassade festzukrallen und sie von oben zu beobachten. Was, fragte sich Nicholas erneut, hatten diese Wesen vor?

Mist, verdammter.

Agatha indes setzte einen Schritt vor den anderen. »Lass uns weitergehen«, schlug sie vor.

Vermutlich gab es keine andere Möglichkeit.

»Was machen wir, wenn sie ...?«

»Angreifen?«

Er nickte.

Sie sah ihn nur an, was Antwort genug war.

»Wir könnten irgendwo klopfen«, schlug Nicholas vor.

»Glaubst du etwa, jemand lässt uns in sein Haus?«

Ja, verdammt, er hatte genau das gedacht.

»Vergiss es«, sagte sie. Und dann: »Komm!«

Sie gingen weiter die Straße entlang, Schritt um Schritt.

Der Nebel brachte Nicholas noch um den Verstand. Nichts zu sehen und nur erahnen zu können, wo sich der Nachtmahr befand, war alles andere als angenehm. Außerdem fühlten sich seine Beine an, als wären sie aus Pudding.

Hinter ihnen knurrte es erneut.

Agatha riss den Kopf herum und unterdrückte einen Schrei. Sie hielt sich die Hand vor den Mund, die Augen weit aufgerissen. Tonlos formten ihre Lippen ein *O Mist*!.

Der Nachtmahr von vorhin war ihnen gefolgt. Er stieß einen Schrei aus, der wie ein heiseres Bellen klang. Das Geräusch wurde von dem Nachtmahr, der oben an der Fassade herumkletterte, mit einem ähnlichen Bellen erwidert.

»Sie kommunizieren?«

»Sie jagen manchmal im Rudel«, sagte Agatha.

Na klasse!

»Wie beruhigend.«

»Ja, nicht wahr?«

Nicholas sah sich um. *Zwei Nachtmahre also.*

Er dachte an die BBC-Dokumentationen über Raubtiere, die er als Kind so gerne geschaut hatte. Seine Großmutter hatte die Sendungen über Forscher in fernen Ländern geliebt und Nicholas hatte es seinerseits geliebt, sie in der Wohnung seiner Großmutter, gegen den Willen seiner Mutter, anschauen zu dürfen. Ihm fielen die Luftaufnahmen von Wolfsrudeln ein, die ein Rentier oder einen Hirsch jagten. Ein paar Wölfe verfolgten die Beutetiere, während der Rest des Rudels irgendwo geduldig darauf wartete, dass die Beute zu ihm getrieben wurde. Irgendwie hatte Nicholas das Gefühl, dass das hier ähnlich war.

Was ist schlimmer als zwei Nachtmahre? Drei Nachtmahre!

»Nicholas!« Sie hauchte seinen Namen so voller Furcht, dass er die Gefahr spürte, bevor sie ihm bewusst wurde.

Das Grollen, das jetzt weiter vorne in der Straße geboren wurde, war noch viel tiefer und bedrohlicher als die Geräusche, welche die anderen beiden Nachtmahre von sich gegeben hatten. Erneut erklang das kehlige Bellen, einmal hinter ihnen, einmal hoch über ihnen. Wieder raschelte Efeu und etwas – ein Blumentopf? – fiel um und zerbrach.

Agatha atmete schnell und hektisch und die Tatsache, dass sie Angst hatte, machte auch Nicholas Angst.

Spätestens jetzt fühlte er sich wie ein Beutetier.

Was nun?

Vor ihnen lauerte ein Nachtmahr im Nebel, hinter ihnen schnitt ihnen einer den Rückzug ab, und der dritte, der hoch oben an der Fassade entlangkletterte, war auch noch da. Wann würden sie zuschlagen? Und, vor allem, *wie* würden sie zuschlagen?

»Vielleicht kann ich sie ablenken«, schlug Nicholas vor.

»Bist du bescheuert?«

»Du könntest dich in einem Hauseingang verstecken und ich mache Lärm und …«

Sie legte ihm einen Finger auf die Lippen, sah ihn an und schüttelte den Kopf. Sie küsste ihn, ließ ihn ein letztes Mal in ihren Mondaugen ertrinken, kurz nur, viel zu kurz.

Dann kam der Angriff.

Und er kam schnell.

Nicholas spürte nur, wie etwas mit großer Kraft Agatha von ihm wegriss. Es sah so aus, als fege ein Sturm durch den Nebel. Im einen Moment hatte er noch den sanften Druck ihrer Lippen auf seinen gespürt, die Nähe ihres Körpers, den Takt ihres Herzens, die Wärme ihres Atems, dann war sie fort. Der Nebeldunst wirbelte in Form eines menschenähnlichen Körpers mit Armen und Beinen auf ihn zu, etwas packte ihn mit festen Klauen, die er nicht mal sehen konnte, und dann wurde er zu Boden gestoßen.

Agatha schrie, kreischte laut wie jemand, den ein Albtraum übermannt, wurde über die Straße geschleudert, brutal, hart und schnell. Nicholas sah die Augen, so schwarz wie Kohlestücke, Augen, die im Nebel zu schweben schienen, körperlos und böse, hungrig und gierig.

Ein Schlag raubte ihm die Luft. Er spürte starke Klauen, die ihn packten und zu Boden drückten.

»Agatha!«

Sie lag regungslos auf der anderen Straßenseite und Nebel beugte sich über sie. Nein, kein Nebel, ein Nachtmahr. Die Silhouette hob sich vom Rest der Umgebung ab, die schwarzen Augen blitzten boshaft. Sie blickten kalt auf Agatha und dann zu Nicholas.

Was hatte der Nachtmahr ihr angetan?

Nicholas versuchte, sich zu befreien, doch der Nachtmahr, der auf ihm hockte und ihn zu Boden drückte, fauchte nur und eisig kalte Luft schlug ihm ins Gesicht. Er versuchte, den Nachtmahr von sich zu stoßen, aber seine Hände fanden nicht mal einen Widerstand. Da gab es nur die Kälte und einen fauligen Geruch, ein lautes Knurren und heftige Schläge, wieder und wieder.

Dann plötzlich hob Agatha den Kopf und sah Nicholas an. Etwas war mit ihren Augen geschehen.

Nebel, dachte Nicholas. *Sie sind voller Nebel.*

Er bemerkte den Rucksack. Er lag auf der Straße.

Die Moriae!

Agatha öffnete den Mund zu einem Schrei, aber sie blieb stumm. Der Nachtmahr, der sie festhielt, stieß ein lautes Heulen aus, das schrill die Nacht zerfetzte.

Nicholas dachte wütend und hilflos zugleich: *Scheiß auf die Moriae.* Er sah nur Agathas Mondaugen, die in weißen Nebeln ertranken. Er stöhnte laut auf und erkannte, dass auch ihm die Stimme versagte. Die Angst und die eigene Machtlosigkeit führten dazu, dass er sich mit aller Kraft aufbäumte.

Doch gegen den Nachtmahr, der ihn gefangen hielt, konnte er nichts ausrichten. Benommenheit umspülte seine Sinne, als würde er betäubt

Ein dritter Nachtmahr (vermutlich derjenige, der oben an der Fassade gelauert hatte) kam auf die Straße geweht. Genau so sah es aus, wie eine Gestalt, die hinab*geweht* wird. Die Kohleaugen glühten förmlich vor Mordlust. Der Nachtmahr stieß den Artgenossen, der auf Nicholas hockte, zur Seite, bellte laut und krächzend und stieß dann das gleiche Heulen aus wie der Nachtmahr zuvor. Er packte Nicholas' Kopf und drehte ihn so, dass er das Mädchen sehen konnte. Agatha hatte den Mund zu einem Schrei geöffnet, aber jedes Geräusch in ihr wurde erstickt.

Dann wurde es still.

Das war überhaupt das Allerschlimmste. Nichts mehr von ihr zu hören, brach Nicholas förmlich das Herz.

Er spürte, wie ihm Tränen heiß in die Augen traten. *Agatha*, dachte er, nur ihren Namen, wieder und immer wieder.

Stille.

Der Rucksack lag noch immer auf der Straße. Keiner der Nachtmahre schenkte ihm Beachtung.

Dann tauchten aus dem Nebel zwei weitere Silhouetten auf. Sie trugen Anzüge und Melonen und wirkten wie echte Gentlemen. Einer von ihnen ging hinüber zu Agatha. Die Nachtmahre schienen den Männern hörig zu sein und taten ihnen nichts. Einer der Gentlemen bückte sich und hob den Rucksack auf, öffnete ihn, schaute hinein. Die Klaue, die Nicholas' Kopf wie im Schraubstock gefangen hielt, ließ ihn plötzlich los

Und als sie das tat, verlor er das Bewusstsein und alles, auch Agatha Myles, verschwand im Nebel dieser Nacht.

Die dunkelsten, kältesten Augen, die Nicholas jemals erblickt hatte, musterten ihn abwartend. »Mr. James.«

Die Stimme, die seinen Namen aussprach, war so geschmeidig wie die Bewegung eines Hais, der in trübem Gewässer seine Bahnen zieht. »So sehen wir uns also endlich wieder.« Spott troff aus den Wörtern in die kalte Stille der Nacht.

Nicholas stöhnte und fasste sich an den Kopf.

Die Schmerzen in den Schläfen ruhten noch immer dort und trübten seinen Blick. Sein Mund war trocken.

»Gildersleeve«, sagte er.

Der Angesprochene lächelte, ohne dass der Ausdruck in den dunklen starren Augen sich änderte. »Sie glauben gar nicht, wie sehr ich mich danach gesehnt habe, unser so abrupt unterbrochenes Gespräch fortzusetzen.«

Eine unschöne Wunde verlief über dem rechten Auge hinauf bis zum Haaransatz. Er bemerkte Nicholas' Blick und berührte sie. »Er wird Ihnen nicht noch einmal zu Hilfe eilen.« Wieder bemerkte Nicholas, was ihm schon in Greenwich aufgefallen war, nämlich dass Gildersleeve nicht zwinkerte. »Wer immer das war und – da darf ich doch frei sprechen? – ich tippe auf jemanden namens Chesterton.« Er grinste überheblich. »Peter Chesterton hat keine Ahnung, in welchem Schlamassel Sie gerade jetzt stecken.«

Nicholas fragte sich, ob Chesterton etwas zugestoßen war.

»Keine Angst«, beschwichtigte ihn Gildersleeve, als könne er Gedanken lesen. »Es geht ihm gut.«

»Wo ist Agatha?«

Silas Gildersleeve schaute sich in der Straße um. »Nun, hier ist sie jedenfalls nicht mehr.«

Erst jetzt fiel Nicholas auf, dass er noch genau dort war, wo er das Bewusstsein verloren hatte. Er lag noch immer auf dem feuchten, kalten Kopfsteinpflaster. Langsam stand er auf. Er fühlte sich schwach und sein ganzer Körper schmerzte. Die Straße war ansonsten verlassen. Keine Spur von den Nachtmahren und von Agatha.

Nur Gildersleeve war da. »Ein ungastlicher Ort, um sich wiederzusehen. Finden Sie nicht auch? Aber wir können uns nicht immer aussuchen, wohin das Schicksal uns verschlägt.« Er sah sich um und seufzte erleichtert. »Aber wir sind allein. Wir können über alles reden und keiner hört uns dabei zu.« Ein weiteres Grinsen.

Nicholas stand vor ihm und klopfte sich den Dreck von den Klamotten.

»Nachtmahre können einen ganz verrückt machen vor Angst, nicht wahr? Und sie können sehr einschläfernd sein, wenn sie es darauf anlegen.«

»Was haben Sie mit Agatha gemacht?«

»Ich?« Gildersleeve stand still da wie eine Statue.

Nicholas sah, dass der Rucksack verschwunden war.

Gildersleeve entging dieser Blick nicht. »Nur wir beide sind noch hier«, sagte er. »Warum? Na, was glauben Sie? Um genau dieses eine, sehr nette und traute Gespräch zu führen. Der Rucksack mit der Moriae? Wird schon bald wieder dort sein, wo er hingehört. Was dann geschehen wird?« Er machte ein fragendes Gesicht. »Nun, das hängt, denke ich, in erster Linie von Ihnen ab, Mr. James. Denn Sie tragen die größte Bürde von uns allen. Sie müssen sich entscheiden.« Er bewegte sich kaum, stand einfach nur da, still und nahezu regungslos.

Nicholas fragte nicht nach, was er meinte. Er konnte es sich denken. Erpressung war das älteste Spiel der Welt und er war nicht gerade auf der Gewinnerseite.

»Sie stehen, könnte man sagen, an einer Weggabelung.« Gildersleeve kostete jedes Wort aus. »Und welchen Weg Sie jetzt nehmen, liegt ganz allein bei Ihnen. Sie können den richtigen wählen oder sich für den falschen entscheiden.« Er versuchte, besorgt auszusehen. »Doch, werden Sie sich nun fragen, welcher Weg ist denn der richtige und welcher der falsche? Liegen Richtig und Falsch nicht immer im Auge des Betrachters?« Er nickte selbstgefällig, voller geheuchelter Anteilnahme. »Um Ihnen diesbezüglich ein wenig behilflich zu sein, habe ich mir erlaubt, dafür zu sorgen, dass Richtig und Falsch, wie immer man es auch definieren mag, in diesem Zusammenhang für uns beide die gleiche Bedeutung bekommen.«

Nicholas starrte ihn nur an. Er war nicht in der Position, irgendwelche Forderungen zu stellen. Er fühlte sich schwach und fürchtete um Agathas Gesundheit, wenn nicht um ihr Leben. Wenn sie hier sterben würde, dann bekäme er sie nie wieder zu Gesicht, sie würde neugeboren und alles, was sie erlebt hatten, wäre kaum mehr als seine letzte traurige Erinnerung an sie.

Gildersleeve führte unbeirrt seine Rede fort: »*Richtig* bedeutet natürlich, dass diejenigen, die wir lieben, überleben. *Falsch* bedeutet, dass diejenigen, die wir lieben, sterben.« Er lachte gönnerhaft. »Wenn nur alles im Leben so einfach wäre, nicht wahr?« Er schlug Nicholas freundschaftlich auf die Schulter. »Ich bin sicher, Sie sehen das ähnlich wie ich.«

»Wie könnte es anders sein?«, antwortete Nicholas zerknirscht.

»Sehen Sie«, sagte Gildersleeve, »genau das habe ich mir auch gedacht. Da wir nun also beide wissen, was der richtige Weg ist, können wir uns lange Diskussionen, diese Angelegenheit betreffend, ersparen.«

Nicholas schwieg betreten.

Gildersleeve musterte ihn. »Ich bin ehrlich gesagt sehr froh, dass wir uns da so schnell einigen konnten.« Er seufzte theatralisch und machte eine Pause, als genieße er die nächtliche Atmosphäre. »Zurück zu unserem, aus meiner Sicht doch sehr unsanft unterbrochenen Gespräch«, fuhr er schließlich fort. »Sie erinnern sich doch noch daran?«

»Das meiste habe ich vergessen«, entgegnete Nicholas trotzig.

»Das glaube ich nicht«, sagte Gildersleeve. »Wissen Sie, warum? Weil es wichtig ist, sich zu erinnern. Wenn Sie sich nicht erinnern, dann ist das der erste Schritt auf dem falschen Weg. Das Leben Ihrer Freundin hängt davon ab, dass Sie sich erinnern.« Er schien über die eigenen Worte nachzudenken, dann verbesserte er sich: »Nun ja, nicht nur von der Erinnerung an unser kleines Gespräch, natürlich nicht, sondern auch von dem, was Sie tun werden. Sind es nicht immer die Taten, die uns ausmachen?«

»Was haben Sie mit ihr gemacht?«

»Es geht ihr gut«, sagte er. Und fügte hinzu: »Wenn wir den richtigen Weg gehen, dann geht es *uns allen* gut.«

Nicholas schluckte. Er ahnte, was jetzt kommen würde.

»Nun? Erinnern Sie sich wieder?«

»An unser Gespräch?«

Gildersleeve nickte. »An das, was Sie tun wollten.«

»Ich *wollte* gar nichts tun.«

Gildersleeve beförderte einen Flakon aus seiner Tasche und hielt ihn Nicholas hin. »Für den Fall, dass Sie den ersten, den ich Ihnen gab, verloren haben.«

»Nachtmahrtränen.« Nicholas nahm den Flakon nicht an.

»Ich sagte doch, Sie erinnern sich.«

»Sie wollen, dass ich Edward Golden töte.«

Gildersleeve bewegte sich noch immer nicht. »Geben Sie ihm einfach nur davon zu trinken.« Die Stimme war schmeichelnd, ein wenig schneidend. »Und vernichten Sie das Manuskript.«

»Es wird ihn umbringen.«

»Das sollte Sie nicht kümmern.« Er fixierte Nicholas wie ein Raubtier seine Beute. »Ich gehe davon aus, dass Sie mit Mr. Thackaberry im Museum gesprochen haben. Glauben Sie also, was immer Sie wollen. Was ist wahr, was nicht? Wer sind die Bösen, wer sind die Guten? Letzten Endes, das wissen wir doch alle, hängt das alles nur von unserem persönlichen Standpunkt ab. Und Ihr eigener persönlicher Standpunkt, Mr. James, ist so eindeutig wie ein Leuchtfeuer am Himmel. Sie haben den schlimmsten Fehler begangen, den sich ein Mensch zuschulden kommen lassen kann. Sie haben Ihr Herz verloren.«

Er lächelte höchst zufrieden und kostete jedes Wort aus. »Agatha Myles, das Findelgeistmädchen, befindet sich nun in meiner Obhut. Somit also auch *Ihr* Herz, Mr. James. Und, um jeden Zweifel aus der Welt zu räumen: Beides, Agatha Myles wie auch Ihr eigenes Herz, werden Sie nur unversehrt zurückbekommen, wenn Sie mir bei meinem kleinen Anliegen helfen.« Die Augen wurden noch kälter und noch dunkler. »Also gehen Sie, verdammt noch mal, in das London zurück, aus dem Sie herkamen, und tun Sie das, worüber wir in Greenwich gesprochen haben. Denken Sie immer daran, dass es nur diesen einen Weg gibt. Er ist der richtige Weg. Alle anderen Wege sind falsch.« Eine dramaturgische Pause. »Ist die Arbeit erledigt, werden Ihre Freundin und Sie wieder zusammen sein.« Die gespielte Freundlichkeit kehrte zurück. »Das ist, denke ich, aus unser beider Sicht der wirklich richtige Weg.« Er faltete die Hände. »Nun, Mr. James, sagen Sie es mir: Ist es nicht schön, wenn sich zwei Menschen einigen? Wenn man feststellt, dass man eigentlich die gleichen Ziele verfolgt?« Er stellte den Flakon auf einen nahen Fenstersims, dann reichte er Nicholas die Hand.

Doch der schenkte Gildersleeve nur einen abschätzigen Blick. Gildersleeve hatte ihn in jeder Hinsicht geschlagen. Er nahm den Flakon mit den Nachtmahrtränen an sich und steckte ihn in die Jackentasche.

»Wir sehen uns wieder«, sagte Gildersleeve zum Abschied. Ohne ein weiteres Wort zu verlieren, machte er kehrt und ging in den Nebel hinein. Nicholas blieb allein zurück, so allein wie nie zuvor.

12

Nicholas untersuchte Agathas Rucksack und fluchte.

Die *Moriae* war fort – Gildersleeve musste sie schnell und unbemerkt an sich genommen haben. Welchen Plan er auch immer verfolgte, er war dessen Verwirklichung ein gutes Stück näher gekommen.

Nicholas überdachte mit klopfendem Herzen seine Chancen. Er wünschte sich nur noch fort von hier. Mit dem nächsten Schritt wechselte er, ohne zu wissen, wie er das gemacht hatte. Mit der Sonne und der Wärme kehrte auch die Zuversicht zurück.

Ohne Zeit zu verlieren, ging er zum Laden des Regenschirmmachers und berichtete ihm alles, was geschehen war.

»Ich kümmere mich um Agatha Myles«, versprach Chesterton, lauschte interessiert und stellte hier und da eine Frage. »Ich finde sie schon«, verkündete er, und nur ein Augenzwinkern später war er auch schon wieder fort. Nicholas hielt inne, um nachzudenken. Was der Flüsterer vorhatte, konnte er nur erahnen, aber er vertraute ihm. Er selbst hatte indes etwas anderes vor, das zu tun er sich schon in Highgate vorgenommen hatte.

13

Agathas Informationen über ihre Ankunft in der Nebelstadt wiesen ihm nun den Weg nach Chelsea, zu einem Mietshaus in der Godfrey Street.

Sobald er am Ziel war, wechselte er in die Nebelstadt. Dort bewegte er sich vorsichtig ganz dicht an den Hauswänden und lauschte nach Geräuschen im Nebel. Als er sein Ziel erreicht hatte, wechselte er zurück nach London und nur der Schatten, den das große Haus warf, erinnerte an den Ort, an dem er gerade noch gewesen war. Jetzt stand er da, hielt inne vor der Haustür, fast schon ein wenig ehrfürchtig, denn irgendwo dahinter war Agathas Geschichte verborgen. Als er die Klingelschilder betrachtete, sprang ihm ihr Name sofort ins Auge.

Agatha Myles war also ihr richtiger Name!

14

Nicholas klingelte überall in der Hoffnung, dass irgendein Mieter ihm schon öffnen würde.

Kurz darauf ging die Tür mit einem leisen Summen auf.

Als Nicholas das Treppenhaus betrat (eine steile gewundene Treppe und wenig Licht), dachte er betroffen: *Hier ist sie gestorben.* Er musste erst durchatmen, bevor er die Treppe bis zum ersten Stock hinaufging, wo ihn ein älterer Herr begrüßte: Mr. Richardson, glaubte man dem Klingelschild neben seiner Wohnungstür. Nicholas erzählte ihm das, was er sich unterwegs ausgedacht hatte – wer er sei, was ihn herführe und so weiter, und was er hier wolle. Schriftsteller sind geschickte Lügner und können hin und wieder sogar überzeugend sein. »Das arme Ding«, erinnerte sich Mr. Richardson.

Agatha Myles, ja, gewohnt habe sie dort drüben im zweiten Stock. Klavier habe sie oft gespielt. »Es war ein dummer Zufall.« Eines Tages hörte sie Lärm aus der Wohnung nebenan und wollte nach dem Rechten sehen. Der Einbrecher geriet in Panik, als er Agatha gegenüberstand, und stieß sie die Treppe hinab.

15

Nach dem Besuch in der Godfrey Street wechselte Nicholas zurück in den sonnigen Maitag seines London und eilte zum Hausboot, wo er sofort zu schreiben begann. Er trank einen Kaffee dabei, schrieb, bis der Abend gekommen war, und hörte erst auf, als der kleine Roman beendet war. Dann seufzte er, klappte das Notizbuch zu, legte den Stift beiseite und bettete den Kopf auf das Notizbuch. Er schloss die Augen und fühlte sich gut dabei. Plötzlich schrak er auf. Da waren Schritte an Deck gewesen

Bevor er sich Sorgen machen konnte, steckte Chesterton den Kopf in die Kajüte. »Ich bin wieder da«, verkündete er und dann wollte er wissen: »Was ist los mit dir? Hast du etwa geschrieben?«

»Wie geht es Agatha?«

»Die ist im Theater.«

Dann erzählte er im Eiltempo, wie und wo er sie gefunden hatte und was sonst noch so passiert war. Es gebe

Neuigkeiten. »Edward Golden ist in Gefahr.« Gildersleeve habe vor zwanzig Jahren einen seiner Handlanger, einen Kriminellen namens Jack Heep, ermorden lassen, vorher jedoch habe Heep einen Auftrag erhalten, nämlich Golden an der Fertigstellung seines Romans zu hindern. Ein Plan so erschreckend simpel wie wirkungsvoll: Jack Heep stirbt, wird neugeboren, lebt ein neues Leben fernab der Nebelstadt und kehrt dann, viele Jahre später, von allen unbemerkt, zu seinem Auftrag zurück – nach einem Weckruf durch Gildersleeve, versteht sich. Doch verloren gestorbene Geister nicht alle Erinnerungen an ihr Leben im Nebel?

»Die Moriae«, erkannte Nicholas. Jetzt ergab alles einen Sinn.

»Du musst los.« Chesterton mahnte zur Eile. »Du musst Goldens Haus beschatten. Heep darf nicht zu ihm kommen, um zu tun, was immer er auch vorhat.«

Nicholas wollte sich aus der Sache herausreden. »Ich weiß aber nicht, wo Golden wohnt …«

»Mortlake Road Nummer 47«, sagte Chesterton.

»… und weiß nicht einmal, wie dieser Jack Heep aussieht.«

Chesterton zeigte ihm ein Foto auf seinem Telefon. »Das ist er.«

»Wo haben Sie das her?« Heep hatte einen Blick wie jemand, der daran gewöhnt ist, Ärger nicht aus dem Weg zu gehen

Chesterton grinste. »Facebook«, sagte er wie selbstverständlich und ging.

Nur Augenblicke später war auch Nicholas schon wieder unterwegs.

16

Mortlake Road Nr. 47 war ein parkähnliches Grundstück mit einer Villa. Moderne Architektur, grauer Beton mit viel Edelstahl.

Eine geschlagene halbe Stunde drückte Nicholas sich vor der Garage des Nachbargrundstücks herum, wo er die Straße gut im Blick hatte.

Als Jack Heep erschien, wusste Nicholas noch immer nicht, wie genau er ihn daran hindern sollte, zu Golden zu gelangen.

»Jack Heep«, rief er laut, lief ihm hinterher und versperrte ihm den Weg.

»Wer bist du denn, verdammte Scheiße?«

Goldens Sekretär sei er, der Autor wolle nicht gestört werden, weil er gerade das Ende des neuen Buchs schreibe.

»Aus dem Weg«, verlangte Jack Heep.

Das Messer in seiner Hand stieß so schnell nach vorne, dass Nicholas erst verstand, was passiert war, als der Schmerz ihn zu Boden gehen ließ und er das Blut sah. Er hielt sich mit beiden Händen an den Schultern seines Mörders fest und sank dann zu Boden.

17

Als er die Augen wieder öffnete, war da nur Nebel. Und Chesterton.

»Ich bin nicht gewechselt«, stammelte Nicholas.

»Du weißt, was passiert ist?« Chesterton sah bedauernd aus.

»Ich kann mich an nichts erinnern«, antwortete Nicholas.

Chesterton half ihm auf die Beine. »Lass uns von hier verschwinden, bevor die Fledderer auftauchen.«

Und so folgte Nicholas dem Flüsterer zurück nach London, wo es noch immer ein früher Abend im Mai war.

»Jetzt bin ich gewechselt«, wunderte sich Nicholas.

»Am Anfang ist es seltsam«, sagte Chesterton. »Aber du wirst dich daran gewöhnen.« Nicholas ahnte, dass er das Leben in zwei Welten gleichzeitig meinte.

18

Sein altes Leben hatte auf ihn gewartet: die Jobs, Kadir Jones (natürlich), die Universität, sogar die Katze. Jonathan Fry kehrte zurück und nahm erfreut das mittlerweile ordentlich getippte und als Datei verschnürte neue Manuskript entgegen.

»Ich werde es zuerst lesen und dann meckern«, versprach er.

Chesterton indes ließ sich kaum noch blicken, und das war, zumindest für Nicholas, auch absolut in Ordnung.

19

Zwei Wochen später

Der neue Roman von Edward Golden hatte sich in die Bestsellerliste vorangekämpft. Als der Postbote die ersten Leseexemplare (Taschenbücher, bestimmt für Presse und Buchhändler) gebracht hatte, verlor Nicholas keine Zeit.

Umgehend besuchte er Agatha in ihrem Theater und überreichte ihr das Buch.

»Darf ich es lesen?«, fragte sie zögerlich.

Nicholas nickte. Ja, jeder sollte es lesen.

»Die Geschichte, die wir uns von Herzen selbst erzählen, beginnt immer nur um Mitternacht«, las sie laut den ersten Satz. Tränen schimmerten in ihren Mondaugen. Der Titel des Romans war *Mitternacht*.

Nicholas nahm sie in die Arme und küsste sie sanft auf die Stirn.

Als die große Turmuhr von Westminster schließlich die

Stunde schlug, wussten Nicholas James und Agatha Myles, dass ihrer beider Geschichte jetzt, Schlag Mitternacht, gerade erst begonnen hatte.

Nachwort

Diesen Roman zu schreiben war kein Leichtes. Das lag nicht zuletzt daran, dass mich im Juni 2018 ein heftiger Schlaganfall traf, der eine Lähmung der linken Körperhälfte wie auch eine schwere Wahrnehmungsstörung (Gesichtsfeldeinschränkung und Neglect) zur Folge hatte. Dies erschwerte den Schreibprozess immens und einige Kapitel mussten ja noch geschrieben werden. In der Rehaklinik nahm ich schließlich den Faden der Geschichte wieder auf und verfasste handschriftlich die letzten Kapitel. Anschließend schrieb ich das alles am Laptop ab, was sich als extrem schwierig und frustrierend herausstellte: Ich hatte Probleme mit der Tastatur und dem Programm. (Word erschien mir so fremd wie etwas, das ich nie zuvor gesehen hatte.) Ich tippte mit einer Hand extrem langsam und musste andauernd die Buchstaben und Zeichen suchen. Der fertige Text strotzte vor Fehlern, sodass ich ihn unmöglich meinem Lektor schicken konnte. Also überarbeitete ich alles noch einmal, diesmal mithilfe meiner Frau, die geduldig Wort für Wort mit mir gemeinsam überprüfte. Rückblickend erscheint es mir wie ein kleines Wunder, den Roman beendet zu haben, was ohne die Unterstützung von so vielen wunderbaren Menschen, die zu kennen ich das Glück habe, gar nicht möglich gewesen wäre.

Ein großer Dank geht an Lisa Hartmann, Ralf Reiter und Carsten Polzin beim Piper Verlag. Ebenfalls danke ich Silvia und Jörg Phillip, Kirsten Görg, Nadine Müller-Baumann und Johannes Müller, Mona und Holger Gentek, Peter Conrad, Wolfgang und Carsten Ziegler, Anja Bach und Dietrich Bickelmann, Richard Junge, Antoine Schmidt und Maxime Dupré, Dennis (Nanuuk) Röhr, Thomas Becker, Sandra Matthey (sie alle wissen, warum).

Dank auch an Karsten Wolter und die Buchhandlung Drachenwinkel (für die meisten Premierelesungen ohne Buch) und alle Leser, die geduldig gewartet haben. Ich hoffe, die Geschichte hat ihnen gefallen.

Der größte Dank aber gebührt meiner Familie, die mir allzeit Kraft, Zuversicht und Geborgenheit gegeben hat: Catharina, Lucia, Stella, Mateo (mein kleiner Held) und vor allem meine wunderbare Tamara, die die Liebe meines Lebens und mein Schutzengel ist. Sie alle geben mir die Kraft und die Zuversicht, die ich brauche, um weiter zu leben und zu schreiben. (Und so, wie es aussieht, geht die Geschichte von Nicholas und Agatha demnächst schon weiter.)

Die Zeit der Eismonde hat begonnen …

* Cover- und Preisänderungen vorbehalten

Anett E. Schlicht
Zeit der Eismonde
Roman

Piper Taschenbuch, 384 Seiten
€ 15,00 [D], € 15,50 [A]*
ISBN 978-3-492-28193-5

Wispernde Stimmen in der Dunkelheit, Albträume in der Nacht und grausame Visionen am Tag: Der siebzehnjährige Ouwen glaubt, den Verstand zu verlieren. Als ihn eines Nachts ein Fremder aus dem Schlaf reißt und ihn auffordert, mit ihm aus seinem Heimatdorf zu fliehen, fürchtet er, in einem seiner Albträume gefangen zu sein. Aber der Schattenläufer Hayden ist real. Genau wie die dunklen Jäger, die Ouwens Spur aufgenommen haben. Und Ouwen weiß, wer ihnen in die Hände fällt, ist für immer verloren …

Leseproben, E-Books und mehr unter www.piper.de

ENTDECKE
NEUE WELTEN
MIT PIPER FANTASY
Mach mit und gestalte deine
eigene Welt!
PIPER
www.piper-fantasy.de